W0290525

Sur l'auteur

De sang italo-irlandais, Viviane Moore est née à Hong Kong, d'un père architecte et d'une mère maître-verrier.

Après avoir été reporter-photographe puis journaliste, elle publie une série de romans historiques mettant en scène le chevalier Galeran de Lesneven avec lequel elle conquiert un vaste public. Elle confirme son succès avec « La Saga de Tancrède le Normand », puis la trilogie « Alchimie », dans la collection « Grands détectives » des éditions 10/18.

Aujourd'hui, installée non loin de Saint-Malo, elle publie également pour la littérature jeunesse, écrit des scénarios de fictions pour le cinéma et la télévision.

Ses ouvrages sont traduits en anglais, italien, polonais et coréen.

Site de l'auteur : www.vivianemoore.com

Du même auteur
aux Éditions 10/18

« La saga de Tancrède le Normand »

LE PEUPLE DU VENT, n° 3890
LES GUERRIERS FAUVES, n° 3891
LA NEF DES DAMNÉS, n° 4008
LE HORS VENU, n° 4084
LE SANG DES OMBRES, n° 4164
LES DIEUX DÉVOREURS, n° 4284
À L'ORIENT DU MONDE, n° 4388

LES GARDIENS DE LA LAGUNE, n° 5338

LA SAGA DE TANCRÈDE LE NORMAND (recueil du *Peuple du vent*, des *Guerriers fauves* et de *La nef des damnés* ainsi qu'une nouvelle inédite)

AINSI PUIS-JE MOURIR, n° 4774

Série « Alchimie »

LA FEMME SANS TÊTE, n° 4727
L'HOMME AU MASQUE DE VERRE, n° 5085
LE SOUFFLEUR DE CENDRES, n° 5250

LA QUÊTE DE L'*ORPHANUS*, n° 5584

VIVIANE MOORE

LA QUÊTE DE L'*ORPHANUS*

10
18

ISBN 978-2-264-07632-8
Dépôt légal : mars 2022.

À mon compagnon, mon mari, mon frère, Mikäel…
… et à Bartolomeo, sans lequel je ne serais pas.

« Rien ne change de forme
comme les nuages, si ce n'est les rochers. »

Victor Hugo

« Un jour
Nous vous retrouverons
Sur notre chemin
Pierres
Ignorées
Piétinées
Détentrices pourtant
De la source
De la flamme
Du souffle de l'initiale. »

François Cheng

PARTIE 1

AN 960, QUELQUE PART AU ROYAUME DE BOHÊME

1

— Maître Cornelius, maître Cornelius.

Le ton était plaintif, la voix familière. Le lapidaire se redressa. Il avait travaillé une partie de la nuit et s'était assoupi sur son étal. Il soupira et se leva en grimaçant tant il était courbaturé.

— Voilà, voilà ! grommela-t-il.

La lumière du jour se glissait déjà par les interstices entre les volets, et il n'avait pas fini sa commande pour la basilique Saint-Georges de Prague. Cornelius poussa le loquet et ouvrit la porte donnant sur la ruelle. Un jeune gars au visage contusionné, aux mains en sang, se tenait là.

— C'est moi, Josef, souffla-t-il d'une voix pitoyable.

— Par Dieu, je sais bien qui tu es, bougre d'âne ! s'énerva le lapidaire qui n'était pas mauvais homme mais n'avait pas le caractère patient. Que t'arrive-t-il ? Allez, entre !

L'autre, le visage blême, ne répondit pas. Il vacillait. D'autorité, Cornelius glissa son bras sous le sien et le soutint jusqu'à un tabouret près de l'âtre.

— Il fait un froid de gueux, marmonna-t-il. Allez, tiens-toi tranquille, je vais nous chercher un remontant, mais d'abord…

Il ranima les braises et bientôt des flammes timides s'élevèrent, sur lesquelles il ajouta du petit bois puis une bûche. Il avait fait tout cela en silence, jetant de temps à autre un œil vers son visiteur, qui ne pipait mot et tremblait de tous ses membres comme s'il avait la fièvre.

Cornelius traversa son atelier pour, une fois dans le cellier, tirer un peu de vin au tonneau. Quand il revint près du blessé, il portait un pichet et deux gobelets de terre cuite qu'il posa sur son établi, les remplissant largement.

— Allez, chauffe-toi les os, mon gars ! ordonna-t-il en glissant l'un d'eux entre les doigts de Josef et en l'aidant à le porter à ses lèvres.

Il vida son propre verre et, en attendant que l'autre reprenne ses esprits, laissa son regard courir sur l'atelier. Bien sûr, c'était moins propre que du temps de sa défunte femme mais c'était chez lui et il s'y sentait bien.

La grande pièce était scindée en deux parties. D'un côté, la découpe des pierres avec les scies, de l'autre, la petite table couverte d'une feuille de plomb sur laquelle il répandait la poudre d'émeri qui lui servait au polissage. Sur des étagères de bois fixées le long des murs s'alignaient les pierres brutes achetées à des mineurs comme Josef ou à des marchands de passage. Cornaline, améthyste, ambre jaune, cristal, hyacinthe, jaspe, sardoine, topaze… Des pierres qui, plus tard, grâce au travail des joailliers, deviendraient ornements d'église ou bijoux pour la noble dynastie des Prémyslides.

Noble… Cornelius pensa à leur souverain, le duc de Bohême, Boleslav Ier, qui avait fait assassiner son frère Wenceslas…

Il soupira et se tourna de nouveau vers son visiteur qui, replié sur lui-même, gardait le silence.

— Tu as quelque chose de cassé ?

— Non.

— Si tu n'es pas rentré chez toi, c'est que tu voulais me parler. Alors je t'écoute.

— Hier, y avait plus rien dans notre puits, on a fini tôt. Je suis parti vers les Roches Brunes.

— Les Roches Brunes (le lapidaire fronça les sourcils), c'est pas un lieu pour les hommes, ça.

— Ça fait longtemps que je pense qu'il y a quelque chose pour vous de ce côté-là. Mais que j'hésite… Ma mère dit que c'est une terre sacrée.

— Elle a raison. Quand on se promène au pied de ces montagnes couvertes de forêts plus noires que la plus noire des nuits, quand on voit ces déchirures dans la roche, ces colonnes de pierre dressées comme des gardiens et parfois même des flammes danser…

— J'aurais pas dû, mon maître…

Le jeune gars se tordit les mains.

— Mais ce qui est fait est fait, parle ou, par ma foi, tu vas me faire perdre patience.

— Oui, maître. Il pleuvait. J'étais sur des rochers, j'ai glissé et je suis tombé. Je sais pas où mais il m'a semblé que ma chute durait longtemps, si longtemps… Et puis plus rien, le noir. Quand j'ai repris mes esprits, j'étais dans une grotte au sol couvert d'un sable fin et doux au toucher. Un rayon de soleil entrait par un mystérieux passage et s'accrochait à la paroi comme s'il y avait là quelque miroir.

Sa voix s'étrangla.

— J'en ai vu des grottes, des souterrains, des puits, des cavernes, mais là, c'était comme la crypte d'une église.

Il se signa.

— C'est là que je l'ai vu, mon maître, souffla-t-il d'une voix si basse que Cornelius dut tendre l'oreille.

— Cesse de geindre ! Tu as vu quoi ?

Au lieu de répondre, le jeune homme ouvrit la sacoche de cuir qu'il portait au côté et en sortit un objet entouré d'un linge ensanglanté. Il le posa avec précaution sur la table.

Le lapidaire resta un moment sans bouger. Avait-il quelque pressentiment de ce qu'il allait trouver ? Enfin, avec une extrême délicatesse, il écarta les pans de tissu et découvrit une pierre brute, aussi grosse que son poing, une pierre couleur de braise comme un cœur qui palpite…

Il referma le linge puis se tourna vers Josef.

— Il y en avait d'autres comme ça ? demanda-t-il tout en connaissant d'avance la réponse que le mineur allait lui faire.

— Non, maître. Il était seul. Le reste n'était qu'un essaim de minuscules escarboucles au milieu desquelles il trônait. Comme le duc Boleslav et nous autres.

— *Orphanus*, murmura le lapidaire. L'Orphelin.

— Que dites-vous, mon maître ?

— Rien. Attends.

Il fouilla dans sa bourse et en sortit une pièce d'argent qu'il tendit au jeune homme.

— Ne retourne jamais aux Roches Brunes et ne parle jamais de ça à quiconque. Jure-le !

— Je le jure, mon maître. Ma mère dit aussi qu'on ne doit rien prendre à la terre sans lui donner.

— En tombant, tu lui as donné ton sang, Josef. J'espère que la terre ne demandera point davantage. Allez, rentre chez toi !

Il lui tardait d'être seul.

Le jeune homme sorti, le joaillier mit la barre en travers de la porte et retourna s'asseoir, regardant sans oser le toucher le paquet ensanglanté.

Un long moment passa. Enfin, il se décida à ôter le tissu souillé qu'il jeta dans les flammes. La présence de la pierre envahit l'atelier et, avec elle, un silence pesant.

Cornelius resta longtemps à la contempler. Elle scintillait et, quand il la regardait de plus près, il se sentait happé tant elle avait de profondeur.

La journée passa ainsi, Cornelius n'ouvrit pas à ses rares visiteurs, ne toucha pas à ses outils, ne mangea rien.

Puis vint la nuit.

Il resta à regarder l'escarboucle, songeant une fois de plus que Josef n'aurait jamais dû l'arracher à sa demeure souterraine. Seulement, maintenant, elle était là devant lui et il ne se sentait ni le droit ni la force de décider de son destin. Il lui fallait de l'aide. Et pour cela, il n'y avait qu'une personne.

2

Le lendemain, à l'aube, Cornelius partit à pied vers Prague l'ancienne, qu'il atteignit dans la soirée. Il frappa à la porte de son maître et ami, Cosmas le joaillier.

Malgré son grand âge, Cosmas travaillait toujours. Et, chose singulière, alors que son corps se dégradait, son œil et sa main restaient aussi précis que dans son jeune temps. Quand son apprenti ouvrit et que le vieil homme aperçut Cornelius, son visage s'éclaira.

— Entre ! Entre ! Et toi, petit, ordonna-t-il au gamin, fais chauffer la soupe, prépare une couche dans la chambre du fond et laisse-nous !

Cosmas n'avait jamais eu ni femme ni enfant, son art et la formation de jeunes gens lui suffisaient. Il répétait souvent que la Mort allait bientôt venir le prendre et s'étonnait, chaque matin, d'être encore en vie.

Une fois le lapidaire assis au coin du feu avec un verre de vin chaud, le joaillier le dévisagea.

— Je t'écoute, mon ami. Tu n'as point pour habitude de venir me voir à cette époque de l'année.

— Il est vrai, Cosmas, mon maître, répondit gravement le lapidaire.

Et Cornelius raconta l'histoire de Josef puis finit par sortir la bourse de cuir dans laquelle il avait serré celui qu'il nommait désormais l'*Orphanus*.

Le joaillier regarda la pierre brute, la prit avec douceur dans sa paume, la soupesa. Elle accrochait la lueur des flammes et scintillait doucement, comme d'une vie indépendante.

— Les Roches Brunes… Ton Josef a eu tort de se risquer de ce côté, c'est un séjour pour les dieux, non pour les hommes, murmura-t-il, attrapant un carré de velours sur lequel il déposa avec respect l'escarboucle.

Ils restèrent longtemps à deviser, burent un peu de soupe chaude dans laquelle ils jetèrent des tranches de pain et, le lendemain, dès l'aube, reprirent leur conversation.

— Tu as bien fait de ne pas y toucher. Cette nuit, je me suis levé pour la revoir…

Il hésita, puis poursuivit :

— Elle brillait dans l'obscurité. Autant qu'une étoile qui serait tombée sur Terre. Je suis retourné me coucher et elle est venue me visiter en rêve.

Cornelius attendit la suite, retenant son souffle.

— Je voyais une foule immense se courber devant elle. Je voyais des rois et des princes…

Le joaillier remit une bûche dans l'âtre et conclut :

— Cette pierre n'est pas sortie de cette caverne par hasard, elle a sans doute un destin plus grand que nous autres. Ni toi ni moi ne devons y porter la main.

Le silence retomba.

— Que dois-je faire ? questionna le lapidaire au bout d'un moment.

Les yeux mi-clos, les mains jointes comme en prière, Cosmas réfléchissait.

Dans la boutique scintillaient des coupes d'argent, quelques bijoux, fermoirs et fibules, bagues de mariage, témoins de l'art exquis du joaillier.

— Quelqu'un pourra peut-être t'aider, dit-il enfin.

Un mien cousin du côté de ma mère : frère Odoric. C'est un moine bénédictin. Il dirige l'atelier d'orfèvrerie de l'abbaye de Reichenau. C'est un long voyage mais je ne crois pas que tu aies le choix, mon ami.

3

Dix jours plus tard, harassé, le mantel et les chausses souillés de boue, Cornelius se retrouva au sommet d'un coteau dominant les eaux vertes du lac de Constance. En contrebas, toute proche, apparaissait l'île de Reichenau. Une île couverte de champs, de bois, de vignes exploitées par les Bénédictins. Le monastère aux murs blanchis à la chaux, les étables et les granges étaient dominés par la fière silhouette de la basilique carolingienne. Un peu partout, les petites silhouettes courbées des moines et de leurs aides. Ici, selon la règle de saint Benoît, *Ora et labora*, les hommes de Dieu priaient et travaillaient.

Quelque chose dans ce lieu si paisible, si ordonné, rassura Cornelius sur le sens de la mission qu'il s'était donnée. Il touchait au but, il en était sûr maintenant et sentit un poids quitter sa poitrine.

Ce voyage avait été le pire qu'il eût jamais fait. Il avait vécu dans la peur et dans la défiance, n'osant parler à quiconque, regardant si on le suivait, dormant à la belle étoile comme un va-nu-pieds. Et avec ça, pas un moment sans qu'il craigne d'être dépouillé. Le pire, c'était la nuit. Il se réveillait en sursaut, avec l'impression qu'une main étrangère fouillait ses vêtements. Mais tout cela était fini. Dans ce lieu sacré, on le déchargerait enfin de cette responsabilité trop grande pour lui.

Cornelius reprit son baluchon et descendit vers le lac,

empruntant la levée de terre menant à l'île. Une fois là, il se dirigea droit vers l'abbaye et alla frapper à la porte du monastère. Le guichet de métal s'entrebâilla sur un visage sévère.

— Le bonjour, mon frère, fit le lapidaire. J'ai fait une longue route depuis Prague. Je viens visiter le frère Odoric. J'ai pour lui une lettre d'un sien cousin.

Sans prononcer un mot, le portier tendit la main, s'empara du parchemin et referma le volet de métal. Le lapidaire se sentit envahi d'une grande lassitude. Et s'il avait fait tout ce chemin pour rien ?

Un long moment passa, puis la porte s'ouvrit.

— Entrez ! fit le frère portier. Frère Odoric est prévenu, il arrive.

Le moine avait dit cela tout d'une traite, comme si, malgré son rôle d'accueil, il avait perdu l'usage des mots.

Cornelius n'eut pas longtemps à attendre. Sortant d'une des bâtisses, un solide religieux apparut, la tête couverte de son capuchon, sa coule noire volant derrière lui, il traversa la cour à grandes enjambées.

— Le bonjour et la bienvenue au monastère, maître Cornelius, que Dieu vous ait en Sa sainte garde.

Un bref sourire éclaira le visage ascétique du religieux et Cornelius retrouva dans son expression celle de son vieil ami Cosmas.

— Savez-vous que nous avons entendu vanter la qualité de votre travail jusqu'ici ? Et pas seulement par mon honoré cousin. Suivez-moi, la route a dû être rude et vous devez être fatigué. Je vous conduis à l'hôtellerie.

— Grand merci, protesta Cornelius, mais l'objet de ma visite est plus important que le souci de ma personne…

— Je comprends. Aussi vous n'y passerez que le temps de vous rafraîchir et de vous changer. C'est le devoir d'hospitalité de notre maison.

Odoric poussa la porte d'un des bâtiments. L'hôtellerie était un vaste dortoir d'une trentaine de paillasses au dallage recouvert d'herbes sèches d'où montait une odeur de menthe poivrée.

Un religieux, qui pliait des couvertures avec un novice, vint à leur rencontre.

— Bienvenue dans la maison de Dieu, je suis frère Wenceslas, l'hôtelier.

— Je vous laisse, je vous enverrai quérir, fit Odoric en tournant les talons.

Cornelius suivit Wenceslas.

— En ce moment, nous n'avons pas grand monde. Vous avez le choix. Celle-ci devrait vous convenir. Vous n'aurez pas de courant d'air comme dans la travée centrale.

Il désigna une paillasse sur laquelle étaient posés une couverture de laine, un drap et un oreiller.

— Il n'y a ni puces ni poux, nous y veillons, dit Wenceslas. Sans vouloir céder au démon de la curiosité, d'où venez-vous, mon frère ?

— J'arrive de Prague, répondit le joaillier.

— De Prague... Pardonnez-moi, c'est tellement bon de parler. La règle de silence est si rude pour moi. Et puis, avec le froid, les visiteurs se font rares.

— Il n'y a pas de mal, mon frère, répondit Cornelius. Après ces longs jours de marche solitaire, la compagnie est bienvenue pour moi aussi.

Le visage de l'hôtelier s'éclaira d'une joie enfantine.

— Ne croyez pas que je ne respecte pas nos règles, mais j'étais cordonnier de métier, je voyais du monde et j'aimais travailler de mes mains... Las, j'ai perdu ma chère femme et mon jeune enfant. Je n'avais plus goût à rien, un de mes amis m'a parlé de Reichenau, j'ai rencontré le père abbé, et je suis devenu moine. Allez, assez de bavardages.

Il tapa dans ses mains et le jeune garçon avec lequel il pliait les couvertures accourut.

— Joachim, conduis notre hôte aux bains, le frère portier

a donné ordre qu'on prépare un baquet. Donne-lui une robe de bure et porte ses vêtements sales au lavoir.

Il se tourna vers le voyageur.

— Dieu vous garde, mon frère.

— Merci.

L'hôtelier s'éloigna et le regard de Cornelius revint au novice.

— Par ici, suivez-moi, fit ce dernier qui ne devait avoir guère plus de dix ans et avait les joues rondes d'un enfant.

Sur le couloir passé à la chaux s'ouvraient des dizaines de portes.

— Notre abbé reçoit parfois ici, dit Joachim. Là, vous avez l'infirmerie.

Il poussa le dernier battant.

— Nous y sommes. Attention à votre tête. Venez, venez.

Cornelius pénétra dans une minuscule pièce où régnait une agréable tiédeur. Un frisson lui parcourut l'échine et il sentit soudain sur lui tout le poids de ses vêtements souillés.

Près d'une cheminée, sur une estrade, étaient disposés deux tonneaux de bois. L'un d'eux était vide, au-dessus du second s'élevait une nuée de vapeur chaude.

— Ici, c'est pour les visiteurs de marque ou les malades. Nous autres, nous nous baignons dans le lac. Vous avez un savon et une serviette dans le panier là-bas. Et dans les casiers, le long du mur, des robes de bure propres. Je reviendrai chercher vos vêtements quand vous aurez fini.

La porte se referma.

Un peu hébété, la fatigue pesant davantage sur ses épaules maintenant qu'il se trouvait dans cette atmosphère douce et chaude, Cornelius se laissa tomber sur le banc de bois qui courait le long d'un mur. Il dénoua ses sandales, se déshabilla puis resta, indécis, la bourse de cuir de l'*Orphanus* dans la paume. Après quelques hésitations, il la cacha dans l'un des casiers, entre les plis d'un vêtement propre, et se glissa enfin dans l'eau chaude.

Un rayon de lumière pénétrait par une étroite fenêtre. Il s'enfonça sous l'eau avec délices, se frotta les cheveux, se savonna puis resta sans bouger. Une douce torpeur l'envahissait. Cela ne dura pas. Son regard s'était posé sur les casiers, ses pensées revinrent à l'escarboucle. Il se dressa, éclaboussant le dallage. Puis, une fois séché et habillé, il sortit.

Le moinillon, qui attendait assis par terre dans le couloir, les yeux mi-clos, sursauta.

— Pardon, fit-il en s'empourprant, je dormais pas vraiment, vous savez.

Il se leva d'un bond.

— Frère Odoric vous attend, je vais vous guider. Le monastère n'est pas très grand mais on s'y perd.

Quelques instants plus tard, le novice frappait à la porte d'une bâtisse de pierre construite un peu à l'écart des autres. La porte s'entrebâilla et la tête d'Odoric apparut.

— Ah, c'est toi, Joachim ! Va, tu peux nous laisser, ordonna le religieux en faisant signe à Cornelius d'entrer.

4

Devant le lapidaire s'étendait une immense salle basse au sol de terre battue. La charpente était en forme de coque de bateau renversée. Le long des murs s'alignaient des alcôves où s'empilait du matériel. Au centre étaient installés des fours et de longues tables à tréteaux où travaillaient une quinzaine de Bénédictins. L'ensemble donnait l'impression d'une ruche. Cornelius resta figé, observant les allées et venues des moines.

Des novices passaient d'une table à l'autre, alimentant les feux, répondant aux appels de leurs aînés.

Odoric l'arracha à son examen en désignant un moine frappant une plaque d'or sur une enclume.

— Sur cette bigorne, nous effectuons le martelage. Le polissage se fera ensuite avec la pierre d'agate.

Un peu plus loin, sur une table, des moines maniaient de la cire.

— Ceux-là réalisent les modèles en cire perdue, autour desquels nous ajusterons les moules de terre cuite. Mais vous connaissez cela, mon cousin Cosmas a un toucher si délicat pour ses pièces.

La règle de silence était appliquée et nul, parmi les religieux ne leva la tête à leur passage. En revanche, chacun s'inclinait.

Ils longèrent un établi où des religieux travaillaient sur des plaques appelées platines, dont ils relevaient la bordure. D'autres soudaient les rubans qui formeraient les alvéoles où seraient placés des émaux.

— Nous avons là nos réserves de métaux et de pierres précieuses.

Il désigna une cage de fer où s'empilaient des markas d'argent, des tiges d'or et des coffres de toutes tailles.

— Et maintenant, je vous propose de gagner mon établi, fit Odoric en entraînant Cornelius vers un renfoncement éclairé par une étroite fenêtre.

Sur une longue table, des ébauches de bois découpées, quelques perles dans une coupe, une gemme bleue posée sur un cube de bois, une plaque d'émail. Sur les murs passés à la chaux, le moine avait dessiné au charbon de bois un encensoir, des scènes saintes représentant les rois David et Salomon.

Ils s'assirent sur des tabourets puis Odoric se tourna vers Cornelius.

— Dieu me pardonne, mais la lettre de mon cousin a excité ma curiosité. Puis-je le voir ?

Cornelius ouvrit sa bourse de cuir et sortit la pierre qu'il déposa devant le religieux.

Ce dernier resta comme pétrifié. Il ne toucha pas à l'*Orphanus*, ne dit mot, et il sembla à Cornelius qu'un temps infini passait avant que son vis-à-vis s'ébroue comme au sortir d'un songe et se lève, le visage grave.

— Reprenez-le. Vous avez eu raison de lui donner ce nom. Il ne ressemble à aucun autre et, surtout, il nous arrive à un moment…

Il se tut.

— Vous allez comprendre, reprit-il d'une voix sourde. Je sais votre probité mais il me faut vous demander de jurer devant Dieu de garder le silence sur ce que vous allez voir.

Sans savoir ce qui l'attendait, Cornelius sentit que, jamais plus dans sa vie, il ne vivrait de moments aussi intenses.

De toute façon, depuis l'apparition de l'*Orphanus*, son existence n'était plus la même. Et dans un sursaut d'honnêteté, il s'avoua que vivre dans cet atelier hors du siècle et de ses agitations ne lui déplairait pas.

— Par Dieu qui nous voit, je le jure, fit-il.

Odoric poursuivit :

— La découverte de l'*Orphanus*, votre venue ici même à Reichenau en cet instant précis... Je ne peux pas croire que le hasard soit autre chose qu'un dessein de Dieu. Suivez-moi.

Ils traversèrent l'immense salle, s'arrêtèrent près d'un moine qui maniait de l'or en fusion.

— Une technique de coulage qui nous vient de Byzance, souffla Odoric en suivant le regard curieux de Cornelius. Venez.

Un peu plus loin, un religieux bâti en colosse s'affairait. Ses larges mains passaient du fil d'or au travers de perles fines avec une habileté déconcertante.

— Frère Alaric, notre meilleur joaillier. Voici maître Cornelius, lapidaire de son état.

Le religieux suspendit son geste, esquissa un salut et se pencha de nouveau sur son ouvrage.

Sur un coupon de velours à côté de lui était posée une plaque d'or fin sur laquelle étaient fixées des perles qui semblaient flotter au-dessus du métal.

— Il y aura huit plaques comme celles-ci et nous fixerons des pendants sur les côtés comme sur les couronnes byzantines, expliqua frère Odoric. Quatre seront d'émail cloisonné, les autres serties de pierres et de perles. Sur la tempe droite, le Christ Pantocrator ; sur la tempe gauche, le roi Salomon ; à l'arrière sur la gauche, le roi David, et à droite, le prophète Isaïe. Huit plaques comme le chiffre huit nous parle du huitième jour. Huit, symbole d'un monde nouveau, celui d'après le déluge.

Odoric, si posé jusqu'ici, parlait avec une passion qu'il avait du mal à contenir. Cornelius écoutait, regardait. Il sentait son cœur battre plus vite, conscient que ce qu'on lui confiait n'était pas réservé au commun des mortels.

— Nous réalisons dans le plus grand secret la couronne d'Othon Ier, *Imperator Romanorum Francorum*, empereur du Saint Empire romain germanique, ajouta le moine.

Othon s'était fait sacrer roi de Germanie, une vingtaine d'années auparavant, à Aix-la-Chapelle, mais quant à se proclamer empereur... songea Cornelius. Pour l'homme simple et droit qu'il était, il lui semblait que c'était la preuve d'un orgueil démesuré. Il se borna à demander, en homme du métier :

— Une couronne octogonale, je ne pensais pas que ce soit possible. Comment assemblerez-vous les huit plaques ?

— Avec des charnières, mais la rigidité de l'ensemble sera assurée par deux cercles de fer soudé à l'or fin. Suivez-moi, j'ai encore quelque chose à vous montrer.

Odoric l'entraîna au bout d'une grande table et saisit un vélin.

— Voici le projet de la future couronne, symbole de la Jérusalem céleste.

Devant eux étaient alignés sur des coussins de velours de magnifiques cabochons de saphirs, d'améthystes, de rubis et d'émeraudes.

— Il y aura douze pierres précieuses et dix-huit perles sur la plaque frontale. Douze comme les saints apôtres et comme les douze tribus d'Israël. En tout, nous utiliserons cent vingt pierres et deux cent quarante perles.

Cornelius resta muet.

— Nous percerons les plaques d'or afin que la lumière se glisse au cœur même des gemmes. Le vert, le bleu, le blanc seront les principales couleurs. Vous le savez, c'étaient celles réservées aux souverains byzantins. Mais il me manquait la pierre guide. Aucune ne me paraissait digne d'occuper cette place.

Il pointa du doigt un emplacement vide sur le dessin.

— Placée sur la nuque de l'empereur... Invisible aux yeux profanes[1].

Odoric se tut, puis reprit un ton plus bas, en confidence :

— Il y a plusieurs nuits de cela, j'ai eu une vision. Je pêchais dans un lac de montagne aux eaux plus noires que la plus noire des nuits, et ma ligne s'enfonçait, le fil s'étirait. Un rêve étrange, angoissant. Et soudain, je l'ai remonté des profondeurs, d'un coup, comme un poisson. Sauf que c'était un charbon ardent. Malgré les eaux glacées, il brûlait d'un feu intérieur. Vous comprenez pourquoi j'ai été saisi par la vision de l'*Orphanus*.

Tout en écoutant le religieux, il semblait à Cornelius qu'il avait fait sien son rêve, qu'il voyait ce lac d'où jaillissait l'*Orphanus*. Il se félicita une fois de plus d'être venu à Reicheneau, porté par un dessein supérieur à sa pauvre volonté d'homme.

— Bientôt, ajouta le moine, nous renouerons avec les traditions carolingiennes et un empereur sera couronné. Et grâce à vous, c'était inespéré, nous avons trouvé la pierre qui assure la cohérence de la couronne.

1. La position de l'*Orphanus* sur la couronne impériale est discutée par les historiens. D'aucuns disent qu'elle était placée sur la plaque frontale, d'autres sur la nuque à l'arrière.

DEUX ANS PLUS TARD, À ROME

5

Hormis le long et éprouvant voyage jusqu'à Rome avec son abbé, frère Odoric ne conserva que deux souvenirs de son séjour : le premier fut la vision déconcertante de ce jeune seigneur en riches habits de chasse entouré de courtisanes, croisé au palais du Latran et qui n'était autre que le pape Jean XII. Jamais Odoric, élevé dans la règle de saint Benoît, n'aurait pu imaginer que le guide spirituel, le patriarche de toute la Chrétienté, pût être ce jeune homme au visage et aux manières de jouisseur.

Le second souvenir, le plus troublant, fut celui du couronnement de l'empereur Othon Ier dans la basilique Saint-Pierre de Rome.

Pendant les jours qui précédèrent le sacre, Odoric passa son temps dans la salle du trésor à surveiller la couronne, mais surtout à fixer l'*Orphanus* comme si ce dernier pouvait répondre à ses questionnements.

Enfin vint le 2 février 962.

Il faisait un froid sec et le ciel était d'une transparence de glace. Odoric, qui avait la garde de la précieuse couronne, partit en char couvert avec une escorte armée vers la basilique Saint-Pierre.

Ce qu'il ne vit pas de ses propres yeux, son abbé le lui raconta.

Le roi de Germanie, Othon le Grand, monté sur un palefroi caparaçonné d'or et d'argent, descendit du *Monte*

Mario. Il était suivi du comte palatin du Latran, du préfet de Rome et d'une foule de dignitaires dont le vénérable abbé de Reichenau.

Le cortège s'arrêta un instant devant la petite église de Santa Maria in Transpadina. Une immense assemblée de religieux était massée à proximité des remparts du *Castel Sant'Angelo*. Quant aux Romains, ils étaient venus par milliers assister au passage du futur empereur, du clergé et de la noblesse. Othon, revêtu d'une aube blanc et or, sa longue cape pourpre couvrant la croupe de son destrier, chaussé de bottes de cuir souples rehaussées de pierreries, se tenait très droit sur ses étriers. Irréel et lumineux comme une apparition.

Le cortège partit en procession par l'antique Via Cornelia vers la colline où se dressait la basilique Saint-Pierre. Les hommes s'inclinaient, les femmes se signaient et s'agenouillaient. On tendait les enfants à bout de bras pour qu'ils soient bénis.

Assis sur son trône, Jean XII attendait le futur empereur au sommet de l'escalier donnant accès au sanctuaire.

Derrière lui, debout, ses évêques et cardinaux.

Après avoir confié son palefroi à son écuyer, l'empereur monta l'escalier et s'agenouilla pour baiser les pieds du pape qui lui demanda en posant sa paume sur sa tête nue :

— Othon, veux-tu être le fils de l'Église ?

— Je le veux.

Ainsi commença le rite très ancien de l'adoption.

Jean XII se leva, enveloppa le roi de son manteau, et l'empereur baisa sa poitrine comme un fils baise celle de son père.

Puis les deux hommes franchirent ensemble le seuil de Saint-Pierre de Rome par la porte d'Argent tandis que les religieux récitaient le *Deus Innenarabilis*.

On était allé prévenir Odoric qui s'approcha avec la couronne posée sur un coussin de velours. Il aperçut le roi qui entrait dans la basilique entre les silhouettes des dignitaires massés devant lui, puis il entendit la voix du pape qui célébrait la messe. Arrivé au *kyrie*, la célébration s'arrêta. Le moment du sacre était venu.

Un novice plaça Odoric au premier rang. L'empereur fut oint d'huile sur le bras droit et entre les épaules.

— Que l'Esprit saint pénètre le cœur du roi, déclara solennellement le pape.

Frère Odoric savait qu'ensuite viendrait la remise des *Regalia*, les insignes du pouvoir impérial.

L'anneau, sceau de la sainte Foi ; l'épée pour défendre l'Empire et l'Église *per virtutem spiritu sancti*, le sceptre de droiture et enfin, le *signum gloriae*…

Un religieux fit signe à Odoric de s'avancer.

Le moine marcha jusqu'au pape et s'agenouilla, levant au-dessus de sa tête le coussin de velours où était posée la couronne impériale.

Jean XII la plaça sur la tête nue de celui qui devint Othon Ier le Grand, *imperium mundi*, successeur de Charlemagne.

Odoric, qui était parti à reculons reprendre sa place derrière les dignitaires, entendit le serment *Tibi domino* prononcé par l'empereur.

La messe s'acheva. Le pape et l'empereur repartirent en grand cortège vers le palais du Latran.

La basilique se vida lentement de la foule qui l'occupait et Odoric resta seul dans l'immense nef de pierre.

Il se sentait étrangement dépossédé.

Et ce n'était pas tant de cette couronne qui avait occupé ses jours et ses nuits pendant plus de trois ans, mais de l'*Orphanus* et aussi, il le pressentait, de ses rêves d'un monde juste et droit.

Il ne souhaitait plus que deux choses, retourner à Reichenau et retrouver la paix du monastère, le travail et la prière, la règle de saint Benoît, sa règle de vie.

Le frère joaillier Odoric ne revit l'*Orphanus* qu'une fois dans la salle du trésor où l'on enfermait les *Regalia*.

Sous la surveillance de gardes armés, le moine souleva avec précaution le couvercle du petit coffre noir qu'il connaissait si bien. Au fond, sur un coussin de velours rouge, reposait la couronne dans laquelle la lueur du jour accrocha des reflets mordorés.

Le joaillier répara un ornement cassé, changea une perle noircie. Mais il n'avait d'yeux que pour l'*Orphanus*, le *charbon ardent* que, dans son rêve, il avait remonté tel un poisson au bout de sa ligne…

« CETTE PIERRE
QUI TOUT PRINCE GUIDE… »

6

Les années avaient passé, ceux qui connaissaient l'origine de l'*Orphanus*, Josef, Cornelius, Cosmas et Odoric, étaient devenus poussière depuis longtemps.

Les emblèmes du pouvoir, les *Regalia*, suivaient les empereurs au gré des déplacements de la cour, confinés dans les salles des trésors, sortis pour les sacres ou les cérémonies.

La couronne impériale avait retrouvé des ténèbres pas si différentes de celles des mines et des cavernes d'où avaient été extraits l'or, l'argent et les pierres précieuses qui la composaient.

La dynastie des Ottoniens s'éteignit, laissant place à celle des Franconiens. Avec eux, les *Regalia* furent placés sous bonne garde dans le château fort de Hammerstein, ce château d'empire dont les énormes tours de guet surplombaient la vallée du Rhin. Le temps s'écoula.

Le Xe siècle prit fin.

Les maisons de Supplimbourg et de Hohenstaufen se succédèrent à la tête du Saint Empire romain germanique. Les coffres contenant les *Regalia* rejoignirent la chapelle romane d'un ancien monastère salésien transformé en forteresse, le château de Trifels.

L'*Orphanus* semblait oublié de tous.

Pourtant, au XIIe siècle, avec la mort de Frederic Ier Hohenstaufen, dit Barberousse, et l'affrontement qui s'ensuivit entre les dynasties Hohenstaufen et Welf, le mythe de l'escarboucle fit pour la première fois son apparition sous la plume d'un anonyme. Dans un chant épique, celui du duc Herzog Ernst, le héros voit « par sa vertu, tout comme sous l'éclat du soleil ». La pierre originelle apparaît tout entière dans cette épopée, rédigée en allemand et en latin, qui fit le tour de l'empire et traversa les frontières.

Les années passèrent, mais l'*Orphanus* continua à faire parler de lui.

Le 8 septembre 1198, le plus fameux des trouvères allemands, Walther von der Vogelweide, chanta la mystérieuse escarboucle comme jamais encore on ne l'avait chantée : « L'*Orphanus* est une pierre précieuse de la couronne de l'empereur des Romains. On l'appelle ainsi car on n'en a jamais vu de semblable. Elle est couleur de vin, d'un vin rouge clair, comme si l'éclat de la neige l'imprégnait, mais où pourtant le rouge reste dominant. Cette gemme brille vivement et l'on dit qu'elle aurait même naguère brillé dans l'obscurité ; cependant elle ne le fait plus aujourd'hui. Mais on affirme qu'elle concentre en elle l'honneur de l'Empire. »

L'honneur de l'Empire… Grâce au poète, la légende de l'*Orphanus* avait acquis une puissance nouvelle. Une aura de mystère l'entourait, qui ne la quitterait plus. En 1209, les *Regalia* furent conduits dans la forteresse de Harzburg en Basse-Saxe. Un château construit sur les ruines d'un temple païen détruit par Charlemagne. Puis, au XIIIe siècle, une voix s'éleva de nouveau. Celle d'un frère dominicain, théologien, philosophe et scientifique, qui restera célèbre dans l'histoire des sciences sous le nom d'Albert le Grand. Il nota dans son traité *De Mineralibus* :

La couronne est plus ancienne que le roi Philippe.
Aussi, comment ne pas s'émerveiller

Que l'orfèvre l'ait si bien apprêtée à son chef ?
Elle va si bien à cet auguste visage
Que rien de plus noble ne peut l'en séparer :
Loin que l'une rabaisse l'autre
Ils s'illuminent d'un éclat réciproque
La pierre précieuse et le jeune seigneur si courtois.
Un spectacle dont les princes se délectent !
Que celui qui doute de la politique du Royaume
*Voie de ses yeux qui est celui dont l'*Orphanus
Couronne la nuque :
Cette pierre, l'étoile qui tout prince guide.

Dorénavant, pour tous, l'*Orphanus* devint l'« étoile guide ». Les empereurs pouvaient mourir, leurs lignées s'éteindre, la pierre restait. Son temps n'était pas celui des hommes.

Les emblèmes du pouvoir continuaient à suivre leurs maîtres d'un château à l'autre. Du « château des rapaces », première demeure des Habsbourg, au château impérial Hofburg de Vienne puis à celui de Haguenau.

L'escarboucle légendaire ornait toujours la couronne quand monta sur le trône Charles IV, roi de Bohême, descendant de Charlemagne, représentant de la maison de Luxembourg, couronné à Rome en 1346…

AU CHÂTEAU DE KARLSTEIN, EN ROYAUME DE BOHÊME

7

Novembre 1378 était venu, le ciel était d'un bleu de glace, la neige était tombée, recouvrant toute chose. Des chandelles s'allumaient aux fenêtres du château de Karlstein, place forte construite sur ordre de l'empereur des Romains, Charles IV. Bâtie sur un éperon rocheux, à une cinquantaine de lieues au sud-ouest de Prague, cette forteresse était la résidence favorite du monarque, son lieu de repos, celui où il recevait les diplomates étrangers et les visiteurs de marque.

Mais avant tout, la « Pierre de Charles » était un château reliquaire où étaient entreposés non seulement les *Regalia* de l'Empire et les joyaux de la couronne de Bohême mais aussi nombre de reliques accumulées par l'empereur tout au long de son règne.

Charles était depuis des semaines en proie à une sombre mélancolie, à une lourde et noire tristesse. Charles qui voyait arriver, avec la guerre de Cent Ans, les épidémies de peste et les soubresauts de la Chrétienté, la fin d'un monde. Son monde.

Vêtu d'une tunique de damas serrée à la taille par une large ceinture, chaussé de bottes de cuir souple, les épaules couvertes d'une cape bordée d'hermine, l'empereur, après une journée maussade, s'était isolé dans la grande salle de réception de Karlstein, demandant qu'on ne le dérangeât pas. Il contemplait les portraits qu'il avait fait peindre sur les parois. De Noé aux rois de Troie, à la cour de France, à Charlemagne jusqu'à l'illustre lignée des Luxembourg et à lui, Charles, au côté de sa première femme, Blanche de Valois.

Des images du passé l'envahissaient.

Les femmes qu'il avait aimées. Sa mère, Élisabeth de Bohême, princesse de la dynastie des Prémyslides, et ses quatre épouses. Sa chère et tendre Blanche de Valois emportée par la maladie un an après qu'il avait posé la couronne de Bohême sur sa tête ; Anne du Palatinat qui avait suivi dans la tombe leur premier garçon ; Anne de Schweidnitz, mère de son aîné Venceslas, morte en couches, et enfin, Élisabeth de Poméranie, épousée alors qu'elle n'avait que seize ans. Une forte femme, toujours à ses côtés, mère de six enfants, dont le solide Sigismond, un garçonnet qui, déjà, ne rêvait que de tournois.

Mais, en ce matin de novembre, même la pensée de ses enfants ne réchauffait pas son cœur. Il se détourna et marcha jusqu'à l'une des fenêtres. À travers l'épaisseur du verre parsemé de bulles d'air, son regard se fixa sur la sinueuse vallée de la Berounka que le château dominait.

Le soleil descendait au-dessus de la forêt.

Au loin retentit l'appel d'un cor, signal que son fils aîné, Wenceslas, revenait de la chasse. Sur les remparts, les trompes des guetteurs répondirent. Charles refréna un mouvement d'humeur. Ce fils tant attendu, couronné roi de Bohême à deux ans, empereur des Romains à dix-sept, préférait le maniement de l'arc et du pieu à sanglier à l'exercice du pouvoir.

Deux ans déjà qu'il était devenu Wenceslas IV, deux ans que les rêves de son père s'assombrissaient.

Charles se souvenait d'avoir envoyé le poids en or de l'enfant à la Vierge d'Aix-la-Chapelle. Mais, aujourd'hui, à quoi bon tout cela ? Depuis qu'il avait transmis la couronne, plus rien n'avait de sens. Elle était loin, la période où il rêvait de Libuse, la pythie à l'origine de sa branche maternelle, les Prémyslides.

Lui qui avait tant fait pour asseoir le prestige et la force de sa lignée, qui avait fondé *Nové Město*, la Prague nouvelle, la dotant de boulevards, de larges rues, de places. Lui qui avait créé une université, fait bâtir par l'architecte français Mathieu d'Arras la cathédrale Saint-Guy, devenue archevêché, lui qui avait jeté un pont de pierre sur les flots de la Vltava menant de la résidence royale dans le quartier de *Malá Strana* à *Staré Město*, la vieille ville... Prague, grâce à ses efforts, était devenue le centre de son empire et l'égale de Rome ou de Paris.

Pourtant, il avait soudain peur – était-ce le fait de la maladie ou des secousses qui ébranlaient la papauté ? – que ses projets n'échouent, que son rêve dynastique ne vole en éclats. La stabilité dont il avait rêvé, n'était-elle que vanité ? Avait-il écrit en vain son autobiographie, la *Vita Karoli Quarti*, choisi ses alliances politiques, préparé ses testaments ?

Il chassa ses idées sombres et, par la fenêtre, observa la troupe des veneurs qui pénétrait dans l'enceinte de Karlstein.

En tête, son fils sur son destrier blanc, le pourpoint souillé de sang. Derrière lui, sur un brancard, une bête magnifique, la tête pendante. Un cerf royal à la tête couronnée de dix-huit andouillers. Autour de la litière où gisait le cadavre aboyaient les chiens de Wenceslas, des mâtins de Naples, ces molosses que les Romains utilisaient jadis dans les jeux du cirque.

Cette vision émut Charles plus qu'il ne l'aurait voulu. Il ne vit plus dans cette bête dont la vie s'était enfuie qu'un terrible symbole. Ce corps qui gisait sur le brancard, c'était lui. Tué par l'avènement de son propre fils sur le trône impérial. Et pire que tout, au-delà de sa mort, il pressentait la fin de l'empire qu'il avait bâti avec tant d'obstination.

Charles se remit à marcher de long en large, les mains dans le dos.

Les gardes, placés aux portes de la grande salle, n'osaient le suivre du regard. Enfin, l'empereur sortit et rejoignit l'escalier menant à la grande tour.

Cette tour, emblème, elle aussi, de son pouvoir, cette tour au sommet de laquelle il avait placé le plus beau des symboles, la chapelle Sainte-Croix.

Le long de l'escalier, sur les parois, se croisaient la vie de Wenceslas et celle de Ludmilla. La fresque représentant la vie de la sainte descendant sur le mur intérieur, tandis que celle du saint accompagnait les pas de Charles vers les hauteurs.

Son reliquaire, le lieu le plus précieux, le plus saint. Le seul où, maintenant, son âme inquiète trouvait le repos.

Les soldats s'écartaient devant lui. Il ne les vit pas, n'entendit pas le salut de l'officier, ne répondit pas. Chaque fois qu'il glissait la clef dans la serrure, il hésitait comme au seuil d'une révélation.

Il ne partageait l'intimité de ce lieu sacré qu'avec son gardien, un moine franciscain du nom de Leopardi.

Charles poussa le battant et resta sur le seuil.

C'était un éblouissement.

Il l'avait voulu ainsi.

Sur les murs, plus d'une centaine de panneaux de bois et des peintures murales représentant le Christ, la Vierge, les apôtres, les saints… dont les reliques étaient placées dans les cadres.

Sa Cité céleste.

Au-dessus de ces visages baignant dans des couleurs surnaturelles et un clair-obscur très doux, les parois étaient incrustées d'or pur et de pierres précieuses. Leur éclat formait un dais de lumière, un ciel piqueté d'étoiles qui rivalisait avec les derniers rayons du soleil pénétrant par les hautes fenêtres.

Charles s'avança.

Devant lui, plusieurs coffres de bois cerclés de fer. Dans l'un d'eux étaient rangés les vêtements impériaux : manteau de sacre, aube blanche aux broderies en or martelé, étole de soie rehaussée de perles et d'émaux, tunique de samit bleu à broderies rouges. Dans un autre, des reliques : un pan du voile de la Vierge, les ossements de Saint Louis, un clou de la vraie Croix, les couronnes de saint Wenceslas et d'Italie, le reliquaire avec maillons de chaînes des apôtres Pierre, Paul et Jean. Dans le plus large de tous : les *Regalia* de l'Empire : la tiare impériale, le sceptre, l'orbe, le crucifix et le sabre dit « de Charlemagne ».

Charles aperçut devant l'autel la silhouette agenouillée du moine. Leopardi avait dû l'entendre car il se leva aussitôt.

— *Imperatorem meum*, dit-il en latin en s'inclinant très bas.

Habillé de la courte tunique couleur de cendre des Franciscains, les reins ceints d'une fine cordelette, il avait davantage la stature d'un tailleur de pierre que celle d'un religieux.

— Sortez la couronne, mon frère, je vous prie.

Le rituel était toujours le même, les mouvements identiques.

Les longues mains aux gestes si délicats de Leopardi ouvraient le coffre avec l'une des clefs du trousseau qu'il portait à la taille. Il saisissait un étui de cuir rouge et vert, cerclé de métal. Un fourreau créé sur mesure par un maître praguois pour la couronne impériale. Sur le côté, des boucles permettaient de faire passer une sangle pour le transport. Sur tout le pourtour, l'artisan avait dessiné des plantes et des animaux fabuleux.

Frère Leopardi glissa une petite clef dans la serrure et souleva le couvercle orné des armes impériales : l'aigle noir sur fond jaune et le lion rampant sur fond rouge de la dynastie de Bohême.

Il posa la tiare avec précaution sur un coussin de soie rouge. Charles se pencha et saisit celle qui avait fait de lui un empereur aux yeux de toute la Chrétienté. Mais, surtout, il fixait l'*Orphanus*, comme s'il en attendait une réponse.

Il resta ainsi longtemps, immobile, la couronne dans les mains, puis la plaça sur le maître-autel devant lequel il s'agenouilla.

Une heure passa, puis une autre.

Sans bruit, Leopardi avait allumé toutes les chandelles. Leurs flammes faisaient scintiller l'or des peintures et les pierreries dont les reflets ruisselaient sur les murs et les plafonds.

Charles se redressa.

Sa voix, si puissante, si habituée au commandement, était calme, détachée de tout. Il posa la main sur l'épaule du moine :

— Tout est bien, mon frère. Priez pour moi et priez pour qu'Il ne tombe jamais en de mauvaises mains.

FRÈRE LEOPARDI

8

Le lendemain à l'aube, Leopardi entendit les fers des chevaux résonner sur les pavés. Les officiers criaient des ordres. Il se pencha et aperçut l'escorte qui se formait et sortit bientôt de l'enceinte de Karlstein. En tête, sur son palefroi, l'empereur précédé de ses couleurs.

Charles qui, l'année précédente, en novembre 1377, espérait guérir en se faisant soigner en France à l'abbaye de Saint-Maur-des-Fossés. Charles, surtout, qui avait profité de ce séjour hivernal pour présenter son fils Wenceslas à son neveu, Charles V, roi de France.

Leopardi, qui n'ignorait rien de la politique de l'empire, savait que Charles IV projetait de nouvelles alliances et des mariages concernant les trônes vacants de Hongrie et de Pologne. Charles rêvait d'être un roi saint à l'égal de Saint Louis.

La silhouette de l'empereur s'éloigna puis disparut.

Un goût amer envahit la bouche du moine. Il eut soudain la certitude qu'ils ne se reverraient plus. Cela le troubla et, par un étrange détour de sa pensée, il revint au Trastevere, le quartier de Rome où il avait grandi.

Leopardi s'était toujours senti différent.

Les jeux et les rivalités entre garçons ne l'intéressaient pas, il n'aimait rien tant que le silence et l'observation. Avec cela, il avait, depuis l'enfance, le sentiment qu'un destin extraordinaire l'attendait.

Il aurait pu être orfèvre comme son père, il choisit d'être moine dans l'ordre mendiant des Franciscains.

Il était entré au monastère de l'église *San Pietro in Montorio* sur la colline du Janicule, où il fit son noviciat. Une période heureuse somme toute, entre travail, règle de silence et études.

Et l'attente. Toujours l'attente et ce pressentiment d'un avenir hors du commun.

Leopardi aimait s'asseoir sous un grand chêne, près du monastère. De là, son regard embrassait Rome tout entière. Sur la droite, en contrebas, coulait le Tibre, un peu plus loin se dessinaient l'anneau du Colisée et le Forum. Face à lui se dressaient le Vatican et Saint-Pierre de Rome.

Leopardi soupira.

En se rendant à Prague, il croyait découvrir un monde nouveau, un monde juste et droit. Il pensait que Charles IV honorerait les vœux qu'il avait faits devant le pape. Mais Charles, même empereur, n'était qu'un homme. Pourtant, avec la lucidité qui était la sienne aujourd'hui, Leopardi savait que ce n'était pas tant lui qu'il avait suivi que l'*Orphanus*.

Pour la centième ou la millième fois, il se remémora ce qui s'était passé vingt-trois ans auparavant. Il entendait encore l'ordre de son supérieur d'aller rejoindre ses frères pour surveiller les *Regalia*. C'était la veille du sacre de Charles IV.

Comme un amant se souvient de la première fois où il a aimé, jamais Leopardi n'avait oublié. Un à un, dans la crypte, ses frères franciscains s'étaient assoupis. Pas lui.

Tout au contraire, une étrange excitation l'avait envahi. Il n'avait d'yeux que pour la couronne posée sur son coussin de velours, entourée du sceptre et de l'orbe. Une couronne légendaire, vieille de plusieurs siècles, scintillante comme une étoile.

Profitant du sommeil de ses frères, il avait lu les devises en latin inscrites sur les plaques d'or. Le *Per me reges regnant* du Christ Pantocrator, « C'est par moi que les rois règnent ».

Toutes les inscriptions de la tiare appelaient à la sagesse, à l'humilité, à la paix, à la justice politique. Elles étaient aussi un *memento mori*, un « Souviens-toi que tu vas mourir », souviens-toi que, même empereur, tu finiras poussière.

Et puis son regard s'était arrêté sur l'*Orphanus*. Et quelque chose s'était passé…

Il n'aurait su dire quoi.

Une forme de paix l'avait envahi, le sentiment aussi d'être baigné de lumière. Comme si la gemme lui avait apporté une réponse.

Leopardi avait passé le reste de la nuit à genoux, en prière. Le nouvel empereur avait été adoubé par le pape Innocent VI.

Quelques jours plus tard, Leopardi, qui n'était jamais sorti des murailles de Rome, partait pour Prague.

Il se souvenait avec précision de chaque étape du voyage, mais aussi de la découverte de cette ville inconnue, des vêtements, des coutumes, de cette langue qu'il avait apprise.

Aujourd'hui, en plus du latin, du grec et du français, il parlait l'allemand et le tchèque et était devenu le gardien de la chapelle Sainte-Croix. Une charge que beaucoup lui enviaient.

Était-ce là le destin fabuleux qu'il attendait enfant ? Il n'aurait su répondre à cette question, pourtant quelque chose, au fond de lui, lui disait que rien n'était achevé. Il soupira de nouveau, malgré lui.

Jamais depuis cette nuit à Rome il n'avait retrouvé une aussi intense communion avec l'*Orphanus*. Pourtant il y avait eu des moments où, le soir, quand la pierre brillait dans l'obscurité, il lui semblait entendre non pas des mots mais une sorte de musique, ou de chant...

Son regard fit le tour de la chapelle Sainte-Croix et une sourde angoisse le pénétra.

Si Charles IV disparaissait, que deviendrait ce lieu ? Qu'adviendrait-il de lui ?

Il avait le sentiment que la chapelle était sienne. Non qu'il la possédât – toute possession lui était interdite, à lui qui avait fait vœu de pauvreté. Non, il y respirait, y vivait de l'aube au coucher du soleil. Il y passait son temps en prière sous les regards des saints et des apôtres peints par maître Théodoric... C'était son paysage.

Le passé remonta de nouveau, brutalement, impérieusement, et cette fois ce furent les images de la naissance de la chapelle[1] qui l'assaillirent. Il revit, comme s'il y était, l'empereur surveillant les travaux. Les deux cents ouvriers sous les ordres de maître Théodoric de Prague. L'énergie du peintre, sa poigne, cette voix douce qui claquait quand un apprenti distrait relevait la tête de son ouvrage.

Leopardi avait vu le château tout entier devenir ce qu'il était aujourd'hui. Un reliquaire. Dans la salle de réception, Théodoric avait travaillé avec le Strasbourgeois Nicolas Wurmser.

Les plafonds de la chapelle s'étaient couverts d'or et de pierres précieuses. Les fresques avaient pris forme, les tableaux trouvé leur place sur les parois... Et puis était venu le peintre italien Tommaso Barisini, dit « Tommaso da Modena ». Il revoyait son regard aigu sous ses sourcils broussailleux, ses mains déformées et son expression de ravissement enfin, quand il avait aperçu les panneaux dorés de son triptyque de la Vierge à l'Enfant placé sur le maître-autel.

Tant de beauté avait chassé les idées noires de

1. Vraisemblablement en 1367.

Leopardi qui se mit en prière. Les jours passèrent, puis les semaines.

Novembre se fit plus dur. Les tempêtes de neige blanchissaient les branches que le gel brisait. Au-dessus des cheminées de Karlstein s'effilochait la fumée dispersée par le vent.

Dans le château et dans la tour, les rondes se succédaient, les officiers se saluaient, repartaient. Lassé pour un temps de la chasse – il avait perdu l'un de ses meilleurs chiens dans les flots glacés de la Berounka –, le jeune empereur passait son temps à festoyer avec les seigneurs de sa cour ou à lutiner les servantes.

Le 29 novembre 1378, frère Leopardi se réveilla en sursaut après un cauchemar dont il ne conservait qu'une impression de noirceur et d'infinie tristesse. Comme à son habitude, après une rapide toilette à l'eau glacée, il descendit aux cuisines. Cet univers-là le fascinait. Sans doute parce qu'il était l'exact opposé de celui où il vivait. Si la chapelle était le cœur du château, les cuisines en étaient le ventre. Un ventre chaud, vivant, assourdissant. Il aimait observer leur effervescence, le défilé des serviteurs et des cuisiniers. Les fournisseurs alignaient légumes, gibier et poissons sur de longues tables. Les aides plumaient, écaillaient, éventraient. Des rires fusaient, des plaisanteries salaces aussi, mais la discipline était là. Les cheminées crachaient leur chaleur, les rôtissoires tournaient.

Le cuisinier en chef le salua avec respect et lui désigna une table libre près du feu. Il avala un morceau de pain trempé dans la soupe avant de remonter vers la chapelle. Après s'être glissé parmi les hommes, il remontait vers Dieu.

Pourtant, ce matin-là, rien n'était comme d'habitude,

dans la cour régnait une excitation anormale. Un serviteur qui regardait par la fenêtre marmonna avant de s'écarter :

— Un courrier à cheval de la reine Élisabeth est venu tôt ce matin. Le jeune Wenceslas retourne à Prague avec ses proches. C'est pas bon.

Leopardi fixa le convoi du prince et des seigneurs jusqu'à ce qu'il disparût.

Il gravit les marches menant à la chapelle et, une fois là-haut, après avoir prié devant l'autel, il s'absorba dans ses tâches quotidiennes, essayant de combattre le noir pressentiment qui l'envahissait.

Leopardi ne laissait à personne le soin d'entretenir ce lieu sacré. Il le lava, frotta, fit briller, remplaça les chandelles, épousseta les cadres… Quand un coup sur la porte l'interrompit.

— Qui est là ?

— C'est moi, Théodoric, répondit la voix familière.

Leopardi ouvrit. Cela faisait plusieurs semaines qu'il n'avait pas vu le peintre. Théodoric avait les traits tirés, la mine sombre.

— Salut à toi, mon frère, fit-il en l'étreignant avec force.

Jamais Théodoric ne l'avait serré ainsi, sauf le jour de la consécration de la chapelle, quand leur joie à tous deux éclatait.

— L'empereur Charles IV est mort cette nuit, asséna le Praguois d'une voix sourde. Dieu ait son âme.

— Dieu ait son âme, répéta Leopardi, tandis que le sol se dérobait sous ses pieds.

9

Le lendemain, à l'aube, Leopardi s'enferma à clef dans la chapelle. Il n'avait pas fermé l'œil de la nuit.

Il marcha de long en large puis se dirigea vers le coffre des *Regalia*. Il hésita, tendit la main puis la laissa retomber. Les dernières paroles de l'empereur résonnaient sous son crâne :

« Priez pour moi et priez pour qu'Il ne tombe jamais en de mauvaises mains. »

Les confidences de Théodoric, les ragots entendus la veille en cuisine ou dans les couloirs le taraudaient.

Charles IV n'était pas encore en terre que déjà son royaume se disloquait, comme jadis celui de Charlemagne. Sigismond, le demi-frère cadet de Wenceslas IV, allait recevoir l'électorat de Brandebourg et, grâce à ses fiançailles avec Marie, fille de Louis Ier de Hongrie, il espérait coiffer la couronne de Hongrie. Le prince Jean, un autre demi-frère, recevait le bailliage de Gorlitz en Haute-Lusace. Une terre fertile, fief d'empire, au nord de Prague. De son côté, Jean Henri, frère cadet de Charles IV et oncle de Wenceslas, mort en 1375, avait légué le margraviat de Moravie, à l'est de Prague, à ses fils Jobst, Jean Sobeslav et Procope.

De plus – le peintre l'avait prévenu –, des clercs viendraient à Karlstein et feraient l'inventaire des biens du défunt empereur. Le visage de Leopardi se contracta.

Le crâne pris dans un étau, il s'efforça à la prière jusqu'à ce qu'enfin il recouvrât un peu de calme. Il sortit la couronne impériale de son fourreau, s'agenouilla devant l'autel et attendit.

Il priait pour recevoir un signe, comme à Rome, vingt-trois ans plus tôt. Mais rien ne vint. La pierre était indifférente, car c'était elle qu'il priait et non Dieu.

La nuit tomba. Leopardi n'avait pas bougé. Ses muscles étaient rompus. La pierre restait muette. La fatigue le fit défaillir et il finit par glisser sur le dallage. Épuisé, inconscient, il rêva. Un rêve agité. L'*Orphanus* flottait au-dessus de lui et brillait d'un feu incomparable. Leopardi avait le sentiment d'être vu et compris. Il n'avait pas besoin de poser de questions. Tout était déjà écrit.

Quand le moine revint à lui, il savait ce qu'il devait faire. Le silence régnait, une lune froide, une lune d'argent, éclairait Karlstein et ruisselait sur le dallage de la chapelle. Sur la couronne impériale, l'*Orphanus* brasillait, habité de cette étrange clarté intérieure qui le distinguait des autres joyaux.

CET EMPEREUR
QU'ON SURNOMMA L'IVROGNE

10

Trois jours s'étaient écoulés depuis la mort de Charles IV. Le jeune empereur était revenu à Karlstein. Au lieu de siéger au palais impérial de Prague, il s'était réfugié dans son nid d'aigle au-dessus de la Berounka, partageant son temps entre les banquets, la chasse et de noires crises de mélancolie.

Dans les couloirs, à mi-voix, les serviteurs et même les officiers le surnommaient l'Ivrogne. Chaque soir il s'affalait sur la table ou roulait dessous et il fallait le porter jusqu'à son lit. Chaque matin, l'aider à se lever. Le chapelain confia à Leopardi que l'impératrice Élisabeth intriguait déjà, poussant son fils Sigismond. Espérant qu'il serait empereur à la place de son demi-frère.

À Karlstein, l'inventaire s'achevait.

L'archevêque et chancelier de l'université de Prague, Ernest de Pardubice, s'était déplacé en personne, entouré de ses clercs. Ce haut personnage, que jamais Leopardi n'avait vu de si près, avait examiné l'*Orphanus*[1] avec une déférence particulière.

Il avait ensuite fait procéder au recensement des richesses de la chapelle Sainte-Croix, tableaux, joyaux,

1. Inventaire effectué après le décès de Charles IV et dernier aperçu officiel de l'*Orphanus*.

reliques… avant de se retirer, emmenant des pages noircies où chaque pièce était dûment inscrite.

Après leur départ, Leopardi s'était adossé au battant. Un goût de bile dans la bouche. Il éprouvait un sentiment de deuil et de perte. Et puis ce relâchement général, comme si les travers du prince, ses faiblesses, sa paresse, influaient sur la marche même de Karlstein. Les rondes et les repas ne s'effectuaient plus aux mêmes heures, le ménage était négligé, il n'était pas rare d'apercevoir des pages désœuvrés jouer aux dés dans les couloirs ou des soldats somnoler au lieu de veiller.

Leopardi décida de quitter Karlstein mais, pour cela, il lui fallait l'autorisation de l'empereur. Il demanda donc audience.

Les jours passèrent sans qu'aucune réponse ne lui parvînt et puis, un matin, à l'aube, on frappa à sa porte. C'était un page, l'air affolé.

— C'est l'empereur, mon frère, il vous attend de suite.

Le Franciscain enfila ses sandales, noua sa cordelette autour de ses reins et suivit le jeune garçon, le cœur battant.

Une fois en bas, il se présenta à l'officier de garde.

— Frère Leopardi. L'empereur m'a fait mander.

— Entrez, mon frère, répondit le soldat en faisant signe à ses hommes de lever leurs hallebardes.

Le Franciscain pénétra sans bruit dans la grande salle de réception. Il n'était pas revenu là depuis la mort de Charles IV et resta saisi. Ce qu'il voyait le choqua autant qu'une souillure sur un drap d'autel. Sur le dallage, des verres brisés, des morceaux d'assiettes, des restes jetés aux chiens, des tables non desservies, des chaises renversées. Partout le désordre et la saleté.

Il leva les yeux vers les cadres dorés qui montaient jusqu'aux poutres avec l'impression de sentir les regards réprobateurs des ancêtres de Wenceslas.

Puis son attention revint vers le jeune prince. Celui-ci marchait de long en large, cheveux blonds et vêtements défaits. Ce n'était plus le jeune homme raffiné, parlant plusieurs langues, portant beau, que Charles IV avait formé, c'était un inconnu. Ses chiens, couchés devant la cheminée, avaient levé la tête à l'entrée du moine.

Leopardi hésita. Devait-il s'avancer, s'incliner, prendre la parole ? L'empereur l'avait-il même entendu entrer ? Le Franciscain resta donc immobile.

Au bout d'un moment pourtant, Wenceslas, sans arrêter son manège, lança :

— Que veux-tu, le moine ? Parle !

Jamais Charles IV ne l'aurait apostrophé de cette façon, mais le religieux ne s'en formalisa pas. Il y avait quelque chose de si tragique dans l'égarement du prince, dans ce masque pâle aux traits tirés et dans les tremblements qui agitaient ses mains.

— Je suis désolé de déranger Votre Majesté…

Wenceslas balaya l'air d'un geste impatient. Un des chiens émit un sourd grondement, découvrant les crocs.

— Viens-en aux faits.

Leopardi, après s'être incliné une nouvelle fois, déclara :

— Je sollicite de Votre Haute Majesté l'autorisation de rejoindre ma communauté à Rome.

Tout d'abord, l'empereur ne réagit pas. Puis il murmura et c'était presque inaudible :

— Tu veux donc me quitter ?

Leopardi ne répondit pas. Le visage de Wenceslas se tordit.

— Je suis seul, le moine. Et ne me dis pas que Dieu va me venir en aide. Il est aussi impuissant que ceux-là.

Il désigna les portraits de ses ancêtres.

— Je sais le surnom qu'on me donne. Je vois les regards qui se détournent et j'entends ces apartés. Ces courtisans qui se taisent quand j'arrive. Je bois, certes, mais je ne suis ni idiot ni sourd.

— Votre Majesté…

Leopardi cherchait en vain des mots de réconfort. Le prince n'écoutait pas. Il poursuivit :

— Je n'ai jamais voulu porter cette couronne, jamais, tu m'entends ! Jamais !

Son visage s'était couvert de marbrures rouges. Sa respiration était sifflante. Il resta un moment debout ainsi, muet, pathétique, puis se laissa retomber dans un fauteuil, comme accablé par le poids qui pesait sur ses épaules.

— Pourquoi mon père est-il mort ? Pourquoi ?

Leopardi baissa les yeux.

Au bout d'un moment, il entendit la voix du prince :

— L'empereur t'aimait bien, le moine. Va donc, puisque c'est ton choix, tu es libre !

— Merci, je…

— Demande qu'on m'apporte à boire, l'interrompit Wenceslas. Et laisse-moi.

Leopardi s'inclina et sortit à reculons. Il eut une dernière vision du prince qui s'était remis à marcher de long en large comme un prisonnier dans sa cellule. Il referma. Il ne devait jamais revoir Wenceslas.

Était-ce le contrecoup de toutes ces émotions ? La perspective d'abandonner ce qu'il avait tant aimé ? Une méchante fièvre le prit. Leopardi sentit son esprit s'embrumer, d'étranges visions lui vinrent. Tantôt il était glacé, tantôt il avait chaud. Si chaud.

Le frère infirmier le fit porter à l'infirmerie. Il se mit à délirer. « L'*Orphanus*, l'*Orphanus* », gémissait-il en se tordant sur sa couche.

11

Alors que Leopardi était toujours à l'infirmerie, l'intendant de Karlstein découvrit que de nombreuses pièces d'orfèvrerie manquaient et que des serviteurs avaient disparu. Pour comble de malchance, la reine Élisabeth venait d'arriver avec son fils Sigismond.

Le gouverneur du château ne savait plus où donner de la tête. D'autant que l'humeur de l'empereur était de jour en jour plus massacrante. Mais, plus grave encore, un événement survint qui ébranla chacun.

Alors que Leopardi commençait à reprendre ses esprits, l'aumônier vint le visiter. Très pâle encore et affaibli, Leopardi l'accueillit avec un faible sourire. Pourtant, le religieux hésita à lui annoncer la terrible nouvelle.

— Mon frère, vous m'entendez ? fit-il doucement. Puis-je vous parler ?

Leopardi hocha la tête.

— J'ai une mauvaise nouvelle, l'*Orphanus*... L'*Orphanus*.

Il bégayait, la nouvelle était si folle qu'il n'y croyait pas lui-même.

— L'*Orphanus* a disparu.

Ces mots prononcés doucement résonnèrent étrangement dans le silence de la cellule. Le malade s'empourpra, ses mains tressautèrent. On aurait dit qu'il rassemblait ses forces pour se lever.

— Sortez, l'aumônier, ou je ne réponds pas de sa vie, ordonna l'infirmier en voyant l'agitation croissante de Leopardi.

Il glissa une cuillère d'opium entre les lèvres de Leopardi. La tête du moine retomba, ses paupières se fermèrent et il sombra dans un profond sommeil.

L'*Orphanus* avait été arraché à la couronne du Saint Empire, et cela causa dans tout le château comme au-delà une agitation extrême. Profitant de la maladie de Leopardi et du relâchement de la soldatesque, quelqu'un s'était introduit dans la chapelle Sainte-Croix. Un ladre avait osé porter la main sur les *Regalia*. La rumeur alla en s'amplifiant. D'aucuns disaient que c'en était fini du Saint Empire romain germanique et de la dynastie des Luxembourg. Que la disparition du joyau était un châtiment divin.

L'empereur, furieux, ordonna qu'on retrouvât les serviteurs en fuite. L'impératrice lança sa garde personnelle à leur poursuite. Des escouades de soldats et de cavaliers partirent aux quatre coins du royaume. L'intendant de Karlstein promit une récompense à qui les livrerait. Bientôt les fuyards, trahis par certains, vendus par d'autres, furent conduits sous bonne escorte au château impérial.

Les soldats rapportaient une partie de l'argenterie et quelques bijoux mais aucune trace du très précieux *Orphanus*.

— Qu'on les mette à la question, ordonna Wenceslas.

Les coupables furent torturés. Jusqu'au bout ils protestèrent de leur innocence. Jamais ils n'étaient entrés dans la chapelle, jamais ils n'avaient touché aux *Regalia*. Ceux qui survécurent à l'eau, au feu, aux brodequins, aux tenailles, à l'écartèlement, furent pendus.

Comme l'*Orphanus*, malgré d'incroyables promesses de récompense, ne réapparaissait toujours pas, l'empereur convoqua son joaillier personnel, le Praguois Magnus.

Le joaillier, agenouillé devant son prince, ne savait à quel saint se vouer, le souverain l'avait couvert d'injures avant de lui ordonner de nouveau :

— Trouve-moi une gemme digne de remplacer l'*Orphanus*.

— Mon prince… balbutia le pauvre homme. Je vous ai montré tout ce que j'avais. L'*Orphanus* était si particulier…

La colère empourpra le visage impérial. Le plateau avec les rubis, saphirs, émeraudes tomba, les pierres précieuses roulèrent sur le dallage.

Magnus les ramassa en promettant qu'il allait revenir et se retira.

DE PRAGUE À ASSISE

12

Enfin rétabli – plusieurs mois étaient passés depuis la mort de Charles IV –, Leopardi franchit la porte de Karlstein début avril 1379 pour n'y plus revenir.

Après avoir fait ses adieux à ceux qui l'avaient côtoyé pendant tant d'années, le moine, une fois sur la route, ne se retourna pas. La silhouette massive du château s'enfonça bientôt dans la brume et disparut tout à fait.

Pour tout bagage, Leopardi ne possédait qu'un balluchon de toile contenant un vêtement de rechange et des provisions. Il avait maigri et flottait dans sa tunique de bure. Quant à ses cheveux, ils avaient blanchi le jour où l'aumônier lui avait annoncé le vol de l'*Orphanus*.

Le chariot qui l'avait mené jusqu'aux portes de Prague le laissa au pied de la colline de Hradčany, non loin du château impérial.

Ici et là, les arbres bourgeonnaient, le soleil était apparu mais il ne réchauffait pas le cœur de Leopardi.

Des lavandières descendaient vers les rives de la Vltava en riant. Le froid était encore vif et le vent soufflait dans les rues en pente. Le moine traversa une placette et, après quelque hésitation, souleva le heurtoir en forme de chouette d'une coquette maison à la façade blanchie à la chaux.

Il n'eut pas longtemps à attendre.

Un jeune garçon ouvrit, la voix de stentor de maître Théodoric demanda :

— Qui est là ?

Le gamin hésita, le religieux avait tant changé depuis la dernière fois qu'il l'avait vu.

— C'est... frère Leopardi, mon maître, il...

Il n'eut pas le temps d'achever sa phrase qu'une solide poigne l'écarta du seuil.

— Entre, mon ami, entre donc ! s'exclama le peintre.

Il entraîna le Franciscain vers une petite salle. Dans l'âtre brûlait un feu. Sur un côté de la pièce était poussé un lit couvert de peaux de mouton. Théodoric désigna un tabouret près de la cheminée. Le religieux s'y assit. Il n'avait même pas répondu au salut du peintre.

— Par ma barbe, mon ami, on m'avait dit que tu avais été malade, mais là...

Pour dire le vrai, il n'aurait pas reconnu Leopardi tant il était différent. Ses cheveux blancs étaient ceux d'un vieillard, son teint était livide, mais surtout son visage était un masque figé, dans lequel brûlait un regard fiévreux.

— Ma foi, un bon repas te réconfortera et me fera du bien à moi aussi. Nous allons y pourvoir. Tu me connais, je mange quand j'y pense et j'y pense souvent !

Il frappa dans ses mains et le jeune garçon réapparut.

— Cours chercher Alzbeta et dis-lui que nous avons faim et soif !

Alzbeta vivait dans la maison voisine avec son mari et ses quatre enfants. Elle s'occupait du peintre comme s'il était de sa famille, lavant son linge, récurant sa maison et, surtout, lui préparant de délicieux repas à toute heure du jour et de la nuit.

Théodoric montra le baluchon.

— Tu quittes Prague ? Où vas-tu donc ?

— Rome, souffla Leopardi, si bas que Théodoric dut faire un effort pour le comprendre.

Le peintre baissa la voix et marmonna sur le ton de la confidence :

— Je te comprends. Ici, plus rien ne sera jamais pareil. Nous avons connu un temps fabuleux, mais ce temps ne reviendra pas.

Leopardi s'était tu. Théodoric ne savait plus que dire. Le silence retomba, bientôt rompu par le retour de l'apprenti. Le gamin portait un lourd plateau : galettes d'orge perlé à l'ail et aux champignons, saucisses, jarrets de porc aux épices. Un délicieux parfum de viande grillée et d'ail se répandit. L'apprenti posa des bols sur la table, alla chercher une cruche d'eau et une de vin, puis il trancha le pain et ressortit.

Les deux compagnons mangèrent. Un peu de couleur revenait aux joues du Franciscain, qui dévorait tout ce que son ami posait dans son assiette.

— Ma foi, cela fait plaisir de t'avoir à table, remarqua Théodoric en lui resservant du vin coupé d'eau.

Amitié, chaleur de l'accueil, vin, repas : Leopardi se sentait revivre. Il formula dans sa tête des remerciements qui ne réussirent pas à franchir la barrière de ses lèvres. Depuis l'annonce de la disparition de l'« étoile guide », il s'était enfermé dans un mutisme obstiné et toute parole lui demandait un effort.

— Ici, le principal sujet de conversation est le vol de l'*Orphanus*. Magnus le joaillier, incapable de trouver un joyau qui l'égale, a été fouetté et chassé par Wenceslas.

Le moine ne répondit pas mais le peintre le vit se raidir.

Le gamin revint avec un blanc-manger aux amandes et des beignets dégoulinants de miel.

Théodoric attendit le départ du garçonnet pour reprendre :

— Comment cette disparition a-t-elle été possible ? C'est aussi fou que si la couronne elle-même s'était volatilisée. Il y avait des gardes. Tu étais là tout le temps. C'est de la sorcellerie.

— J'étais... à... à l'infirmerie. Malade à mourir...

La phrase avait jailli d'un coup, mais le ton était si désespéré que Théodoric haussa ses larges épaules.

— Allez, mon ami. Ce qui est fait est fait. Peut-être est-ce mieux ainsi ? L'*Orphanus* ne veut pas de celui qui nous gouverne.

Le silence retomba, on n'entendait plus que les craquements du bois dans la cheminée. Les deux hommes fixaient les flammes.

— Le bruit court que Wenceslas préfère s'occuper de ses chiens plutôt que du sort du royaume. Par la mort bleue ! Son père doit se retourner dans sa tombe. (Le juron avait échappé à Théodoric qui, cessant de fixer le feu, se tourna vers son ami.) Mais toi, que vas-tu faire à Rome ?

Le Franciscain avait la gorge trop nouée pour expliquer ce qu'il considérait comme sa mission. Sentant son embarras, le peintre se leva.

— Laissons tout cela ! Tu es fatigué et je t'assomme avec mes questions.

Il tisonna les braises dans l'âtre, mit quelques pommes de pin qui se consumèrent en crépitant.

— La route est longue jusqu'à Rome.

Il reposa son tisonnier. Puis, comme si une idée lui était soudainement venue, il se frappa le front de la paume.

— Mais si, bien sûr... Pourquoi n'y ai-je pas songé plus tôt ? Un de mes amis, un tapissier, part demain à Venise. Le convoi compte une dizaine de chariots et des gardes à cheval. Tu pourrais te joindre à eux. Venise... Tu serais à mi-chemin. Stefan ne me le refusera pas, il est mon obligé. Qu'en penses-tu ?

— Je n'osais espérer... Merci.

Leopardi avait de nouveau l'air si épuisé que Théodoric s'en émut.

— Je vais demander au petit de te préparer une couche dans l'atelier. Tu vas te reposer et demain, jusqu'à ton départ, je resterai avec toi. Les commandes peuvent attendre.

— Tu vas me manquer, Théodoric, lâcha Leopardi.

Ces deux-là avaient partagé la beauté de Karlstein, la naissance de la chapelle Sainte-Croix… Pour masquer son émotion, le peintre se tourna de nouveau vers l'âtre.

Il ne vit pas Leopardi ouvrir la bouche puis la refermer, le visage déformé par une expression d'absolu désespoir.

Le moine se sentait si seul. Il aurait voulu se confier mais, au lieu de cela, il avait l'impression de s'enfoncer en lui-même comme au fond d'un gouffre.

13

Le voyage en chariot vers Venise fut long et épuisant. Les cahots de la route, les arrêts pour réparer, la crainte d'être attaqué en dépit de la solide escorte armée. Au début, ses compagnons de voyage avaient essayé de se lier avec lui, mais le Franciscain restait à l'écart, prétextant la prière. Ils ne le dérangèrent plus. À Venise, ils se séparèrent, Leopardi se tailla un bâton dans le bois d'un coudrier, et prit la direction de Rome.

Il ne s'arrêtait plus guère que pour dormir dans des hospices ou dans la chaleur des étables. Il mit cinq jours entre Venise et Ravenne, puis trois autres pour gagner Saint-Marin. Ses pensées revenaient sans cesse à la chapelle Sainte-Croix et à Karlstein. Par moments, il avait l'impression que l'*Orphanus* flottait devant ses yeux et il entendait la voix de l'empereur Charles IV répéter : « Priez pour qu'Il ne tombe jamais en de mauvaises mains. »

Il éprouvait d'étranges malaises, se sentait fébrile, avait des vertiges, des éblouissements.

S'il n'y avait eu sa robe, on l'eût pris pour un brigand. Sa barbe et ses cheveux avaient poussé, ses habits étaient couverts de poussière. Les gens s'écartaient devant son air farouche.

Arrivé à Pérouse, en Ombrie, il s'arrêta, indécis. Au loin, il apercevait les sommets bleutés des Apennins.

D'un côté s'étirait la route de Rome, de l'autre celle d'Assise. Pour la première fois depuis qu'il avait quitté Prague, il hésitait. Ses forces déclinaient, sa foi en sa mission, aussi, il obliqua vers la cité de saint François.

Il aperçut le mont Subasio de fort loin, avec, nichée sur ses contreforts, la basilique du *poverello d'Assisi*. C'était sur cette montagne dans l'*Eremo delle Carceri*, un oratoire et un monastère troglodytes, que saint François, le saint patron de son ordre, aimait à se recueillir.

Leopardi reprit son chemin, s'appuyant de plus en plus lourdement sur son bâton. Il gravit, non sans s'arrêter à plusieurs reprises pour souffler, la pente menant au monastère. Et puis, d'un coup, ses forces l'abandonnèrent, tout devint noir et il roula sur le pavé, inconscient.

Quand il se réveilla, il était allongé sur un grabat, entouré de Franciscains. L'un d'eux envoya quérir l'abbé qui les rejoignit bientôt et s'approcha.

— Salut à toi, mon fils. Je suis l'abbé Giancarlo.

Le révérend abbé était de petite taille, plutôt mince, le visage étonnamment jeune et lisse. Mais ce qui frappait le plus chez lui, c'était son regard. Il s'accrochait au vôtre et ne vous quittait plus. L'abbé fit un signe de la main, les religieux sortirent et il s'assit sans façon à côté du voyageur. Il l'observait avec tant d'acuité que Leopardi finit par baisser les yeux.

— Vous nous êtes arrivé bien faible, mon fils, mais surtout, plus que votre corps, c'est votre âme que je sens tourmentée. Puis-je vous apporter mon aide ?

Leopardi aurait voulu répondre par l'affirmative. Au lieu de cela, il secoua la tête.

— Si vous n'êtes pas trop fatigué pour parler, dites-moi, d'où venez-vous ainsi ?

Leopardi chercha ses mots. Sa voix était rauque, désagréable à son oreille, pourtant, encouragé par l'abbé, il finit par raconter son histoire et le fait qu'il était en route vers Rome.

— Pourquoi avoir quitté cette chapelle Sainte-Croix que vous dites tant aimer ?

— Je n'ai pas de réponse à cela, mon père, mentit Leopardi en sentant le rouge lui monter aux joues.

L'abbé se leva.

— Nous allons prendre soin de vous. Vous avez besoin de repos et de bien manger. Le frère hôtelier, Alessio, va vous trouver une cellule. Vous pouvez rester avec nous autant que vous le désirez.

— Merci, mon père.

On lava ses vêtements, Alessio lui donna une robe de bure neuve et fit réparer ses sandales. Leopardi passa une semaine parmi les Franciscains d'Assise. Cela aurait dû être une période de paix et de prière. Pourtant, malgré l'harmonie, la douceur et même l'invitation à rester dans leur communauté, il était sombre et distant. Et puis sa santé, au lieu de s'améliorer, continuait à se dégrader.

Il avait des accès de fièvre, manquait d'appétit et, par moments, il lui semblait que son cœur battait si vite qu'il allait jaillir de sa poitrine. Cela le confirma dans l'idée que le temps lui était compté et qu'il devait se remettre en route pour Rome.

— Pour de multiples raisons, je regrette que vous ne restiez pas avec nous, mon fils, déclara l'abbé Giancarlo auquel il avait demandé audience.

Après un long silence, le révérend ajouta :

— Mais je comprends. Quand vous serez à *San Pietro in Montorio*, voyez frère Giovanni. C'est un ami. Il est frère infirmier et peut-être pourra-t-il vous sauver… S'il en est encore temps.

Troublé par ces mots, Leopardi bredouilla.

— Ne dites rien, mon fils, et prions tous les deux.

Leopardi s'agenouilla devant l'abbé qui posa la main sur sa tête.

Depuis le début, il avait le sentiment d'avoir été percé à jour par ce religieux qu'il voyait se comporter comme un père aimant avec les plus humbles. La honte le taraudait d'avoir dû refuser la confession. Pourtant, une fois de plus, alors qu'il brûlait de se confier, il garda le silence. Il fit ses adieux à l'abbé, rassembla son maigre bagage et rejoignit Alessio. Le frère hôtelier l'accueillit avec un triste sourire et lui donna un petit sac de toile.

— Du pain, des oignons et du fromage. Tu vas me manquer, Leopardi, et je ne t'envie pas de rejoindre Rome en ce moment.

Alessio était un homme simple et doux. Lui qui n'avait jamais quitté Assise, les récits de l'ancien gardien de Sainte-Croix sur le royaume de Bohême, sur Karlstein et l'empereur l'avaient fasciné.

— À Rome, c'est le Grand Schisme. Et il n'y a que notre saint abbé pour réussir à préserver l'unité de notre maison.

— Dis-moi ce que tu sais, mon frère.

— Tu as appris qu'en avril Bartolomeo Prignano était devenu le pape Urbain VI ?

— Oui.

— Sauf que, le 9 août, le Sacré Collège a invalidé son élection et, le 20 septembre, des cardinaux ont procédé à une nouvelle élection. Ils ont élu Clément VII qui s'est installé au palais d'Avignon. Seulement sais-tu qui est Clément VII ?

Comme Leopardi faisait un signe négatif, le moine reprit :

— Un Français, Robert de Genève, surnommé le « boucher de Césène ». À la tête d'une milice de mercenaires menée par un homme du nom de John Hawkwood, il a fait massacrer plus de quatre mille habitants.

— John Hawkwood. *Inglese italianato è un diavolo incarnato*[1] *!* lâcha Leopardi.

— Oui, un diable qui a été le bras droit de celui qu'on

1. « Un anglais italianisé est un diable incarné. »

appelle maintenant l'antipape. La Chrétienté tout entière est ébranlée. (Il se signa.) Le Saint Empire romain germanique s'est rangé derrière Urbain VI, alors que la France – qui a tout intérêt à avoir un pape français – se désolidarise de son parent tchèque et a choisi Clément VII. Le royaume d'Espagne va faire de même, alors que les Anglais hésitent encore. Un peu partout, même au sein des ordres religieux, nous avons maintenant des urbanistes et des clémentistes. C'est un chaos indescriptible. Le ministre de notre ordre, Leonardo Rossi de Giffone, a renié Urbain VI et été fait cardinal par l'antipape Clément. Notre nouveau ministre général est un Vénitien, Ludovico Donato. Le chaos, mon frère, le chaos.

D'ASSISE À ROME

14

C'est la mine sombre que Leopardi quitta Assise en fin de matinée. Les paroles d'Alessio tournoyaient encore dans sa tête. Naïvement, il n'avait pas cru que le schisme atteindrait de telles proportions, pensant que tout rentrerait dans l'ordre avant son arrivée à Rome. Qu'allait-il faire dans cette tourmente ? Pourrait-il seulement accomplir la mission qu'il s'était assignée ? Il continua pourtant mais n'alla pas bien loin. Arrivé au *Ponte delle Torri*, à Spolète, il s'arrêta. Son cœur cognait si fort qu'il dut s'asseoir. Le dos couvert d'une sueur glacée, il frissonnait et une douleur aiguë montait de sa jambe gauche. Désespéré, l'esprit brumeux, il perdit toute notion du temps. Un bruit de roues le ramena à la réalité.

Un chariot s'était arrêté et un marchand du haut de son banc l'interpellait :

— Mon frère ! Oh, mon frère !

Il essaya de répondre, en vain, il avait si mal. L'autre poursuivit :

— Ça n'a point l'air d'aller, vous êtes blanc comme du marbre.

L'homme mit le frein à son chariot, calma ses bêtes – deux solides chevaux de labour séparés par un timon – et sauta à terre.

— Où allez-vous, mon frère ?

Leopardi articula avec difficulté.

— Rome… Sur la colline du Janicule, au monastère de l'église *San Pietro in Montorio*.

— Je vais à Rome, moi aussi, mon frère. Allez, je vais vous conduire. Laissez-moi faire.

D'autorité, il glissa ses bras sous les aisselles de Leopardi, le remit debout, puis le souleva comme un enfant et l'aida à s'installer au milieu de sacs de jute à l'arrière.

— Je transporte des épices, mon frère. Vous êtes bien calé ainsi, mieux que sur le banc avec moi.

La douleur passa comme elle était venue. Leopardi reprit ses esprits. L'homme, d'un claquement de langue, relança ses chevaux.

— Merci, mon ami.

— Point de merci, mon frère, priez plutôt pour nous, les Taviani. Y a jamais assez de prières, surtout de la part d'un homme d'Église. (Il se signa.) Moi, c'est Milo, ma mère s'appelle Livia – c'est important de donner les noms à Dieu même s'Il les connaît tous –, ma femme, c'est Donatella et ma fille, Giulia. Elle est belle, ma Giulia, et douce comme du miel.

— Je le ferai, mon ami, promit Leopardi.

— Vous savez, mon neveu, le fils du frère de ma femme, vient d'entrer à San Pietro comme novice. Peut-être le connaissez-vous ? Antonio Castiglioni, c'est un bon garçon.

L'homme parlait, parlait… Leopardi hochait la tête. Il finit par sombrer dans un demi-sommeil, bercé par la voix de Milo et les mouvements du chariot.

15

Enfin – Leopardi avait parcouru plus de trois cents lieues depuis Karlstein – ils entrèrent dans Rome. La Cité vaticane, avec la basilique Saint-Pierre et le Palais des Papes, surplombait la ville natale de Leopardi.

La carriole se frayait un chemin au milieu d'un flot de chariots, de cavaliers et de piétons.

Le moine, qui pensait avoir tout oublié, se trouva submergé de souvenirs, les yeux embués. Indifférent au bavardage de Milo, il regardait avec avidité ce qui l'entourait et renouait avec sa jeunesse, avec Rome et son histoire qu'aucune cité au monde, n'en déplaise au défunt Charles IV, ne posséderait jamais. Les sept collines, la Voie triomphale, le Champ de Mars, les cirques, les places publiques, le Tibre et ses ponts, les jardins et les restes de l'aqueduc de César.

Ils longèrent le fleuve. Sur l'autre rive se dressaient le *Castel Sant'Angelo*, le chantier naval avec ses navires à l'ancre… Ces lieux où, enfant, il aimait courir.

Milo engagea leur équipage sur l'île d'Esculape et ils traversèrent le pont Cestius. Au-dessus d'eux, c'était le mont Janicule, du nom du dieu « par qui tout commence » : Janus. Le dieu qui regarde à la fois le passé et l'avenir, le dieu des passages. Et n'était-ce pas précisément ce qu'il faisait ? Revivant son enfance tout en songeant à la mission qu'il s'était donnée.

Ils traversèrent des jardins et, bientôt, au détour de la route, virent les toits de l'église *San Pietro in Montorio*.

Le chariot s'arrêta pour laisser passer des moniales et s'immobilisa enfin devant la porte du monastère. Milo aida Leopardi à descendre.

— Mon neveu, c'est Antonio, fit-il en soutenant le moine, souvenez-vous, mon frère.

Leopardi hocha la tête. Milo remonta sur son banc et encouragea ses bêtes. Le moine le regarda s'éloigner et fit la grimace. Il avait à peine posé un pied à terre que la douleur était revenue, aussi vive que si on lui enfonçait une lame dans la jambe. Il claudiqua jusqu'à la porte, leva le heurtoir, dit son nom au frère portier, qui ouvrit… pour le recevoir dans ses bras.

— À l'aide ! cria le religieux en essayant de retenir le corps qui glissait à terre.

Des frères accoururent, l'un d'eux alla chercher un brancard, et ils portèrent Leopardi à l'infirmerie.

Il délirait, le front en sueur.

— *Korunovany*, *Orphanus ego sum*, il faut le sauver, *spatné ruce*, de mauvaises mains[1]…

Il était brûlant et parlait tantôt latin, tantôt français, tantôt tchèque. Un mot pourtant revenait en boucle, celui d'*Orphanus*.

— Je suis, *relikviar*… *Jsem*, *Sanctus Coronam*, *Orphanus*, *reliquiarium*[2], s'écria Leopardi, les yeux exorbités, en s'accrochant à l'infirmier. Aidez-moi, par pitié, aidez…

— Du calme, intima frère Giovanni en le forçant à se rallonger.

Il glissa quelques gouttes d'une préparation opiacée

1. « Couronne, je suis l'*Orphanus*, il faut le sauver, mauvaises mains, de mauvaises mains. »

2. « Je suis, reliquaire… Je suis, Sainte Couronne, *Orphanus*, reliquaire. »

entre les lèvres du malheureux qui sombra bientôt dans un sommeil agité. Enzo, le novice, déshabilla et lava le malade.

— Voyez, mon frère, cette plaie, fit-il avec une grimace, désignant une profonde entaille en travers de la cuisse gauche.

La blessure avait été maladroitement recousue, elle suppurait et la chair avait pris une atroce teinte violacée.

— C'est de là que vient son mal. Allez, va, cours, Enzo, et rapporte-moi une grande bassine d'eau chaude et des linges propres, ordonna Giovanni en recouvrant le corps d'un drap.

Il se tourna ensuite vers l'abbé de Montorio qui patientait sur le seuil.

— Je ne sais que vous dire, mon père, avoua-t-il. La fièvre est là et la blessure n'est pas récente.

— Notre frère est dans la main de Dieu plus que dans les nôtres, répondit l'abbé. Il a dit se nommer Leopardi. L'un de nos anciens le connaissait : c'est le fils d'un orfèvre du Trastevere. Il a fait son noviciat ici, à Montorio, puis il est parti il y a plus de vingt ans, vers le royaume de Bohême, à la cour de l'empereur Charles IV.

— Et il nous revient aujourd'hui en bien mauvais état.

— Que veut dire ce mot *Orphanus* qu'il ne cesse de répéter ? Et pourquoi ces mots « je suis », « *reliquiarium* » et « *Sanctus Coronam* » ?

— Je ne sais, mon père, répondit l'infirmier en coulant un regard inquiet vers son blessé. Pardonnez-moi, mais il me faut le soigner.

— Je vous laisse, fit l'abbé. Faites-moi appeler s'il reprend ses esprits.

L'abbé croisa Enzo qui revenait avec un chaudron fumant et des linges qu'il découpa en bandelettes et aligna sur une tablette.

— Active le brasero ! commanda l'infirmier.

Enzo remit du bois sur les braises rougies. La chaleur monta bientôt d'un cran dans la petite pièce.

Le frère infirmier se tourna de nouveau vers le blessé.

— Il va falloir débrider la plaie et cautériser… Si les tumeurs malignes ne se sont pas répandues dans tout le corps et qu'il n'est pas déjà trop tard.

Avec une minuscule lame passée à la flamme, Giovanni coupa les fils enfoncés dans la chair et les ôta avec une pince. Puis il écarta les lèvres de la plaie. Au fond de la blessure, il y avait ce qu'il prit pour un abcès blanchâtre. Malgré l'opium, Leopardi s'agitait de nouveau.

— Attache-le aux montants du lit ! Vite ! Et glisse-lui une lanière entre les dents, qu'il ne se coupe pas la langue.

Pendant que le novice s'exécutait, Giovanni passa une seconde lame au feu.

— Tiens-le fermement, veux-tu ?

Giovanni posa la lame rougie sur les bords de la plaie. Le blessé poussa un hurlement. L'infirmier continua, la sueur coulant à grosses gouttes de son front. Une atroce odeur de viande carbonisée montait. Le corps de Leopardi s'arc-bouta malgré les liens et il retomba évanoui.

Sans cesser de maintenir le malade, le jeune Enzo, livide, se détourna. Avec sa lame, Giovanni essayait de percer l'abcès. En vain. Il finit par glisser ses doigts dans la chair, sentit quelque chose sous ses doigts…

— Laisse-moi, ordonna l'infirmier au novice. Va respirer. Je t'appellerai, si besoin est.

RÉVÉLATION(S)

16

La nuit avait passé. Leopardi reprit connaissance au petit matin. Un moine somnolait sur une chaise à côté de lui. Il aperçut le brasero, les lits inoccupés... Il se souvint d'avoir frappé à la porte du monastère puis plus rien. Il grimaça, sa jambe le faisait souffrir et la douleur remontait jusque dans ses reins, il repoussa la couverture et découvrit les bandages.

Il s'apprêtait à les défaire quand une voix l'arrêta net :

— Si c'est l'*Orphanus* que vous cherchez, mon frère, déclara Giovanni, il est là.

Leopardi se raidit. L'infirmier tenait entre ses doigts l'« étoile guide ». Une rougeur monta au visage du blessé.

— Je suis frère Giovanni, l'infirmier de Montorio. C'est moi qui vous ai soigné.

— Merci, souffla Leopardi.

— Ne me remerciez pas encore, mon frère. Le mal était profond et vous avez attendu trop longtemps.

L'infirmier posa l'*Orphanus* sur la table.

— Comment savez-vous pour l'*Orphanus* ? (Leopardi se tordit.) Mon Dieu, que j'ai mal.

— Je vais regarder ça, fit l'infirmier en se penchant sur les bandages qu'il commença à défaire tout en parlant. Cela n'a pas été très difficile, quand j'ai extrait la gemme de votre plaie, tout s'est mis en place, les mots de « reliquaire » et d'« *Orphanus* » que vous aviez prononcés, le fait que vous veniez de la cour de Charles IV de Bohême et puis, je me suis souvenu d'un passage du traité d'Albert le Grand…

Il avait ôté le tissu avec précaution mais ce qu'il vit le consterna. Une odeur de décomposition montait de la jambe, les chairs viraient au noir verdâtre. Mais, plus grave, des cloques chargées d'un liquide violet étaient apparues et l'infirmier savait ce que cela signifiait. Il posa sa paume sur la cuisse du malade et sentit le crépitement familier. Ce qu'il avait fait n'avait servi à rien, l'infection bouillonnait sous la peau.

Une sueur froide avait envahi Leopardi.

— C'est la gangrène, n'est-ce pas ? demanda-t-il d'une voix sourde.

— Je ne vous mentirai pas, répondit l'infirmier. Elle progresse vite, hélas, et mes soins n'y ont pas suffi.

Il désinfecta la plaie avec un mélange de blanc d'œuf, d'huile de rose et de térébenthine, posa de nouveau des mèches afin que le pus puisse s'évacuer, banda et recouvrit la jambe avec le drap.

Leopardi s'agrippa à lui.

— Vous allez m'amputer, c'est cela ?

— Oui, si l'on ne veut pas que votre corps tout entier se nécrose.

Leopardi sentit les battements de son cœur s'accélérer.

— Et si je mourais, ma mission… Prévenez le père abbé, je veux me confesser, mon frère, vite. Mais avant, par pitié, donnez-le-moi…

Giovanni lui tendit l'*Orphanus*. Leopardi s'en empara. Il avait les larmes aux yeux.

— Je ne suis pas un voleur. La « pierre guide » n'avait plus sa place à Karlstein avec cet empereur ivrogne. Je voulais la remettre au pape. Mon Dieu, mon frère… Je ne sais plus que faire.

— Restez tranquille, je vais chercher le père abbé.

17

— J'ai honte, mon père, car j'ai volé le plus précieux des symboles sur la couronne du Saint Empire et j'ai menti.

Leopardi était allongé sur sa couche. Par moments, il se tordait de douleur, son visage crayeux grimaçait, ses mains tressautaient sur les draps.

— Continuez, mon enfant, fit l'abbé qui avait posé l'*Orphanus* sur le lit et ne pouvait s'empêcher d'y porter les yeux.

— J'ai entendu sa voix en rêve.

— De qui parlez-vous, mon fils ?

— De l'*Orphanus*. Je l'entendais dans mes songes.

La sueur mouillait les tempes du malade, parfois ses yeux s'écarquillaient comme s'il était en proie à quelque vision. L'abbé prit un linge qu'il mouilla dans la bassine à côté de lui et lui appliqua sur le front.

— Il n'y a que moi qui puisse le comprendre. Comme à Rome. C'est pour ça que je l'ai suivi jusqu'au royaume de Bohême. Et puis, j'avais promis à l'empereur…

Et Leopardi expliqua la révélation qu'il avait eue vingt ans plus tôt, la chapelle Sainte-Croix, les recommandations de Charles IV, les derniers mois à Karlstein.

Lui qui avait longtemps gardé le silence, les mots jaillissaient de ses lèvres, se heurtaient. L'abbé écouta sans l'interrompre.

— L'*Orphanus* est unique. Sacré. Vous comprenez, mon père ? Je ne pouvais pas l'abandonner à un ivrogne qui détruit le royaume bâti par son père.

— Je comprends, je comprends, calmez-vous, mon fils, reprit l'abbé, et revenez à votre histoire.

— Pour moi, il n'y avait plus qu'un endroit où la « pierre guide » serait en paix, c'était à Saint-Pierre de Rome. J'ai compris que ce serait ma mission et, après l'inventaire, je l'ai ôté de la couronne et dissimulé dans ma cellule. Était-ce le remords, les tourments ? Je suis tombé gravement malade. Au château, la discipline se relâchait, des serviteurs se sont enfuis, emmenant avec eux de l'argenterie et des bijoux. Tout le monde a pensé qu'ils avaient dérobé l'*Orphanus*. On a lancé des cohortes de soldats à leurs trousses et promis récompense à qui les livrerait.

Ses mains se tordirent. Les vagues de souffrance étaient de plus en plus rapprochées malgré l'opium donné par frère Giovanni.

— J'étais toujours à l'infirmerie, nul ne m'a jamais soupçonné, reprit Leopardi. Dieu me pardonne, mon révérend père. Les voleurs ont été rattrapés et torturés pour savoir où ils avaient caché l'*Orphanus*. Les malheureux. On a pendu ceux qui avaient survécu et moi, je ne me suis pas dénoncé.

Des plaques rouges étaient apparues sur son visage. Il avait de plus en plus de mal à articuler.

L'abbé lui bassina de nouveau le front.

— L'empereur… Wenceslas m'a autorisé à revenir au sein de notre ordre à Rome. J'ai pris la route. Et, de peur que des brigands ne me volent l'*Orphanus*, je l'ai dissimulé à l'intérieur de ma cuisse.

Il saisit la main de l'abbé.

— Depuis toujours, je sais qu'un destin singulier m'attend, mon père. *Relikviar*, *reliquiarium*, reliquaire, *ego sum*, je devais être le reliquaire vivant de l'*Orphanus*.

— Calmez-vous, mon fils, ordonna l'abbé, que cette confession extraordinaire troublait au plus haut point.

— Je ne demande pas l'absolution, mon père, dit Leopardi dans un dernier sursaut de lucidité, mais Lui... Lui.

La douleur montait de sa jambe jusqu'à son cœur qui battait si vite qu'il en perdait le souffle. Il avait l'impression de mourir. Son esprit se brouillait.

— Il faut Le sauver, supplia-t-il. Sauver l'*Orphanus*. Et si je meurs... Que va-t-Il devenir ?

Ses yeux se révulsaient. Les phrases se bousculaient à tel point que son discours devenait incompréhensible.

— Prions Dieu, mon fils.

Leopardi agrippa son bras.

— Sauvez-Le, mon père, souffla-t-il. Promettez-moi.

L'abbé de Montorio n'eut pas le cœur de dire que ce n'était pas en son pouvoir.

— Je vous le promets, mon fils. Calmez-vous.

La tête de Leopardi était retombée. Il gémissait, en proie au délire. Une heure plus tard, Giovanni l'amputait. Malgré la puanteur qui emplissait la pièce et les sursauts du blessé, l'infirmier découpa les chairs. Le novice, blême, épongeait le mélange de liquide violet et de sang. La scie grinça sur l'os. Leopardi s'était raidi, sa tête retomba, un peu de sang glissa du bâillon. Giovanni s'immobilisa, sortit la lame couverte de sang et d'humeurs.

— Que faites-vous, mon frère ? Continuez, qu'on en finisse ! s'écria l'abbé qui, malgré le linge qu'il pressait sur ses narines, avait du mal à contenir sa nausée.

— Il est trop tard, mon révérend. Frère Leopardi est mort.

Quelques jours plus tard, l'abbé de Montorio demanda à être reçu par le nouveau ministre général des Franciscains, le Vénitien Ludovico Donato.

DE LA CRYPTE DE MONTORIO…

18

Le récit de l'abbé de Montorio laissa le ministre atterré. Il regarda une nouvelle fois l'*Orphanus* que l'abbé lui avait remis.

— Sommes-nous vraiment sûrs que ce… (il ne trouvait pas de mot pour qualifier la pierre qui scintillait dans sa paume)… que ce joyau provient bien de la couronne du Saint Empire romain germanique ? Notre malheureux frère, sous l'emprise de la fièvre, ne divaguait-il pas ?

— Hélas, monseigneur ministre, je suis sûr qu'il disait vrai.

— Quelle étrange pierre, murmura Ludovico en faisant jouer l'*Orphanus* dans la lumière, je n'en ai jamais vu de pareille. On dirait un charbon ardent.

Il n'ajouta rien, resta en contemplation et l'abbé put examiner à loisir celui dont il connaissait le parcours exemplaire. Plutôt rond, l'air d'un bon vivant, sa jovialité cachait une volonté de fer et une force de lutteur.

D'origine modeste, Ludovico Donato avait gravi tous les échelons de l'ordre des Franciscains : ministre de la province de Venise, procurateur général, puis vicaire général. Et enfin, le sommet, avec sa récente nomination par le pape Urbain VI au poste de ministre général après la destitution de son prédécesseur, le clémentiste Leonardo Rossi.

« Un homme qui ne doit guère avoir envie de perdre ce qu'il a si durement acquis », songea l'abbé de Montorio.

— Vous rendez-vous compte, l'abbé ? fit Ludovico. Ce n'est pas un joyau que nous avons là, c'est un incident diplomatique !

L'abbé hocha la tête.

— Une pierre volée sur la couronne du Saint Empire et par un moine franciscain ! Je ne pense pas que vous puissiez m'apporter pire nouvelle.

— Croyez bien que je le regrette, répliqua l'abbé en s'inclinant.

Il savait que la chose était inconcevable et fort embarrassante. Qu'il y avait même matière, pour leur ordre, à perdre la face devant le pape et devant la Chrétienté tout entière.

— Et puis, poursuivit Ludovico Donato, vous ne l'ignorez pas, mon père, je dois repartir pour la Hongrie. Je suis en poste à Esztergom et non ici, à Rome. Il faut régler tout cela rapidement. Et au mieux.

Il regarda de nouveau l'*Orphanus*.

— Voyez comme il scintille étrangement, remarqua-t-il, le regard de nouveau fixé sur la pierre.

Il se leva et marcha de long en large avant de s'arrêter devant l'abbé de Montorio.

— Bien sûr, après la tourmente des mois passés, les choses semblent tourner en notre faveur. Les médiations du chancelier de Rome Giovanni Cenci et surtout de sœur Catherine de Sienne n'auront pas été inutiles. La garnison de Gandelin rend le *Castel Sant'Angelo*. Alberico da Barbiano a écrasé les troupes clémentistes. À cette heure, l'antipape a dû quitter l'Italie. Pourtant, avec le caractère impulsif et… colérique du pape (il avait baissé le ton et s'était signé), nous ne pouvons même pas remettre l'affaire entre ses mains. Et vous, mon père, qu'en pensez-vous ?

— En toute justice, monseigneur ministre, nous

devrions rendre le joyau à l'empereur de Bohême. En même temps, j'ai ouï dire que de sérieux remous agitaient toujours l'Empire.

Le visage de Ludovico Donato se crispa. L'abbé de Montorio reprit :

— Une autre solution serait d'attendre. Nous gardons l'*Orphanus* au secret. Au moins jusqu'à ce que les choses se calment.

Le visage du ministre s'éclaira.

— Voilà qui est juste. C'est même, je crois, l'unique solution. Et puisque ce Leopardi vous a confié la gemme, je vous laisse en disposer, mon père. Qui d'autre en connaît l'existence ?

— Ma foi, monseigneur, à part le frère infirmier qui est un homme de confiance et moi-même, personne.

— Fort bien, fort bien, fit le ministre sans cacher sa satisfaction. Jusqu'à nouvel ordre de ma part, que l'*Orphanus* reste à Montorio. Trouvez-lui une cachette. S'il nous arrivait malheur à tous deux, ce secret ira à nos successeurs respectifs.

19

Une fois revenu à Montorio, l'abbé s'enferma dans sa cellule pour réfléchir. Le printemps était venu. Des roses de Damas fleurissaient dans le cloître. L'air était léger, lumineux. Et pourtant, l'abbé était sombre.

Les jours suivants, il fit confectionner un étui de cuir pour protéger l'*Orphanus*. Plus tard, grâce au travail d'un maçon, l'« étoile guide » fut dissimulée dans une cassette de métal sous une dalle de l'autel de la crypte de Montorio.

Le temps passa. Périodiquement, l'abbé recevait du ministre Ludovico Donato l'ordre de conserver secrète l'existence de l'*Orphanus*.

Puis plus rien.

L'ordre avait souffert du schisme. Des dissensions avaient éclaté. L'abbé mourut et le sort du précieux *Orphanus* fut confié aux mains de son successeur.

En Bohême, la situation s'était encore aggravée. L'empereur Wenceslas était entré en conflit avec l'archevêque de Prague et avait fait arrêter et torturer par le feu son vicaire général, Jean Népomucène, avant de le jeter dans la Vltava du pont qu'avait fait construire son père Charles IV.

La fin de ce règne chaotique fut entachée par la mort sur le bûcher du réformateur Jan Hus, le 6 juillet 1415, qui provoqua les guerres hussites. C'était aussi la fin de la grande époque de Karlstein, assiégé par les Hussites. Wenceslas mourut le 16 août 1419. Le schisme poursuivait ses ravages. La peste et les famines aussi.

À Rome, l'*Orphanus* restait caché dans son étui de cuir, au creux de sa cassette de fer, sous une dalle de l'autel de Montorio.

Au pape Urbain VI succédèrent Boniface IX, puis Innocent VII, Grégoire XII, Martin V et enfin Eugène IV. Moine augustin d'origine vénitienne, le nouveau pape, de son nom Gabriele Condulmer, prôna l'œcuménisme, essaya de se concilier les églises d'Orient, s'efforça de contrer l'invasion ottomane qui menaçait d'en finir avec Byzance.

De son côté, Sigismond, le demi-frère de Wenceslas, bien que roi de Bohême, peinait à reconquérir l'estime des princes qui le tenaient pour responsable de la mort de Jan Hus. Afin de restaurer son autorité, il partit donc vers Rome en 1433 pour se faire couronner empereur par le pape Eugène IV.

Cinquante-quatre ans s'étaient écoulés depuis la mort du moine Leopardi. Un demi-siècle de révoltes, de violences, de pillages, de famines, de guerres…

Le secret de l'*Orphanus* avait été confié à un homme hors du commun, le prédicateur franciscain Bernardino Albizeschi. Un homme qui avait refusé des postes de prestige – évêchés de Sienne et d'Urbino, vicariat général des Observants – pour rester auprès de ses frères, les pauvres.

Après son couronnement par le pape Eugène IV, le 31 mai 1433, le nouvel empereur Sigismond demanda à s'entretenir avec le très renommé Albizeschi. Il voulait le persuader de repartir avec lui vers le royaume de Bohême, il lui offrait tout ce qu'un homme ambitieux pouvait désirer, de l'argent, du pouvoir, des titres… Mais rien de tout cela n'avait d'attrait pour Bernardino, qui refusa la proposition de l'empereur.

Jamais Sigismond de Bohême n'avait été si proche de revoir « l'étoile qui tout prince guide », mais il repartit sans elle et le joyau resta au secret dans la crypte de Montorio. Les années passèrent, le XVIe siècle s'annonçait, c'était la fin des antipapes.

… AU *CASTEL SANT'ANGELO*

20

Avec l'avènement du deux cent seizième pape, le Franciscain Jules II, l'*Orphanus* quitta enfin la crypte de Montorio et rejoignit ce qui avait été le mausolée de l'empereur Hadrien, le *Castel Sant'Angelo* de Rome.

L'étui de cuir confectionné par les moines s'était dégradé, on glissa la gemme dans une bourse de velours et on la remit dans la cassette de fer que la rouille avait rongée. L'étrange brasillement l'habitait toujours mais ceux qui connaissaient son histoire étaient soit trop vieux pour la conter, soit morts.

Le temps s'écoula.

Vinrent les conflits armés des XVIIe et XVIIIe siècles puis les terribles bouleversements de la Révolution française.

Un jeune clerc trop curieux ayant brisé la clef de la cassette en voulant l'ouvrir la cacha au fond d'une caisse de bois et la recouvrit de registres appartenant au pape. Elle faisait désormais partie des *Archivum Secretum Apostolicum Vaticanum*[1].

Plus personne ne savait que l'emblème légendaire de la couronne du Saint Empire romain germanique reposait là dans cet écrin de velours fané.

Il était dit pourtant que l'« étoile guide » ne cesserait

1. « Archives privées apostoliques du Vatican ».

d'être mêlée aux soubresauts de la politique et à l'existence mouvementée des rois et des empereurs.

Napoléon Ier, au plus fort de son affrontement avec le pape Pie VII, ordonna le pillage des États pontificaux. La caisse contenant l'*Orphanus* se retrouva au milieu des trois mille deux cent trente-neuf caisses d'archives mais aussi d'objets de culte, de sculptures, de pièces de joaillerie qui prirent le chemin de la France et de la Bibliothèque impériale de Paris.

À la Bibliothèque impériale – ancien hôtel de Soubise –, les archivistes s'affolèrent. Ils venaient de recevoir les archives de Vienne et ne savaient plus où donner de la tête.

Les innombrables caisses du Vatican s'entassèrent dans les salles, les couloirs et dans deux maisons du quartier.

La caisse contenant l'*Orphanus* se retrouva, avec d'autres, sous les colonnades de l'hôtel particulier. Nul ne l'ouvrit. Il y avait tant à faire. Les archivistes commencèrent leur inventaire. Ils n'arrivèrent jamais à la centaine de caisses empilées dans la cour.

Le règne de Napoléon s'acheva. Le comte d'Artois, futur Louis XVIII, fit son entrée à Paris et ordonna que soient rendus au pape ses biens et ses archives. Ce qui fut fait.

Les caisses repartirent vers Rome et, avec elle, la cassette de fer de l'*Orphanus*. On les entreposa où l'on pouvait, dans différents bâtiments.

En 1861, les États pontificaux n'étaient plus que l'ombre de ce qu'ils avaient été.

Avec le *Risorgimento*[1], l'unification de l'Italie fut proclamée. Turin était devenue la capitale de l'Italie et Victor-Emmanuel II, son roi. En 1870, ses troupes enva-

1. Mot que l'on peut traduire par les termes « renaissance » ou « résurrection ».

hirent Rome et le 1er juillet 1871, la cité fut déclarée « nouvelle capitale de l'Italie ».

Les territoires pontificaux n'existaient plus. Ne subsistait que le Palais du Vatican où Pie IX s'enferma, déclarant qu'il se considérait comme « prisonnier ».

Bientôt éclata la Première Guerre mondiale.

Le Vatican n'existait toujours pas en tant qu'État.

Nul, depuis les guerres napoléoniennes, n'avait ouvert la caisse des archives vaticanes où était enfoui l'*Orphanus*.

Le 6 février 1922, Ambrogio Damiano Achille Ratti, archevêque de Milan, prit le nom de Pie XI. Homme énergique, il fut celui que les Romains surnommèrent le « pape de la guerre ».

La Seconde Guerre mondiale s'annonçait, elle allait changer le destin du monde… Et celui de l'*Orphanus*.

ORAZIO MONCADA L'INNOCENT

21

Le 11 février 1929, Pie XI signait les accords de Latran avec le gouvernement italien de Mussolini. L'Italie reconnaissait comme État souverain la cité du Vatican, qui devenait le plus petit État d'Europe.

Quant à l'*Orphanus*, il était toujours prisonnier de sa caisse de bois au milieu de centaines d'autres caisses. Pourtant, une décision du nouveau pape guidé par les frères Giovanni et Angelo Mercati allait changer le cours du destin de « l'étoile qui tout prince guide ». Une décision anodine en apparence.

Ordre fut donné à Orazio Moncada d'effectuer un nouvel inventaire des *Archivum Secretum Apostolicum Vaticanum*.

On était en 1932, Orazio venait d'avoir vingt ans et il en paraissait seize. Bien que d'excellente famille, il était différent de ses frères et sœurs. Un être à part, un innocent, un simple, *un povero pazzo*[1].

Orazio avait de multiples passions et la première de toutes était de trier et de classer tout ce qui lui tombait sous la main. Dès son plus jeune âge, il avait répertorié les feuilles des arbres et les graviers des allées du jardin familial, avant de s'en prendre à la bibliothèque de son père.

1. « Un pauvre fou ».

L'enfant devint un adolescent.

Les cheveux bruns, les yeux verts, les traits réguliers, il était d'une beauté qui n'était pas de ce monde. Les femmes ne s'y trompaient pas, qu'elles soient servantes ou amies, qui lui tournaient autour comme autant de mères inquiètes et non comme des amantes.

Moncada souriait, acceptait tout ce qu'on lui disait comme parole d'évangile, incapable de comprendre ce qu'était mensonge ou dissimulation.

Un serviteur, en plaisantant, lui expliqua qu'il se jetait dans le Tibre tous les matins et que cela lui fortifiait le sang. Le jeune Moncada le crut, il plongea dans le fleuve et, ne sachant pas nager, manqua se noyer.

De même, sa mère lui avait dit qu'elle « nourrissait » le feu dans la cheminée. Un jour qu'elle s'était absentée, Orazio, craignant que la cheminée ne meure de faim, la « nourrit » avec tant d'ardeur qu'il manqua incendier la maison.

Après ce qui avait failli tourner au drame, sa mère donna ordre à l'un de ses serviteurs de le surveiller de jour comme de nuit.

Quand il eut quinze ans, son père, lombard d'origine et grand ami de la famille Ratti, demanda en grâce au pape Pie XI d'accepter le garçon dans l'enceinte du Vatican, arguant qu'il n'était pas fait pour ce siècle mais qu'il ne désirait pas non plus entrer en religion.

Orazio se retrouva donc à la Cité vaticane et devint l'un de ses meilleurs archivistes. Appliqué au-delà du raisonnable, consciencieux à l'extrême, adorant classer, ranger, observer les plus petites choses, qui lui parlaient mieux que les grandes.

Quelques mois plus tard, le préfet des Archives lui donna l'ordre de se rendre à la tour des vents. Orazio gravit les marches de l'ancien observatoire astronomique du Vatican et se retrouva à l'étage où était entreposée une partie des Archives.

C'était si passionnant qu'au bout de quelques jours – Orazio refusant de quitter son ouvrage, ne mangeant guère et dormant à peine – on l'autorisa à y installer un grabat. Un serviteur des Moncada lui apporta chaque jour papier, encre et nourriture.

Les mois puis les années passèrent.

Moncada ne comprenait pas ce que signifiait ce mot « guerre » de plus en plus fréquemment prononcé dans les couloirs du Vatican.

Nuit et jour il inventoriait les parchemins, actes, bulles ou traités marqués de sceaux de cire rouge ou or, manuscrits, volumes reliés de bois ou de cuir... Des Archives considérées, depuis leur création en 1612, comme la propriété exclusive du pape et du Saint-Siège.

Vêtu d'une grande blouse grise, le visage illuminé, il triait, classait, prenait des notes de sa grande écriture appliquée. L'inventaire. Plus rien d'autre n'existait.

Pendant ce temps, le IIIe Reich étendait son empire. En mai 1938, Hitler lui-même se rendit en visite à Rome.

Pie XI refusa de le rencontrer et quitta ostensiblement le Vatican pour gagner sa résidence d'été de Castel Gandolfo, aux *Colli Albani*, à trente-cinq kilomètres au sud de Rome.

Orazio venait d'avoir vingt-six ans. Il travaillait toujours avec autant de passion. Sur ordre de Pie XI, le cardinal Giovanni Mercati, bibliothécaire et archiviste, et son frère Angelo, préfet nommé aux Archives privées, prirent en main le recensement des Archives en vue d'une guerre qui paraissait de plus en plus inéluctable.

Angelo Mercati, qui avait été *guardiano* des Archives puis vice-préfet, connaissait bien les talents du jeune Moncada. Il lui demanda de préparer les documents de l'abbaye de Montecassino. Moncada obéit sans poser de questions. Il aimait la routine, les ordres de Mgr Mercati en faisaient partie.

Il se mit donc au travail.

Mais, ce soir-là, la tête pleine de ses dernières recherches et de ses classements, il se tourna et se retourna en vain sur son oreiller. Le sommeil le fuyait.

Son regard s'arrêta sur une pile de caisses intactes non loin de lui. Il hésita puis posa ses pieds nus sur le dallage.

Quelques instants, plus tard, le jeune homme glissait un pied-de-biche sous le couvercle de la première caisse, faisant sauter les planches. À l'intérieur, protégées par des toiles goudronnées et de la paille, des piles de registres qu'il posa sur sa table de travail. Il allait repousser la caisse quand il s'aperçut qu'il y avait tout au fond une vieille cassette de fer.

Il fronça les sourcils et s'en saisit. Le métal était rouillé. Il essaya de l'ouvrir en vain, chercha dans la paille une clef qu'il ne trouva pas.

Il se demanda s'il devait l'apporter au préfet des Archives mais ne le fit pas. Cette cassette l'intriguait, il n'avait jamais rien trouvé de tel jusqu'à présent et, envahi d'un étrange pressentiment, il resta à la contempler.

Puis, en proie à une soudaine fébrilité, il s'escrima avec son couteau, dont il cassa la lame, alla chercher une lime puis finit par enfoncer une tige de fer dans la serrure, qui céda.

Dans la boîte étaient glissés plusieurs documents souillés de taches brunâtres, abîmés par l'humidité, rongés, déchirés. Tout au fond de la cassette sous les écrits, gisait une bourse de velours salie, qu'il n'osa toucher.

Il se plongea dans la lecture du premier manuscrit.

Les cloches de l'office du matin l'arrachèrent à son étude… qu'il reprit la nuit suivante et cela pendant trois nuits d'affilée.

Il passa ainsi du récit de Leopardi à celui de l'abbé de Montorio puis aux lettres adressées aux abbés par les différents ministres des Franciscains et à une longue note du prédicateur Albizeschi relatant son entretien avec l'empereur romain germanique Sigismond.

Le soleil était déjà haut.

Des voix retentissaient dans une salle voisine. Comme souvent, Raimondi, un des paléographes en charge des Archives, venait le saluer et contrôler l'état d'avancement de son travail. Raimondi aimait bien Moncada. Il s'asseyait pour discuter, lui apportait des gâteaux faits par sa sœur, le protégeait de la jalousie de ses collègues.

Mais l'innocent ne lui parla pas de l'*Orphanus*. Une fois de plus, il rangea tout... jusqu'à la nuit suivante.

Orazio, les mains tremblantes, ressortit les précieux documents, puis se saisit de la bourse qu'il contempla longtemps avant de défaire les liens... et de rester figé.

Juste au-dessus de lui brillait la lumière froide, crue, d'une ampoule électrique. Elle tombait droit sur l'*Orphanus*.

Au même moment, à des centaines de kilomètres de là – on était au mois d'août 1938 –, Adolf Hitler, qui venait d'annexer l'Autriche à l'Allemagne nazie, donna ordre de transférer de Vienne par train spécial les *Regalia* du Saint Empire romain germanique, destination Nuremberg, sa capitale, où ils furent exposés au couvent Sainte-Catherine.

La couronne impériale, le sceptre, l'orbe, la Sainte Lance et tous les insignes du pouvoir impérial devenaient possession du Führer et devaient légitimer l'existence du IIIe Reich[1].

1. Le terme *Reich* – qu'on traduit hâtivement par le mot « empire » – est une notion plus vaste qui fait référence au Saint Empire romain germanique.

LA FIN D'UN MONDE

22

Après toutes ces années de ténèbres et de confinement, l'éclat de la « pierre guide » s'était allumé dans la tour des vents.

Orazio Moncada avait l'impression que le joyau vibrait dans sa paume. Jamais il n'avait vu de pierre comme celle-là, pas même au doigt du pape, pas même dans les riches ornements de Saint-Pierre de Rome. Et lui qui aimait tant à observer, il avait l'impression de tenir l'univers entre ses doigts. Le chatoiement de l'*Orphanus* était tout à la fois le feu dansant de l'âtre familial, la lumière du soleil, la clarté des étoiles.

Comme un enfant, il referma les doigts sur son trésor, puis les rouvrit doucement, se répétant que tout cela était un rêve. Mais le joyau était là, luisant doucement.

Comme jadis frère Leopardi, Orazio se prit d'une passion absolue pour l'Orphelin. Il lui voua une dévotion particulière et, pour la première fois, il négligea son travail… jusqu'à ce que Raimondi puis le préfet le rappellent à l'ordre.

Il présenta ses excuses et se remit à l'ouvrage. Le jour, il triait, inventoriait. La nuit venue, il se consacrait à sa découverte.

Une double vie commença pour lui, non exempte d'inquiétude. Car cette gemme dont il avait la possession, qu'il regardait, à laquelle il parlait, et qui parfois, semblait-il, lui répondait, était un souci.

Il avait peur de l'égarer, peur qu'on la lui vole. Et sans cesse il vérifiait qu'elle était bien là où il l'avait posée. Il finit par coudre une poche spéciale à l'intérieur de sa longue blouse.

Dorénavant, l'Orphelin resterait avec lui.

Enfin, de crainte que les documents de la cassette ne s'abîment davantage, il décida de les recopier et ouvrit deux registres de cuir identiques. Dans la première partie – et cela lui prit plusieurs mois –, il recopia tout ce qu'il avait trouvé dans la cassette de fer…

Dans la seconde, il transcrivit ce qu'il pensa être la voix de l'*Orphanus*.

Car un étrange monologue avait pris naissance sous son crâne. Cela venait à des moments bien précis, toujours les mêmes. Quand la fatigue était là et qu'il s'allongeait, attendant le sommeil.

Au début, cela avait été un murmure, puis des mots inconnus. Enfin, au fil du temps, une voix aux inflexions étranges mais bientôt familières. Une voix et des mots que Moncada écrivait parfois sans les comprendre.

Cela commença ainsi :

« Je suis né dans le creuset du feu, au sein de la Terre-Mère. Mon âme est de fer, de silice, de calcium, de magnésium, d'oxygène… »

Puis, plus rien. Les jours passèrent.

Orazio attendit. Il finit par se désespérer jusqu'à ce qu'enfin de nouveaux mots lui viennent qu'il transcrivit fidèlement :

« Longtemps, je suis resté incandescent, puis le feu qui m'a créé s'est éteint. Le froid est venu. Un froid de glace. Et l'attente a commencé. C'est mon sort de vivre ainsi dans une durée dont les secondes sont des siècles. »

23

Le mois de septembre 1938 était venu et, le 5 septembre, Mussolini publia un décret interdisant aux enfants juifs de fréquenter l'école. Le lendemain, le pape Pie XI déclara publiquement : « Spirituellement, nous sommes tous des Sémites. » Quand le pape mourut quelques mois plus tard, le 10 février 1939, son ami le paléographe Raimondi annonça la nouvelle avec douceur à Orazio, qui n'en sembla pas touché.

Ni son visage enfantin ni son regard ne trahirent le moindre chagrin pour celui qui avait été son protecteur et qui, parfois, venait le visiter dans la tour des vents. Pourtant, ce soir-là, Orazio grimpa jusqu'à la terrasse de l'ancien Observatoire. Une fois là-haut, penché au-dessus des toits de Rome, serrant l'*Orphanus* à travers la toile de sa blouse, il pleura.

Le lendemain, un prêtre lui remit une copie à classer du discours que le pape Pie XI aurait dû prononcer le 11 février devant Mussolini à l'occasion des dix ans du concordat entre l'Italie et le Vatican. Un discours résolument antifasciste et antinazi[1].

Orazio le lut avant de le ranger et ses mains se mirent à

1. Ce discours dont l'ordre avait été donné de détruire tous les exemplaires a été découvert à l'ouverture d'une partie des Archives vaticanes en septembre 2006.

trembler. Il y avait là des mots qui l'effrayaient. Ce n'était pas qu'il comprenne la notion de « guerre » – c'était trop abstrait – mais, à la lecture du texte, il avait eu l'impression que le sol tremblait sous ses pieds, comme si plus rien en ce monde, même au Vatican, n'était sûr et ferme.

Le 2 mars 1939, Eugenio Maria Giuseppe Giovanni Pacelli fut élu pape sous le nom de Pie XII. Il allait être le pape de la Seconde Guerre mondiale comme Benoît XV avait été celui de la Première. Un pape infiniment plus politique que son prédécesseur. Un pape auquel on reprocha son excessive diplomatie.

LE PACTE D’ACIER

24

La situation en Italie et au-delà des Alpes se dégradait rapidement. Le 22 mai 1939, Mussolini signa un pacte militaire offensif, le *Patto d'Acciaio*[1], avec Hitler.

Le 1er septembre suivant, l'Allemagne attaquait la Pologne, déclenchant la Seconde Guerre mondiale.

Le 3 septembre, la France et l'Angleterre entraient en guerre.

Orazio venait d'avoir vingt-sept ans.

S'il restait aussi simple, voire innocent, qu'à son arrivée dans la tour des vents, il avait changé et portait sur son visage les marques de ses tourments.

Les routines qu'il aimait tant, qui le sécurisaient, avaient volé en éclats.

Le long des murailles de la Cité vaticane passaient en trombe des véhicules militaires, des motos, des patrouilles armées. Et il n'était pas rare que des soldats allemands ou italiens viennent troubler la paix du Vatican. L'un d'eux, un officier de la Gestapo, était même entré dans la tour des vents, effrayant le malheureux archiviste par la vue de son Luger, par les Mauser que portaient les gardes qui l'escortaient, par la brutalité qui émanait de ses gestes et même de son silence.

1. Le Pacte d'acier.

C'était la fin d'un monde et même lui, l'innocent, en eut conscience.

Et puis, il y avait l'*Orphanus*. Orazio en prenait soin comme d'un être vivant mais cette responsabilité l'angoissait. De grands cernes noirs soulignaient le vert de ses yeux. Il était devenu blême et peureux, sursautant au moindre bruit.

La pierre lui parlait de plus en plus souvent et Orazio continuait à prendre des notes même si, par moments, la langue du joyau lui était aussi étrangère que le fracas des vagues ou la clameur du vent.

« Le feu m'avait porté jusqu'aux entrailles d'une contrée sauvage. Je gisais là, au fond d'une obscure caverne, sous une montagne couverte d'un mantel de sapins. Des colonnes de pierre, dressées tels d'antiques gardiens, marquaient l'entrée par laquelle est venu celui qui me trouva. »

D'étranges rêves lui venaient et, chaque fois, la pierre était là, baignant dans sa clarté intérieure.

Orazio voyait des paysages inconnus, magnifiques et rudes, s'enfonçait dans les ténèbres de cavernes, avait parfois l'impression de devenir feu ou eau.

En 1943, l'armée nazie occupa Rome. Les valises diplomatiques étaient fouillées, les téléphones sur écoute, l'*Osservatore Romano* censuré.

En juin 1943, les Alliés débarquèrent sur l'île de Pantelleria, au sud de la Sicile. Pour l'armée de Mussolini, les défaites militaires s'enchaînaient.

Le 10 juillet 1943 débuta ce que l'on appela plus tard la Campagne d'Italie.

Le 19 juillet à 11 heures, Orazio fut arraché à son travail par un grondement énorme, puis par un vrombissement assourdissant. Il se précipita à la fenêtre et vit le bleu du ciel se couvrir d'un voile noir.

Des centaines et des centaines de bombardiers alliés escortés par des chasseurs survolaient Rome, se dirigeant vers San Lorenzo, le quartier de la gare. Tout d'abord, Orazio resta la bouche ouverte, les bras ballants, en proie à la fascination.

Des milliers d'objets noirs tombaient du ciel. Ni la DCA ni les chasseurs italiens n'y pouvaient rien. Puis le grondement des moteurs d'avions s'effaça et les premières déflagrations retentirent, suivies bientôt de grandes lueurs d'incendies.

Terrifié, Orazio Moncada se boucha les oreilles puis courut se réfugier sous son lit. Raimondi l'y trouva, bien des heures plus tard, recroquevillé sur lui-même, refusant obstinément de quitter son abri.

Il fallut toute l'autorité du préfet pour le faire sortir de sa cachette. Orazio tremblait sans pouvoir s'arrêter. Le médecin du Vatican lui ordonna quelques jours de repos et lui administra du laudanum.

Le pape se rendit sur les lieux. On parlait de mille sept cents morts et de centaines de blessés, tous des civils.

Cette nuit-là, l'*Orphanus* parla et ses paroles résonnèrent avec plus de force que les jours précédents. L'archiviste écrivit :

« Un bruit sur le sable fin et doux de la grotte, ni le pas du loup ni celui de l'ours. Puis une lumière hésitante, dansante apparut. Une lumière qui escalada la voûte avant de s'arrêter sur moi. Je l'absorbai comme j'avais absorbé le feu. Et l'homme me vit et je vis l'homme. »

25

Quelques jours après le bombardement, le 24 juillet 1943, le Duce fut destitué et arrêté sur ordre du roi Victor-Emmanuel II.

Les parachutistes allemands de l'opération *Eiche* et une unité de Waffen SS le libérèrent et le conduisirent jusqu'à la Taverne du Loup, le repaire du Führer en Prusse-Orientale. Sur ordre de celui-ci, Benito Mussolini dut regagner l'Italie où il institua la République sociale italienne ou République de Salò.

Sur le territoire italien, la guerre se poursuivait pied à pied entre nazis et alliés. À Rome, la résistance s'organisait. L'hiver arriva et, au mois de novembre, une vague de froid s'abattit sur la cité.

Dans la tour des vents, le vent gémissait dans les escaliers.

Il faisait froid, de la buée montait des lèvres d'Orazio qui avait enfilé un gilet de peau de mouton sur sa blouse. Ses doigts restaient crispés sur l'*Orphanus*, cherchant un réconfort qu'il ne trouvait pas.

Le 5 novembre, vers 20 heures, un vrombissement sourd emplit l'air. Par milliers, les pigeons alignés sur les toitures et les cheminées du Vatican s'envolèrent.

Les sirènes d'alerte retentirent.

La silhouette sombre d'un bombardier creva les nuages, ombre sinistre éclairée par la pleine lune. Arrivé à l'aplomb de Saint-Pierre de Rome, il largua cinq bombes, dont quatre explosèrent avec violence, endommageant la gare du Vatican, les bureaux du gouvernorat, et faisant voler en éclats les fenêtres à l'arrière de la basilique Saint-Pierre.

Orazio avait couru se réfugier sous son grabat et s'était couvert la tête de ses bras. Le vrombissement s'éloigna.

Du temps passa.

— Orazio, où êtes-vous ?

C'était la voix calme et autoritaire du préfet des Archives.

— C'est fini. Tout va bien maintenant, ajouta-t-il avec plus de douceur. Sortez de là.

Orazio obéit. Il était blême, gardait les yeux baissés, en proie à une extrême agitation, marmonnant des mots sans suite. Tout cela était trop pour son esprit fragile.

— Il n'y a pas de blessés ni de réels dégâts, le rassura le préfet. Vous m'entendez ?

Puis, davantage pour lui-même, il ajouta :

— Quels qu'ils soient, ils ont oublié la neutralité de la Cité vaticane mais, Dieu soit loué, ils ont manqué leur cible.

Il posa doucement sa main sur l'épaule du jeune homme.

— Retournez à votre travail, Orazio. C'est ce qu'il y a de mieux à faire.

Orazio obéit, mais il fallut un long moment avant qu'il recouvre un peu de calme. Même le contact de l'*Orphanus* à travers sa blouse ne le réconfortait plus.

« Du tranchant de son poignard, l'homme m'a arraché à la roche mère. Il m'a gardé serré dans sa paume. Enfin, il a desserré les doigts et les rayons du soleil m'ont transpercé. Je voyais le soleil et le soleil me voyait, intense comme le métal liquide qui coule au centre de la Terre. Intense mais si lointain. »

Si l'*Orphanus* parlait toujours à Moncada, sa voix avait changé et ne lui était plus si familière.

« Je suis couleur de vin, un vin rouge clair comme si l'éclat de la neige m'imprégnait. Je brille dans l'obscurité. »

Elle résonnait sous son crâne, autoritaire, impérieuse.

« C'est ici que ma légende est née, dans cette contrée sauvage, au nord d'une ville nommée Prague… à une époque où mythe et réalité se mêlaient si étroitement qu'on ne les pouvait délier. »

Officiellement, nul ne savait qui avait bombardé le Vatican.

Le Duce accusa les Alliés. Les Britanniques et les Américains nièrent en bloc, tout en se demandant comment une telle erreur avait pu être commise[1]. Roosevelt finit par s'engager publiquement à respecter la neutralité de la Cité vaticane.

« Un homme m'a façonné, frotté, poli, lissé. Poudre d'émeri sur table de plomb, poudre de pierre à feu brûlée dans une lame de cuivre, caresse de l'eau… Il cherchait la lumière suspendue, prisonnière, insaisissable et changeante de mes entrailles. »

Le 1er mars 1944, un avion qui survolait la Cité vaticane depuis plusieurs nuits largua à son tour plusieurs bombes près de l'enceinte.

Le Palais du Saint-Office et l'Université pontificale sur le Janicule furent endommagés. En voulant se dégager, l'appareil, un Épervier, rasa les toits et son aile heurta une cheminée. Le pilote ne réussit pas à redresser l'avion, qui alla s'écraser Via del Gelsomino, où il s'enflamma.

1. Ce n'est qu'à l'ouverture d'une partie des Archives privées du Vatican en mars 2012 qu'on découvrit la responsabilité du fasciste italien Roberto Farinacci. Le but de ce bombardement et de celui du 1er mars 1944 étant de neutraliser l'émetteur de Radio Vatican (qui resta intact), soupçonné d'émettre à l'attention des Renseignements alliés.

En plus de son équipage, le bombardement avait fait deux morts.

« Enfin, j'ai été serti sur une couronne d'or, celle du Saint Empire romain germanique. On a choisi avec soin l'emplacement que j'occuperais, au plus près de celui qui me porterait, caché à la vue des autres. Pour tous, je suis devenu "l'étoile qui tout prince guide". Je concentrais en moi l'honneur de l'Empire. »

Orazio n'arrivait plus à trouver le sommeil. L'angoisse le tenaillait de jour comme de nuit. Au lieu de travailler, il guettait le vrombissement des bombardiers. Il avait fait son lit sous son grabat, à même le dallage et poussait des plaintes lugubres au moindre bruit.

Quand l'*Orphanus* parlait, il se relevait pour écrire. Recopiant ses paroles dans ses deux registres.

« Les princes se succédèrent. Leur temps n'était pas le mien. Ils étaient sanguinaires, noirs, boiteux, saints, cruels, sévères… »

Le 23 mars 1944, Via Rasella, les résistants romains anéantirent une compagnie de trente-deux SS. En représailles, le lendemain, sur ordre du commandant de la police militaire de Rome, Herbert Kappler, les Allemands raflèrent des civils qu'ils conduisirent aux Fosses ardéatines en périphérie de Rome. Les capitaines Karl Hass, Erich Priebke et leurs soldats tuèrent d'une balle dans la tête les trois cent trente-cinq prisonniers.

26

Le lendemain du massacre, le pape donna ordre à son préfet d'évacuer une partie des Archives vers le *Castel Sant'Angelo*. Dans la tour des vents, des religieux et des serviteurs s'activaient, vidant les premières salles.

Cela faisait maintenant onze ans qu'Orazio vivait enfermé là.

« Je les suivais de châteaux en forteresses, j'illuminais les réceptions et les banquets puis retrouvais l'obscurité, les coffres et les barreaux des salles du trésor. Les ténèbres toujours. Jusqu'à Charles IV, roi de Bohême, descendant de Charlemagne. »

— Orazio, Orazio, fit la voix d'Angelo Mercati. Où êtes-vous ?

Orazio qui était assis sur son grabat, sursauta et dissimula précipitamment la pierre. Il n'eut pas le temps de se redresser que le préfet entrait.

— Eh bien, Orazio. Avez-vous fini de préparer les Archives de Montecassino ?

— Oui, *monsignor*, répondit le jeune homme en désignant les caisses empilées sous la fenêtre.

— Nous sommes en guerre. Le monde entier est en guerre. Le Vatican n'est à l'abri de rien, même Rome…

Puis saisissant à qui il parlait, le préfet s'interrompit et reprit d'un ton plus calme :

— Il va falloir protéger ce que nous avons de plus précieux.

Orazio acquiesça. Ses doigts serrèrent plus fort l'*Orphanus*.

— Vous partirez à *Castel Sant'Angelo* ce soir avec les premières caisses préparées par Raimondi, des ornements d'églises, des registres. Les caisses de Montecassino vous rejoindront demain.

Le préfet n'aurait pu davantage bouleverser le jeune homme qu'avec ces mots-là. Même si le *Castel Sant'Angelo* était proche, quitter la tour des vents l'effrayait. Aller vers le dehors, ce dehors si violent, était impensable. Il secoua négativement la tête.

— Ils auront besoin d'un archiviste là-bas, dit le préfet. Je veux que ce soit vous. Vous comprenez, Orazio ? Il faut quelqu'un qui puisse organiser les choses, là-bas.

Comment expliquer à cet innocent que peut-être Rome allait être effacée de la surface de la Terre ? Comment lui dire les horreurs des bombardements et la crainte qu'il en avait ?

Le préfet conclut par les seuls mots qui pouvaient décider le jeune Moncada :

— C'est un ordre du Saint-Père.

LA PROPHÉTIE DE L'*ORPHANUS*

27

Avant de partir, Orazio glissa la cassette de fer avec l'un des registres où il avait tout recopié ainsi que les papiers originaux dans l'une des caisses, et laissa l'autre registre bien en vue sur sa table de travail avec le double de l'inventaire établi pendant toutes ces années. Le soir, il quittait la tour des vents pour le *Castel Sant'Angelo*… où il n'arriva jamais.

« Charles IV, roi de Bohême, qui voulait porter le surnom de "sage" mourut comme meurent ces créatures éphémères. Jamais, je n'ai pris place sur la tête de son fils, Sigismond, car un homme, à la faveur de la nuit, a pénétré dans la salle du trésor et m'a arraché à la couronne d'or. »

La petite troupe – trois religieux et une dizaine de solides porteurs – avait à peine franchi les murailles du Vatican qu'une voix retentit.

— *Halt ! Ich sagte, anhalten ! Ho detto alt*[1] !

La lumière crue des torches électriques les éclaira, passant des visages défaits aux caisses.

Nul n'essaya de fuir. La sueur inonda le dos d'Orazio, submergé par une peur incontrôlable à la vue de ces soldats en armes, des chiens, de l'officier qui les tenaient en respect.

Les porteurs avaient posé leur charge à terre. Il n'y eut aucuns mots d'échangés ni de questionnements.

1. « Halte ! J'ai dit halte ! J'ai dit halte ! »

— *Avanti ! Se provi a scappare, morirai*[1].

Ils repartirent.

L'*Orphanus* continuait à parler sous le crâne d'Orazio, qui trébuchait à chaque pas. Ses compagnons se taisaient. Ils longèrent le Tibre puis traversèrent un grand parc. Enfin l'escorte s'arrêta devant un palais. Les officiers allemands discutèrent un moment. Devant la demeure patricienne était alignée une longue file de camions bâchés gardés par des SS.

On les enferma dans une pièce. Au bout d'un moment, un homme de la Gestapo vint chercher un premier religieux, puis un second.

Le silence retomba. Orazio s'était mis à noter fébrilement les paroles de l'*Orphanus* sur le cahier de brouillon qui ne le quittait jamais.

« J'ai voyagé, caché dans sa chair, cousu dans sa cuisse, et qui je suis l'a tué. Je suis passé de main en main, jusqu'à ce que les ténèbres d'un coffre et d'une cage de fer m'ôtent à la vue des humains pendant des siècles. »

Orazio tremblait de tous ses membres sans pouvoir s'arrêter. Le frère essaya de le réconforter, mais rien n'y faisait. Orazio n'entendait plus que la voix de l'*Orphanus*. Il se remit à écrire.

Enfin, la porte se rouvrit.

— Orazio Moncada, fit le soldat.

Orazio sursauta en entendant son nom et se réfugia derrière les autres. Le soldat dut le tirer sur le dallage pour le faire sortir. Donnant au passage un coup de crosse au religieux qui essayait de lui expliquer que le jeune homme était un « simple », qu'il ne comprenait pas tout.

Un garde vint aider son collègue et soulevant Orazio par les aisselles, ils le conduisirent dans une somptueuse salle de réception où attendait un homme en civil, qui le salua dans un italien châtié teinté d'un lointain accent allemand.

1. « En avant. Si vous essayez de fuir, vous mourrez ! »

— Asseyez-vous, monsieur. Vous êtes bien Orazio Moncada ?

Orazio hocha la tête. Il regardait, affolé, autour de lui et les gardes durent l'aider à s'asseoir.

— Je suis le lieutenant Rainer Eberhard de la DSK. Êtes-vous archiviste au Vatican ?

— *Si.*

— Je n'ai malheureusement guère de temps. Venons-en au fait. Où est l'*Orphanus*, monsieur Moncada ?

Orazio écarquilla les yeux puis secoua la tête.

L'homme avait posé sur la table la cassette de fer et les documents qu'elle contenait. Le registre de Moncada était ouvert, le SS le désigna.

— Vous voyez, je sais tout. Alors, où est-il ? Je vous écoute.

Comme Orazio ne répondait pas, un soldat s'approcha de lui, le giflant à la volée. Il tomba de sa chaise et resta là, immobile et stupéfait. Jamais personne n'avait levé la main sur lui, même lorsqu'il était enfant.

— Fouillez-le ! ordonna l'officier.

Orazio poussa un gémissement qui n'avait rien d'humain, il se leva d'un bond et courut vers la porte mais les soldats le rattrapèrent et le jetèrent au sol. Il se débattit, hurlant comme un possédé.

Un des gardes lui donna un coup de crosse, sa tête retomba. Il ne bougea plus.

La fouille ne fut pas longue : un soldat sortit le cahier de brouillon puis sentit la pierre sous le tissu et déchira la blouse.

Il dégagea la gemme qu'il tendit à l'officier avec le cahier. Celui-ci la regarda longuement, la leva vers la lampe, observa la façon dont elle absorbait la lumière. Enfin, il l'empocha avec le cahier de brouillon d'Orazio.

— Emmenez-le. Et faites disparaître tout ça. Je ne veux aucune trace.

28

Quelques instants plus tard, les caisses du Vatican étaient chargées à bord des camions, avec des dizaines d'autres contenant l'énorme butin du pillage de Rome par les SS : tableaux de maîtres, bijoux, or, sculptures…

Le lieutenant Rainer Eberhard monta dans sa VW Kubelwagen et, piloté par son aide de camp, prit la tête du convoi qui s'ébranla en direction de Pomezia à vingt kilomètres au sud de Rome.

À l'aérodrome militaire de Pratica di Mare, le moteur du Savoia-Marchetti tournait déjà. L'officier veilla au chargement, salua et monta à bord rejoindre les pilotes dans le cockpit.

Le ciel était bas, chargé de nuages sombres et, malgré une annonce d'orage au-dessus des Alpes, l'avion décolla. Après un large virage sur l'aile, il prit la direction de l'Allemagne.

Eberhard lisait les notes prises par Orazio dans la geôle avant qu'on lui arrache son cahier de brouillon.

« Un homme m'a trouvé, gardé, porté sur lui. Il vivait en paix et entendait ma voix. Mais le temps de la violence est revenu. Le temps de la peur. Les hommes en noir m'ont découvert. Ils m'ont enveloppé d'un foulard et enfermé dans une caisse de bois qu'ils ont posée dans les entrailles d'un oiseau de fer. »

Comment Orazio avait-il pu écrire cela ? L'officier fronça les sourcils en lisant les lignes suivantes dont le récit était plus heurté qu'auparavant et d'une écriture tremblée. Une forme de prophétie à laquelle il ne pouvait croire et qui, pourtant, était celle de l'*Orphanus* :

« Bruit, vibration, envol. Haut, très haut, au-dessus des plaines et des fleuves. Orage, éclair, noires nuées. La montagne se précipite vers l'oiseau et le tranche en deux… Chute interminable. »

Depuis un moment, l'avion avait plongé dans un épais brouillard et soudain, devant le nez du Savoia, surgit une arête rocheuse.

Rainer entendit un cri aigu et se rendit compte qu'il s'agissait de sa propre voix. Les pilotes essayaient de redresser l'appareil. Mais il était déjà trop tard. Ils percutèrent la montagne.

Le cahier lui échappa des mains. S'il avait pu continuer à lire, il aurait compris pourquoi Orazio était mort un sourire aux lèvres.

« La caisse de bois dans laquelle j'étais prisonnier a explosé en touchant le sol. Moi, l'Orphelin, je suis maintenant au sommet du monde, au plus près du ciel, au plus près de la vibration des étoiles. La nuit, je brille de la clarté lunaire. Le jour, j'irradie de celle du soleil. Au plus près de la voie des aigles. »

PARTIE 2

DE NOS JOURS, DANS UN HAMEAU PERDU AU CŒUR DES ALPES…

29

La nuit était un gouffre. Pas la moindre étoile. Même la lune avait disparu, avalée par les ténèbres… Sixtine avait l'impression de tournoyer dans le vide quand elle se réveilla en sursaut.

On frappait à la porte. Un bruit léger.

La jeune femme mit un moment avant de prendre conscience qu'elle n'était pas chez elle à Chamonix, mais dans le chalet de ses grands-parents, à Baume Longe.

La maison était plongée dans l'obscurité et, pourtant, elle discernait avec une étonnante netteté la table avec les restes de son repas, l'unique fenêtre avec son rideau rouge et blanc, ses vêtements accrochés au clou, le coffre sur lequel étaient posés son sac à dos et son matériel d'escalade.

Dans la cheminée, les cendres fumaient encore.

On continuait à frapper.

— Qui est là ?

Elle avait chuchoté et, pourtant, le son de sa voix lui parut assourdissant.

Rien ne vint. Aucune réponse.

Elle se leva, indécise. Qui pouvait se trouver en pleine nuit, dans ce hameau perdu à 1 800 mètres d'altitude ?

Les légendes de son enfance refaisaient surface. Les montagnes étaient la demeure des dieux mais aussi de leurs redoutables gardiens. Et comme quand elle était gamine, elle imagina la créature tapie derrière la porte.

La porte…

Elle avait oublié de mettre la barre. Il suffisait d'une poussée.

Le bruit se répéta une nouvelle fois.

Elle s'adossa au vantail, les jambes tremblantes.

On frappait toujours.

Des petits coups du bout des doigts, presque un signal familier. Comme quelqu'un qui rentre à la maison et ne veut pas déranger. Et cela l'effraya davantage encore.

— Qui est là ? répéta-t-elle.

Mais il n'y avait rien que les battements désordonnés de son cœur.

Un long moment passa.

Enfin, elle se décida à ouvrir… et resta figée, reconnaissant aussitôt celui qui lui faisait face. Un homme mince et brun, d'une trentaine d'années, au visage d'une excessive pâleur. Il portait la même tenue que sur l'unique cliché qu'elle possédait de lui. Le même pull, le pantalon de toile épaisse, les souliers des montagnards d'avant…

Malgré l'obscurité, elle devinait la petite cicatrice sur le front près de l'arcade sourcilière, le gris ardoise des yeux…

— Grand-père, c'est toi ?

Elle tendit la main… La sonnerie discordante de son portable retentit et Bartolomeo s'effaça. Elle était couchée par terre, roulée dans son duvet à même une litière de branchages.

La porte de Baume Longe battait – elle n'avait plus de barre depuis longtemps –, la lumière filtrait entre les tavaillons disjoints de la toiture, ou plutôt ce qu'il en restait. Il n'y avait pas de meuble, encore moins de rideaux, et un vent froid pénétrait par bourrasques dans les ruines du chalet où elle avait passé la nuit. Le chalet de Lali et de Bartolomeo avant qu'ils partent s'installer à Chamonix dans les années 1950. Un lieu où elle aimait se réfugier quand elle désirait être seule.

Hier, c'était son anniversaire, elle avait fêté ses trente-cinq ans.

La sonnerie du téléphone continuait à percer le silence. Sixtine fouilla dans son sac à dos et sortit son portable. Un numéro inconnu s'affichait. Un numéro de Chamonix.

— Allô ? fit une voix masculine.

Elle entendait mal. Le son grésillait.

— Mademoiselle Sixtine Dangeli ? insista la voix.

— Oui... C'est moi.

Ses mains tremblaient.

— Je vous entends mal. J'ai eu votre numéro par le bureau de la compagnie des guides de Chamonix. Je suis le lieutenant François Fleury du PGHM[1]. Vous êtes bien une parente de M. Bartolomeo Dangeli, n'est-ce pas ?

— C'est mon grand-père, souffla-t-elle en essayant d'affermir sa voix.

— D'après nos renseignements, il a été porté disparu en montagne en 1965.

— Oui.

Que se passait-il ? Un étrange sentiment d'irréalité l'envahissait. Rêvait-elle encore ? Tout d'abord cette vision de son grand-père jeune... et puis maintenant les gendarmes.

— Vous êtes à Chamonix en ce moment ? reprit le lieutenant.

— Non.

— Quand pouvez-vous être là ?

Sixtine sortit sur le pas de la porte, son téléphone à la main.

L'air froid acheva de la réveiller tout comme le spectacle familier qu'elle avait sous les yeux. Le soleil se

1. Peloton de gendarmerie de haute montagne.

levait sur les crêtes du massif de la Séolane. Dans le ciel tournoyait en silence un aigle royal. Des mouflons broutaient l'herbe à quelques mètres d'elle, indifférents à sa présence.

— Allô ? fit le lieutenant. Je ne vous entends plus.

Elle rassembla ses esprits : le temps de descendre par le ravin jusqu'au Villard d'Abas récupérer la Land Rover, puis remonter vers Grenoble et Chamonix…

— En roulant bien, je peux être chez vous en fin d'après-midi, lieutenant.

Elle attendit une seconde avant de poser la question à laquelle elle ne voyait qu'une réponse possible. Une réponse qui l'ébranlait d'avance.

— Mais d'abord, que se passe-t-il ?

— On a retrouvé son corps. Le corps de votre grand-père.

LA GROTTE DE CRISTAL

30

Sixtine avait conduit pendant plus de six heures, s'arrêtant juste pour faire le plein. Quand elle se gara devant la bâtisse du PGHM, non loin de l'église Saint-Michel de Chamonix, elle était épuisée.

Elle resta un moment immobile, moteur coupé. Elle n'avait cessé de réfléchir à l'apparition de Bartolomeo, à ce rêve prémonitoire qui lui rappelait ceux de son enfance. Cela l'avait ramenée malgré elle à ce qu'elle appelait sa « vie d'avant », avant que ses parents, Juliette et Antoine, meurent en montagne, avant qu'elle soit orpheline.

Il y avait eu la vie d'avant ses dix ans et la vie d'après.

Des images remontaient à la surface qui lui nouaient le ventre.

Le soir, ses parents et elle avaient un rituel. Sixtine allait se coucher sans protester et les attendait – elle se souvenait encore du bruit du torrent qui courait le long de la maison, des cristaux de neige collés sur les vitres… Puis ils frappaient et entraient. Juliette, sa mère, s'asseyait sur le bord du lit, toujours à la même place, et son père, Antoine, restait debout. Il marchait de long en large, racontant avec force gestes les légendes de la montagne, pilier du ciel, demeure de la déesse blanche, lieu initiatique…

L'un de ses récits, le favori de Sixtine, était celui de la « Grotte de cristal ». Une caverne tapissée de cristaux que seul un homme au cœur pur pouvait trouver. Une chrysalide, toute de transparence et de lumière, dissimulée dans les entrailles de la montagne, une grotte qui faisait de celui qui avait bravé ses gardiens – froid intense, paroi inaccessible, vents, glace – un être à part, un sage, un initié. Un homme capable de voir la « pierre ultime », l'unique, la sacrée.

Quant à sa mère, son livre préféré était *La Légende arthurienne* qu'elle lui lisait le dimanche ou les soirs où son père était en course en montagne. Et les deux histoires dans l'esprit de l'enfant n'en faisaient plus qu'une. À l'intérieur de ce recueil, la Quête du Graal et Galaad, le petit-fils du Roi Pêcheur, avaient la préférence de Juliette. Galaad, dont le nom gallois veut dire « faucon de l'été », Galaad qui regarda dans la coupe mystique mais dont on ne sut jamais ce qu'il y avait vu… Galaad qui en mourut.

Comme Antoine.

Sixtine savait que c'était à cause de tout cela qu'elle était devenue cristallière comme son père et son grand-père avant elle.

Elle repensa à l'étrange enfant qu'elle était, aux pouvoirs qu'elle avait perdus. À cette façon qu'elle avait de voir des événements avant qu'ils se produisent : la maladie d'une voisine, l'échappée belle d'une vache dans les rues de « Chamouni », un objet perdu… Grand-mère Lali lui avait dit que c'était un don et qu'elle devait en prendre soin, comme on le fait d'une plante rare. Mais, à la mort de ses parents, tout s'était arrêté. Elle n'avait plus rêvé… jusqu'à ce matin.

La sonnerie stridente d'un klaxon dans la rue devant le PGHM la ramena au présent. Elle se regarda dans le rétro et soupira de se voir si pâle, des cernes sous ses yeux gris, ses cheveux courts en bataille… Elle sortit en claquant la porte du 4 × 4 et hâta le pas vers les bâtiments de la gendarmerie.

D'emblée, ce qui la frappa, ce fut le bourdonnement de ruche affairée. Ceux qui étaient là, hommes et femmes en uniforme, travaillaient devant leurs ordinateurs ou parlaient avec de lointains correspondants au téléphone. Au mur, sur un écran géant, s'étalait la vue en 3D du terrain d'intervention du secours en montagne : le pays du Mont-Blanc, de Vallorcine aux Contamines-Montjoie. Dans un trieur en bois, les cartes IGN de toute la région. Au-dessus d'une porte, une magnifique photo du massif.

— Je suis Sixtine Dangeli, fit-elle au gendarme de faction.

Ce dernier acquiesça :

— Je vais vous conduire auprès du lieutenant Fleury, mademoiselle, il vous attend.

Le jeune officier qui lisait un rapport dans son bureau se leva à son entrée et contourna son bureau, la main tendue. Chemisette bleu ciel à manches courtes avec les deux barrettes de son grade, pantalon bleu marine, il était grand, solide, et devait avoir la trentaine.

— Merci d'être venue si vite. Vous étiez du côté de Barcelonnette, n'est-ce pas ?

Elle hocha la tête, pensant une fois de plus qu'il devenait difficile de garder secrets les lieux où l'on aimait se réfugier.

Le regard du gendarme suivit celui de la jeune femme qui s'était attardé sur la cafetière allumée.

— Asseyez-vous, je vous en prie, je peux vous offrir un café ?

— Oui, merci.

Il lui remplit une tasse, tout en reprenant :

— On m'a dit qu'en plus d'être un excellent guide de haute montagne vous êtes une cristallière et une gemmologue réputée.

Sixtine ne protesta pas et, tout en écoutant, regarda autour d'elle. Sur le bureau, un classeur noir dont elle apercevait le dos : « Tome 1, personnes disparues avant 1989 ». À côté était posée une coupure de presse du *Dauphiné libéré* datant des années 1960, sur laquelle on annonçait la mystérieuse disparition d'un cristallier. La photo de Bartolomeo occupait presque toute la page.

Elle prit le café que l'officier lui tendait, mit huit morceaux de sucre dedans, les regarda se dissoudre, essayant de maîtriser le trouble qui l'envahissait.

Le lieutenant l'observait.

— Il paraît que Bartolomeo en mettait douze avant de faire couler le café dessus, souffla-t-elle. Vous avez sa fiche dans ce classeur ?

— Oui, mais elle n'est pas aussi bien renseignée que celles concernant les disparitions actuelles. Nous avons quatre volumes sur les disparus. Les premiers remontent à l'époque où le PGHM a été créé, en 1958, après l'affaire Vincendon et Henry.

Sixtine hocha la tête. Tout le monde, dans la vallée, connaissait l'histoire tragique de ces deux jeunes alpinistes, vingt-quatre et vingt-deux ans, qui avaient agonisé sur le massif sans que personne ne se mette d'accord sur la façon de les sauver. Elle avala son café, laissant la chaleur et le sucre faire leur effet.

— Je vous écoute, lieutenant.

Sa voix avait repris un peu de fermeté.

— Même si nous possédions une photo, il fallait que votre grand-père soit formellement identifié. Il l'a été par Guy Simon à la morgue de l'hôpital. C'est Jean-Lou Beuchat qui a trouvé le corps. Mais vous connaissez Jean-Lou, nous avions besoin d'un autre avis.

Jean-Lou… Le *fada*, comme on l'appelait par ici. Plus jeune que son grand-père, il avait été son ami avant que son esprit s'égare. Avec ça, un alpiniste remarquable qui, malgré ses soixante-douze ans, n'avait pas renoncé à la montagne. Il n'était pas rare de le croiser sur des parcours aussi difficiles que la traversée des Drus.

L'officier marqua un temps.

— Jean-Lou l'a retrouvé dans une faille glacière en haut des Bossons. Vous savez comment c'est, là-haut. La cascade de glace est courte mais pentue. Entre les crevasses et les séracs… Notre capitaine a envoyé l'hélico pour les ramener.

— Comment était le… ?

Trop émue, elle ne termina pas sa phrase. Elle savait trop dans quel état pouvaient ressortir les cadavres, laminés, tailladés, écrasés ou en morceaux.

— Je peux vous le dire, j'y étais. Et ça m'a fait un drôle d'effet de me trouver face à un montagnard d'autrefois. Jean-Lou avait commencé à le dégager. On a achevé le travail. Il était enchâssé dans la glace, comme momifié, intact.

Elle laissa le temps à toutes ces informations de faire leur chemin.

Elle imagina Guy Simon à la morgue, face au cadavre de son ancien rival.

Guy Simon, l'ami d'enfance de sa grand-mère et son éternel prétendant. Il avait dû être remué, lui aussi et il y avait de quoi. Se retrouver face à l'homme de trente ans qu'il avait détesté jusqu'à ce qu'ils deviennent compagnons de cordée et amis.

Ces dernières décennies, la fonte des glaciers jouait de drôles de tours aux Chamoniards. La cascade de glace des Bossons avait rejeté des débris de toutes sortes : membres humains, morceaux de carlingue, bijoux provenant pour la plupart des crashs de deux avions indiens survenus en 1950 et 1966, le *Malabar Princess* et le *Kangchenjunga*.

— Guy s'est chargé de prévenir votre grand-mère, Mme Dangeli, car nous n'arrivions pas à la joindre au téléphone.

— Elle ne décroche jamais.

Et tout en disant cela, elle songea à Lali qui répétait à qui voulait l'entendre que Bartolomeo, l'amour de sa vie, son Italien, était parti pour une autre femme par-delà les montagnes…

— Vous n'avez plus besoin de moi, lieutenant ?

Sixtine esquissa le geste de se lever.

— Encore une chose…

L'officier se tut et baissa la tête sur ses papiers, jouant avec son stylo.

— Je vous écoute.

— Il y a prescription bien sûr, mais nous allons autopsier votre grand-père.

Autopsier… Un long frisson parcourut l'échine de la jeune femme. Le lieutenant reprit plus doucement :

— Sa mort n'est pas due à une chute. Votre grand-père a été tué par balle.

LALI

31

Quand Sixtine sortit du PGHM, elle était sonnée. Elle s'enferma dans sa voiture, posa les mains sur le volant et resta un long moment immobile, incapable de réfléchir. La réapparition du corps de Bartolomeo était déjà bouleversante, alors l'idée qu'on ait pu l'assassiner...

— Tout va bien, madame ? demanda un gendarme en tapant à sa vitre.

— Oui, oui, merci.

Elle tourna la clef de contact de la Land Rover et démarra en trombe. Il fallait qu'elle voie Lali. Qu'elle lui parle. Elle traversa la ville à toute allure, brûla quelques feux et freina enfin devant un chalet dont le rez-de-chaussée était occupé par une boutique. Sur la pancarte de bois qui se balançait était gravé : *La Fluorite rose.*

De chaque côté de la devanture étaient peints des panneaux « Minéraux et bijoux des Alpes » dont les lettres s'écaillaient.

Dans cette caverne d'Ali Baba de son enfance trônaient, entre autres, les magnifiques spécimens – ils n'étaient pas à vendre – dénichés par son père et son grand-père.

Elle posa la main sur la poignée, essaya en vain d'ouvrir, colla son nez à la vitre. Seule la lumière du jour éclairait les vitrines où scintillaient d'incroyables gwindels[1], des quartz à âmes, des octaèdres de fluorite rouge… La jeune femme remonta en voiture et repartit aussi vite qu'elle était venue.

Lali devait être chez elle. Elle vivait « à l'endroit » comme on dit par ici, sur le versant du soleil, au pied du couloir du Brévent, face au massif du Mont-Blanc. Seule avec son vieux chien, un saint-bernard qui répondait au nom de Sam.

Sixtine se gara enfin à côté d'une Volvo au bout du chemin des Chimères, et fronça les sourcils en voyant un inconnu sortir en courant du chalet, poursuivi par Sam.

L'homme gesticulait. La voix sèche de Lali, apparue sur le balcon extérieur, retentit :

— Partez, et plus vite que ça, avant que Sam perde patience !

À ces derniers mots, le saint-bernard gronda, découvrant des crocs dignes d'un loup, et se ramassa sur lui-même, prêt à bondir.

Sixtine sortit de la Land Rover, l'homme démarra en trombe. Elle le regarda s'éloigner puis se baissa pour caresser le chien qui l'avait rejointe en remuant la queue.

— Eh bien, mon Sam, encore un qui ne sait pas que tu as l'agressivité d'un ours en peluche !

Elle leva les yeux vers Lali.

— Qui était-ce ?

— Un fouille-m… de journaliste venu d'Albertville pour poser des questions sur Baté. Les nouvelles vont vite.

Sixtine jura intérieurement tout en grimpant l'escalier menant au balcon.

Lali, toujours vêtue de son sempiternel jean et d'une large blouse de coton bleue, se tourna vers elle. Elle avait les traits tirés, quelques mèches folles s'échappaient de son impeccable chignon blanc.

1. Voir glossaire en fin de volume.

Comme chaque fois qu'elle s'absentait pour des courses en montagne, Sixtine avait un choc en réalisant que sa grand-mère n'était plus la robuste montagnarde de son enfance, elle avait vieilli.

Elle la serra contre elle et s'excusa :

— Je suis passée au PGHM. Je suis désolée, c'est moi qui aurais dû t'annoncer la nouvelle et pas Guy.

Pour une fois, sa grand-mère, qui détestait les embrassades, se laissa faire. Sixtine retrouva le parfum du « Miss Dior » qu'elle mettait elle-même chaque matin, cadeau de son père. Une senteur qu'elle avait toujours connue, dans le linge des armoires, sur les mouchoirs et les taies d'oreillers ; le parfum de Lali.

Sa grand-mère se dégagea.

— Rentrons, tu veux ? Pauvre Guy, il avait la voix qui tremblait et les larmes aux yeux. Ça a toujours été un émotif.

Lali s'assit sur son vieux canapé de velours rouge, Sam à ses pieds.

— Viens près de moi, fit-elle en tapotant les coussins. Tu as l'air fatiguée. Mais oui, hier soir tu étais à Baume Longe, tu as fait la route d'une traite ?

— Un lieutenant du PGHM m'a appelée. Je lui avais promis d'être à Chamonix en fin d'après-midi.

— Il faut que tu manges quelque chose. Attends, j'ai fait une tarte. Tu veux un café ?

Sixtine n'eut pas le temps de répondre, Lali s'était déjà levée. Quand elle revint, suivie par Sam, elle portait un plateau sur lequel trônaient une tomme de brebis, du pain, un saucisson et une énorme tarte aux myrtilles.

— Attrape la table à roulettes.

Sixtine obéit, posa le plateau sur la desserte, mit des assiettes et des couverts et fit rouler le tout jusqu'au canapé. Puis la jeune femme dévora en silence ce pique-nique improvisé, buvant entre chaque bouchée une gorgée de café, prenant conscience qu'elle n'avait pas mangé depuis la veille au soir.

Lali, qui n'avait pas touché à son assiette, fixait la porte-fenêtre restée ouverte malgré la fraîcheur du soir.

De là où elles étaient, les deux femmes apercevaient le ciel et la cime des épicéas. Le bruit lointain de la ville ressemblait à celui de la marée. L'appel d'une hulotte qui nichait dans les grands arbres retentit. Le ciel s'assombrissait. La nuit était proche.

— Jean-Lou est passé, lui aussi, et m'a tout raconté à sa façon.

Le silence retomba puis Lali ajouta :

— Tu sais, je crois que j'attendais ça depuis longtemps. Savoir vraiment ce que Bartolomeo était devenu.

Sixtine releva la tête.

— Mais tu disais…

— Je disais à tous que c'était un homme à femmes, qu'il était parti pour une autre, mais c'était juste qu'il m'était impossible de l'imaginer mort. Alors j'ai préféré l'inventer infidèle. Heureux quelque part avec une belle fille dans les bras. Vivant, quoi !

Elle se tut.

Sixtine donna une croûte de fromage à Sam qui n'avait cessé de la fixer d'un air suppliant, sa grosse tête posée sur ses genoux.

— Au fait, Jean-Lou te cherche, ajouta Lali. Tu ferais bien de passer le voir.

— J'irai demain. Je suis vannée. Il faut que tu saches… Ce matin, j'ai rêvé comme autrefois, et c'est Bartolomeo qui m'est apparu. Un rêve très précis, juste avant que la gendarmerie m'appelle.

— Raconte.

Sixtine obéit, donnant tous les détails, puis expliquant son entrevue avec le lieutenant. Mais, arrivée à la fin de son récit, elle hésita. Lali prit sa main dans la sienne.

— Je suis vieille mais pas stupide, et je n'ai pas

besoin d'être protégée, grommela Lali. Je sais qu'il va être autopsié. Jean-Lou me l'a dit.

Sixtine ne sut que répondre. Lali reprit :

— J'ai beaucoup réfléchi. J'ai cherché qui pouvait avoir fait ça.

— Et alors ?

— Alors rien. Tout le monde l'aimait. J'ai aussi repensé à ton père... Antoine n'a jamais cru que Baté ait pu nous abandonner pour une autre femme. Peut-être ai-je eu tort de lui raconter ça ? Mais je n'arrivais pas à trouver autre chose. Sa disparition était si douloureuse, je faisais tout pour que cela ne me blesse pas trop. Alors, même à toi, j'ai dit qu'il était infidèle. De toute façon, quoi que je dise ou fasse, sa disparition a tué Antoine.

— Pardon ? fit Sixtine, interloquée.

— Quand il est mort avec ta mère, là-haut...

Elle s'interrompit. Son visage se tordit dans une grimace douloureuse.

— Perdre son mari puis son fils, je ne souhaite ça à personne, même à mon pire ennemi... et Juliette. J'aimais Juliette comme la fille que je n'ai jamais eue. (Sa voix s'était altérée.) Revenir à tout cela est si dur, ma chérie...

Elle se leva, fixa un moment Sixtine, comme si elle la jaugeait.

— Tu avais l'air apaisée ces derniers temps. Je ne voulais pas te rappeler le passé... Mais avec ce qui arrive, tout est différent.

Qu'allait-elle lui révéler qu'elle ne lui avait jamais dit ? Après la mort de ses parents, Sixtine lui en avait fait voir de toutes les couleurs : des mois sans dire un mot, des résultats scolaires en chute libre, des fugues... Et puis, à l'adolescence, les fêtes, l'alcool, les nuits solitaires en montagne... Et enfin, les risques inouïs pris pour sauver des vies.

Depuis cette époque-là, elle avait changé mais, intuitivement, la jeune femme sentait que sa métamorphose était inachevée, comme s'il lui manquait une jambe ou un œil.

C'était peut-être ça, être orphelin ?

— Tu te souviens de ce que je t'ai confié pour tes vingt ans ? Pas le pull en mohair ni le quartz à âme, non, le paquet enveloppé de papier kraft.

Sixtine acquiesça. Lali expliqua :

— C'étaient les affaires de Bartolomeo. Antoine avait regroupé papiers, photos et croquis. J'avais ajouté ce qui lui appartenait, les cartes IGN et le carnet qu'Antoine portait sur lui quand on a retrouvé son corps avec celui de ta mère. Après ce qui vient de se passer, il est peut-être temps que tu relises tout ça.

Sixtine se voyait fourrant le paquet dans une malle qu'elle n'avait jamais rouverte.

— Tu étais trop jeune pour comprendre l'obsession de ton père. Retrouver la trace de Bartolomeo était une idée fixe. Le jour où ils sont morts, ta mère et lui, ils s'étaient lancés une fois de plus à sa recherche, malgré la météo et les annonces de tempête de neige… Bartolomeo a été retrouvé aux Bossons, les corps de tes parents n'étaient pas très loin sur la Glaciale, la Maudite[1].

1. Noms donnés autrefois au mont Maudit.

LE CHALET À HABITS

32

Sixtine laissa la Land Rover devant chez Lali et rentra à pied, son sac sur le dos. Elle habitait à quelque trois cents mètres dans ce que l'on nommait autrefois en Savoie un « chalet à habits ».

Le sentier serpentait dans la pénombre entre les épicéas, les pins et les mélèzes. Elle n'avait pas besoin de lumière pour le suivre. Elle en connaissait chaque détour et aurait pu l'emprunter les yeux fermés, décrire les arbres morts, les énormes blocs de pierre moussus qui se dressaient au milieu des taillis, souvenirs des avalanches qui, autrefois, ébranlaient le Brévent.

Elle entendait les grincements des troncs, les craquements du bois, le bruit léger de ses pas et, au loin, l'interminable hululement d'une chouette de Tengmalm annonçant déjà la venue de l'automne.

Il s'était passé tant de choses depuis son réveil à Baume Longe ce matin-là. Était-ce la fatigue ? Comme un patineur sur un lac gelé qui voit la glace se fissurer autour de lui, elle avait le sentiment désagréable de perdre ses repères.

Elle lutta contre le malaise qui l'envahissait et hâta le pas vers son chalet, solide bâtisse en madriers avec un toit de tavaillons.

Devant la porte, sur des tables à tréteaux abritées par un auvent, s'alignaient ses dernières découvertes : gros blocs d'améthystes, quartz fumé, calcite à nettoyer et, sous l'étal, des bassines, des brosses... Son matériel de cristallière.

Elle entra dans la grande pièce, posa ses affaires et s'activa devant le poêle à bois jusqu'à ce que le crépitement du feu se fasse entendre. Elle tendit les mains devant elle, laissant la chaleur tiédir ses paumes. Son regard passa du lit à la table puis aux bancs. Rien de superflu, juste ce qu'il fallait à quelqu'un qui passait son temps à courir la montagne.

Le long des murs, sur des étagères, s'alignaient ses livres et ses cartes IGN. Sur une longue table étaient posées ses plus belles trouvailles : des gwindels à l'éclat mordoré, des améthystes d'un violet intense et des octaèdres de fluorite d'un rose profond.

Elle soupira. Ce soir, la solitude lui pesait. Elle fila prendre une douche, restant sous le jet brûlant jusqu'à ce que la tension de ses muscles se relâche. Une fois de retour dans la grande pièce, vêtue d'un tee-shirt de coton et chaussée de mocassins, elle se glissa sous la table pour attraper sa vieille malle.

Il y avait de tout, là-dedans, des pulls d'ado, un cartable, des cahiers d'écolière, des CD, son premier piolet au manche rafistolé... et le paquet enveloppé de kraft dont lui avait parlé Lali.

Elle défit les ficelles, écarta le papier brun. La première chose sur laquelle son regard tomba l'ébranla. Pourtant ce n'était qu'un vieux carnet à la couverture défraîchie, fermé par un lien de cuir. Mais c'était celui dont son père ne se séparait jamais : son carnet de guide et de cristallier.

De nouveau, malgré elle, les souvenirs affluaient. Comment faire autrement ?

Elle prit une profonde inspiration, comme quand elle était en difficulté dans un surplomb ou le long d'une paroi glacée, puis étala le tout sur la table.

Elle fit une pile des cartes IGN et posa les photos les

unes à côté des autres. Il y en avait une dizaine. Sur l'une d'elles, un format carré noir et blanc, Bartolomeo et Lali jeunes. Lui, son bras autour des épaules de sa femme, debout devant Baume Longe, et, sur le balcon, un enfant qui riait, le visage levé vers le soleil. Antoine, son père…

Ses yeux s'embuèrent.

Dans une bourse de cuir, elle trouva un octaèdre de fluorite rouge joliment serti au bout d'une chaînette d'argent. Un bijou que portait sa mère.

Sixtine resta immobile, fixant le pendentif. Il lui avait fallu tant d'années pour enfouir au fond d'elle-même ce qui la faisait souffrir. Pour simplement croire qu'elle pouvait oublier, que c'était possible de vivre malgré l'abandon, la perte.

Et là, en ouvrant cette maudite boîte, en voyant ces photos, ce bijou… Il lui semblait que tout ce qu'elle avait échafaudé volait en éclats. Elle ressentait la même douleur au creux de l'estomac et ses larmes coulaient, silencieusement, le long de ses joues.

Elle se leva, se passa un gant humide sur le visage, puis resta à fixer son reflet dans le miroir. Elle aimait retrouver dans ses traits ceux de ses aînés. L'ovale de son visage et les pommettes hautes de Juliette, cette bouche et ce nez qu'elle trouvait trop grands mais qui étaient ceux d'Antoine, ses yeux gris pâle – les mêmes que Bartolomeo, disait Lali – et cette tignasse noire en bataille, héritage de ses origines piémontaises.

Elle passa les doigts sur la cicatrice qui balafrait sa joue. Un coup de griffe, souvenir de la fissure Mummery au Grépon.

Elle se fit un café serré, jeta huit morceaux de sucre dans la tasse, et alla se rasseoir.

Sur la plupart des papiers courait une écriture appliquée, celle de Bartolomeo. Il y avait aussi un croquis d'une voie ponctuée de croix. Il lui sembla reconnaître le glacier de la Charpoua, au sud des Drus. Des emplacements de fours ? Ces géodes tapissées de cristaux de quartz ou d'octaèdres de fluorite qu'on ne pouvait atteindre qu'en étant un alpiniste chevronné et dans lesquelles il était difficile de pénétrer tant elles étaient étroites et profondes.

Enfin, non sans un terrible sentiment de culpabilité, Sixtine dénoua le lien qui fermait le carnet d'Antoine.

La première chose sur laquelle elle tomba fut un article découpé dans un journal datant du 13 mai 1965. Son père avait inscrit sur le côté : « L'origine de tout ? »

Elle n'avait plus sommeil.

Cet article avait été écrit deux mois avant la disparition de Bartolomeo. On y voyait son grand-père tenant fièrement un morceau de fuselage d'avion sur lequel était inscrite une suite de chiffres et de lettres à demi effacées.

Une légende disait : « Un jeune montagnard de Chamonix trouve un morceau d'épave d'avion crashé sur la chaîne du Mont-Blanc. »

Son père avait donc relié la découverte de Bartolomeo à sa disparition. 1965... Cela ne pouvait pas être le Boeing *Kangchenjunga* d'Air India crashé l'année suivante, en janvier 1966. Était-ce un débris du *Malabar Princess* qui s'était écrasé en 1950 ? Cela paraissait improbable, le *Malabar* n'émergeant du glacier que depuis une dizaine d'années.

Elle déplia l'article mais n'apprit pas grand-chose de plus, son grand-père avait déclaré qu'il n'y avait rien d'autre (en homme avisé, il ne disait pas à quel endroit il avait fait sa découverte). Le journaliste concluait en expliquant que, au vu du fuselage qui avait été examiné en laboratoire, il s'agissait d'un avion de la Seconde Guerre mondiale. Peut-être un Junker 52 de la Luftwaffe.

Elle tourna la page et tomba sur un autre article, à peine un entrefilet, encadré par son père, qui précisait que le marquage avait permis d'identifier un trimoteur Savoia-Marchetti SM.82 Marsupiale. Un avion italien utilisé pour le transport mais aussi pour les bombardements.

Sixtine continua à tourner les pages, la suite n'était que des plans, avec toutes les voies explorées par Antoine.

Son père avait quadrillé la montagne. Il y avait même, à la toute fin, les escalades qu'elle avait faites avec lui, enfant. Pas une fois, comprit-elle, Antoine n'avait grimpé sans chercher ce père que la montagne lui avait volé.

L'ANTRE DU MONTAGNARD

33

Sixtine se réveilla d'un coup. Elle était affalée sur la table, les papiers étalés autour d'elle, et il faisait grand jour.

Elle bâilla, se leva et s'étira, puis ouvrit la porte donnant sur l'extérieur. Les ombres s'étaient dissipées et le soleil embrasait la cime des arbres. Le jaune des mélèzes virerait bientôt à l'orange. Le baromètre, bien qu'on soit fin août, marquait 9°. Elle frissonna et repoussa le battant.

Elle n'avait pas beaucoup dormi, mais se sentait les idées claires, ses appréhensions disparues, ses forces revenues. Une fois la table débarrassée, elle passa à son cou le bijou de sa mère.

Enfin, après avoir fait chauffer l'eau pour son café, elle couvrit son pain d'une épaisse couche de miel de sapin, son préféré.

Tout en mordant à pleines dents dans sa tartine, et en léchant avec gourmandise le miel qui coulait entre ses doigts, elle décida d'aller voir Jean-Lou.

On toqua à la porte, elle ouvrit et se trouva nez à nez avec Martin Mugnier, son ami d'enfance, mais aussi son ex.

Le jeune homme, vêtu d'une épaisse chemise à carreaux et d'un gilet polaire, essaya de plaisanter, mais le ton n'était pas si léger :

— Je sais, j'avais promis de ne plus jamais t'ennuyer, mais il y a prescription, tu crois pas ? Ça fait cinq ans que tu m'as plaqué et j'ai respecté le pacte.

Elle hocha la tête.

— Là, c'est l'ami qui vient te proposer son aide.

— Ton aide ? Que veux-tu dire ?

— Tu vas comprendre, regarde ça.

Il lui tendit la liasse de journaux qu'il tenait à la main et qu'elle n'avait pas remarquée. Elle fronça les sourcils.

— Ce matin, tout le monde titre sur la découverte du corps de ton grand-père.

Elle saisit les quotidiens, dépliant le premier d'entre eux. En une du *Dauphiné libéré* s'affichait la photo de Bartolomeo avec le fuselage du Savoia-Marchetti, surmontée d'un gros titre : « Un mystère qui en cache peut-être un autre ».

— Il paraît que les télés seront bientôt dans la vallée.

Elle secoua la tête, en colère contre la vitesse de ce monde qui allait l'obliger elle-même à accélérer alors qu'elle ne le désirait pas.

— Que vas-tu faire ? demanda Martin. Je t'imagine mal restant les bras croisés.

— Pourquoi cette question ?

— Je voulais te dire que, si t'avais l'intention d'aller là-haut, je suis là. Réfléchis.

Elle acquiesça d'un bref signe de tête, se demandant pourquoi Martin réapparaissait juste ce jour-là. Cela la ramena aux gamins qu'ils avaient été. À courir la montagne ensemble, se baigner nus dans les torrents, apprivoiser les marmottes, observer les chamois. Et au type prétentieux qu'il était devenu.

Il la salua et se détourna. Un quart d'heure plus tard, elle roulait vers Chamonix.

34

Jean-Lou Beuchat habitait « à l'envers », un chalet perdu dans la forêt, en haut du chemin des Lavouets. Il avait l'électricité, seule concession à la modernité, mais pas l'eau courante ni le téléphone. Il récoltait l'eau de pluie dans une citerne. Sa boisson favorite était la grolle, un mélange de café et de gnôle dont il abusait parfois.

Sixtine arrêta la Land Rover près du vieux combi Volkswagen et descendit. Tout était silencieux. Jean-Lou, qui avait pourtant dû entendre le bruit de son moteur, ne se manifestait pas. Elle frappa à la porte en criant son nom.

— C'est moi, Jean-Lou, c'est Sixtine ! Ouvre ! fit-elle en manœuvrant en vain la poignée.

Elle attendit encore un moment, appela de nouveau, puis décida de faire le tour de la bâtisse. Elle longeait la réserve à bois dressée entre deux arbres quand elle l'aperçut. Dissimulé derrière le tas de bûches, un doigt sur les lèvres, il lui fit signe de le rejoindre.

La silhouette maigre, les cheveux blancs coupés en brosse, le regard si pâle qu'il paraissait incolore, la peau ridée couleur brique de ceux qui passent leur vie dehors par tous les temps. À soixante-dix ans passés, on avait l'impression que rien ne pourrait plus l'abattre. Ajouté à cela, une connaissance de la montagne que la cristallière lui enviait.

— T'es seule ? marmonna-t-il.

— Oui. Lali m'a dit que tu voulais me voir, je…

Il ne la laissa pas finir et demanda d'un ton anxieux :

— T'as vu personne ? T'es sûre ?

Sixtine avait l'habitude des lubies de Jean-Lou.

— Il n'y a que toi et moi. Pourquoi te caches-tu ?

Il ne répondit pas, regardant autour de lui, écoutant. Elle laissa passer quelques instants, puis murmura :

— Tu ne veux pas qu'on entre ? On sera mieux pour causer.

Il resta un moment comme s'il n'avait pas entendu sa question puis, au lieu de se diriger vers l'entrée du chalet, l'entraîna vers l'appentis. L'endroit était rempli de cageots, de planches et de caisses qu'il dégagea rapidement, mettant à jour une trappe.

Quelques instants plus tard, ils étaient à l'intérieur.

— Pas mal, ton issue de secours, remarqua la jeune femme dont le regard parcourut la tanière du montagnard.

C'était la première fois qu'elle y pénétrait. Encombrée jusqu'au faîtage, la salle ressemblait à une brocante. Bien sûr, il y avait quelques roches alignées sur les étagères et, au mur, du matériel d'escalade, mais pas seulement…

Pas un jour ne passait sans que Jean-Lou, tel un pêcheur, ne ramenât quelque chose dans ses filets. Et depuis quelques années, la pêche était meilleure encore. Avec le réchauffement climatique, la cascade de glace des Bossons, qui, auparavant, courait du sommet du mont Blanc jusqu'à la vallée, avait reculé de façon spectaculaire.

Au risque de sa vie, le montagnard avait récolté des tonnes de débris dans des zones où les craquements sinistres du glacier rythmaient ses explorations. Parmi ses trouvailles, des restes humains provenant des crashs du *Malabar Princess* et du *Kangchenjunga*, mais aussi des morceaux de fuselage, d'aile, d'hélice, de moteur, des bijoux, des vêtements, des sacs à main, des appareils photos, des montres, des portefeuilles…

Le guide rapportait les papiers d'identité aux gendarmes. Les restes macabres étaient enterrés au petit cimetière du Fayet dans le caveau des anonymes. Pour le reste, Jean-Lou monnayait ses trésors à des curieux ou à des collectionneurs.

Le regard de la jeune femme passa de magnifiques blocs d'améthystes à l'amoncellement d'objets recouvert de poussière et de toiles d'araignées.

Jean-Lou semblait avoir oublié sa présence, il s'était dirigé vers une longue table, posant à côté de lui le bâton de marche qui ne le quittait jamais.

Sur le plateau de bois brut de la table s'alignaient ses dernières découvertes : un superbe bloc de calcite surmonté d'aiguilles de quartz fumé et un sac au cuir rongé par la neige.

Jean-Lou attrapa ce dernier et, ce faisant, fit tomber son bâton sur le plancher. Il ne s'en soucia pas et alla s'asseoir sur un fauteuil défoncé où il resta immobile, le sac sur les genoux, les yeux dans le vide.

Sixtine se pencha pour ramasser la canne à bout ferré. À une lointaine époque, quand ce n'était pas la saison des courses en montagne, Jean-Lou était un ébéniste de talent et les gens s'arrachaient ses cannes en bois de coudrier inspirées des makilas basques et des anciens bourdons de pèlerin. Jean-Lou y gravait des devises, y incrustait des roches ou de la corne, tressait des lanières de cuir. Chaque bâton était une œuvre d'art.

Elle le posa sur la table et s'assit sur un tabouret, essayant d'accepter le fait que Jean-Lou vivait dans une autre dimension du temps. Patience, patience. Elle l'observait du coin de l'œil quand soudain il lâcha :

— Bartolomeo est revenu. Ça fait plus de cinquante ans que j'attends ça. Cinquante ans... Tu te rends compte, Sixtine, cinquante ans.

La voix brisée par l'émotion, il lui tendit la sacoche.

— C'était à Baté.

— Merci, bredouilla Sixtine.

Ses mains tremblaient en saisissant le havresac.

— J'ai rien dit à personne, surtout pas aux cognes, mais c'est en le sortant de la crevasse que j'ai su que Baté était proche.

Il avala sa salive puis reprit d'une voix sourde :

— Toutes ces années passées à le chercher, je savais bien qu'un jour je le retrouverais.

Sixtine songea qu'elle connaissait le montagnard depuis l'enfance et en même temps qu'elle ne savait rien de lui. Elle essaya de l'imaginer jeune, son regard se posa sur ses mains crevassées aux doigts déformés, et elle y renonça.

— On était liés tous les deux, comme une corde tendue, et la mort n'y peut rien.

Jean-Lou se leva brusquement et fit quelques pas nerveux dans la pièce avant de revenir s'asseoir.

— Je sais bien que dans la vallée on dit que je suis fou… Et c'est peut-être vrai. Mais parfois, quand j'étais sur le massif, je l'entendais. Je te jure. J'entendais sa voix.

Sixtine, émue, ne voyait aucune folie en cela, elle qui, souvent, se réveillait en sursaut avec l'impression que ses parents l'appelaient.

— Faut dire, il avait raison de gueuler, Baté, j'le méritais. Jamais j'aurais dû…

Il s'interrompit.

— Le lendemain, je suis revenu avec du matériel… et je suis descendu plus profond. Quand je l'ai trouvé, j'ai bien essayé de le dégager tout seul, mais c'était impossible. Et puis, j'aurais pas pu le remonter. Alors je suis allé chercher du secours.

Il sembla à Sixtine qu'elle voyait la scène. Elle avait été si souvent sur la langue de glace des Bossons. Un lieu que la fonte et les étés caniculaires avaient rendu de plus en plus dangereux. Les craquements effrayants du sérac, les blocs de glace qui menacent de s'effondrer, le sol qui se dérobe soudain sous les pas. Le montagnard s'acharnant à extraire le cadavre gelé de la gangue de glace qui l'emprisonnait.

Elle respira profondément.

Jean-Lou était de nouveau perdu dans ses pensées.

Elle se leva, et posa le havresac avec délicatesse sur la table, essayant de chasser un trop-plein d'émotion. Puis elle attrapa une fine paire de gants dans sa poche poitrine et souleva le rabat, alignant le contenu devant elle : une pochette en toile huilée, une corde de rechange, un grappin, des crampons forgés comme on en faisait aux Houches dans les années 1950-1960.

Jean-Lou l'avait rejointe.

— C'est à l'homme en noir, fit-il en désignant l'enveloppe de toile. C'est par lui que le malheur est arrivé.

— De quoi tu parles ? Quel homme en noir ?

Elle déplia la poche.

— C'était le client de Baté, il aurait jamais dû accepter de partir avec lui, continuait le montagnard. Mais c'était mieux payé qu'une course. Il a fait ça pour Lali et pour ton père.

— Comment tu le sais ?

— Je sais, c'est tout, grommela-t-il. Mais l'homme en noir, c'était pas le pire.

— Pourquoi tu ne m'as jamais rien dit ?

— J'pouvais pas. Les mots sortaient pas. Et puis, après la disparition de Baté, j'ai enquillé les galères, je me suis mis à boire. Je suis devenu le « fada », la seule chose qui m'ait sauvé de la folie, c'est mon obsession de retrouver Baté.

— Parle-moi de cet homme en noir.

— Il est arrivé un soir dans la vallée, il cherchait ton grand-père.

La toile huilée protégeait un épais cahier. De ses mains gantées, la jeune femme tourna les pages couvertes de phrases en italien, rédigées d'une écriture élégante. C'était un journal de bord étonnamment bien conservé.

Sur la première page figurait la date du « *Quindici maggio 1965* ».

Le 15 mai… Quelques jours après la parution de l'article sur la découverte de Bartolomeo.

L'intuition d'Antoine était donc juste, la disparition de son père était étroitement liée à cet avion crashé pendant la guerre. Mais pourquoi ? Elle sentit les battements de son cœur s'accélérer et commença à déchiffrer, remerciant intérieurement Lali de lui avoir appris l'italien.

« L'aero che stavamo cercando riapparve… »

« L'avion que nous cherchions est réapparu… »

LE JOURNAL DE L'HOMME EN NOIR

35

Sixtine continuait à lire. Jean-Lou se taisait, le visage fermé.

« L'avion que nous cherchions est réapparu. J'ai demandé audience à notre révéré scriptus, *ce qui m'a été accordé. »*

Scriptus... Du latin. Elle saisit son portable, chercha un dictionnaire en ligne et resta rêveuse devant la réponse : un greffier. Un révéré greffier. Une audience. Qu'est-ce que cela voulait dire ?

« Notre entretien a duré longtemps. Il a pris une tournure à laquelle je ne m'attendais pas. Moi, Giacomo, plus à l'aise avec les études et les livres qu'avec le commerce des hommes, je vais devoir partir vers la France. Mes ordres sont clairs, là-bas, je devrai monter une expédition pour retrouver le Savoia-Marchetti. »

Elle trouva les coupures de journaux qu'elle connaissait, glissées entre les pages suivantes avec des articles parus dans les presses italienne et allemande.

« 17 juin 1965. Tout est enfin prêt. On m'a adjoint un homme d'expérience, Riccardo. Un montagnard des

Dolomites, excellent grimpeur, il était résistant pendant la dernière guerre et travaille pour nous depuis des années. Je peux avoir toute confiance en lui. Un crédit m'a été alloué par le trésorier. Je prendrai pour guide Bartolomeo Dangeli, celui qui a trouvé le morceau de fuselage. De son côté, Riccardo a réuni du matériel d'escalade et m'a montré sur les cartes IGN le glacier que nous devions rejoindre. Nous partirons dans quelques jours. Le scriptus *a été clair, nous ne serons sans doute pas les seuls à vouloir retrouver le Savoia. Il faudra être discrets et arriver les premiers.* »

Visiblement, le montage de l'expédition avait pris du temps. Le journal reprenait à la date du « *Primo luglio 1965* ».

« *1er juillet 1965. Je suis installé à Chamonix, à l'hôtel Bellevue. J'ai dit que j'étais botaniste, ce qui est vrai, même si mes études me paraissent bien lointaines. Le montagnard est en course dans le massif. J'ai appris qu'il était cristallier. Nous allons devoir l'attendre. Encore du temps perdu. Mon impatience grandit, tout comme mon inquiétude à la vue des sommets qui nous entourent. Je reste enfermé dans ma chambre.*

3 juillet 1965. Riccardo est revenu avec Bartolomeo Dangeli. Je l'ai questionné sur sa découverte et il m'a dit n'avoir rien trouvé d'autre sur place. Je le crois honnête. Le problème des crashs d'avions en montagne est que les morceaux peuvent être dispersés à des kilomètres de distance, voire sur un autre versant. Je lui ai proposé de l'argent pour nous guider. Il a une femme et un jeune enfant, je sens qu'il va accepter.

4 juillet 1965. Dangeli a dit oui, j'ai exigé le plus grand secret, il ne devra parler de tout ça à personne. »

Sixtine interrompit sa lecture et se tourna vers Jean-Lou.

— Sauf que tu étais toujours fourré avec Bartolomeo. Et, en bon montagnard, il n'a pas dû partir dans une zone aussi dangereuse sans te prévenir de ce qu'il allait faire et de l'itinéraire qu'il allait suivre, non ?

L'autre grimaça.

— Qui était ce Giacomo ? Tu sais ce qu'il s'est passé ? Qui a tiré sur Bartolomeo ?

La jeune femme sentit trop tard que la brutalité de ses questions avait heurté de plein fouet le guide à la lucidité si vacillante.

— Non ! protesta-t-il, puis plus fort : Non, non !

Et, disant cela, il se balança d'avant en arrière, se prenant la tête entre les mains, comme s'il ressentait une douleur intolérable.

— Calme-toi, Jean-Lou, calme-toi ! s'écria Sixtine en se levant pour lui entourer les épaules de son bras. Je te demande pardon. Tu me parleras quand tu voudras. Jean-Lou, tu m'entends ?

Mais il était ailleurs, dans un monde où elle ne pouvait le rejoindre, en proie à l'une de ses crises familières.

Un bruit de moteur retentit soudain. La jeune femme courut à l'unique fenêtre et, à travers la vitre noire de crasse, aperçut une camionnette de la télévision régionale qui se garait devant le chalet. Un cameraman, caméscope sur l'épaule, et un journaliste en descendirent. Sixtine jura.

— Jean-Lou, il y a la télé dehors. Jean-Lou !

Il ne réagit pas.

— Reste ici, n'ouvre pas, fit-elle en glissant le journal dans son sac à dos. Je reviendrai te chercher.

36

Après s'être faufilée par la trappe, Sixtine attendit un moment cachée dans les taillis que les intrus s'en aillent. Ce qu'ils firent après avoir frappé à plusieurs reprises à la porte et filmé le chalet sous tous les angles.

Elle récupéra sa Land Rover et fila vers Chamonix. Il fallait qu'elle prévienne Lali et aille chercher son matériel d'escalade. Elle était persuadée que la solution était là-haut. Martin avait raison, elle devait y aller.

Quand elle arriva chez sa grand-mère, rien ne se passa comme elle l'avait prévu.

Une grosse moto, une Honda Transalp 600, avec des valises latérales et un sac posé dessus, était garée devant le chalet. Elle monta les marches jusqu'au balcon et s'arrêta un instant devant la porte-fenêtre avant d'entrer.

Un homme en blouson de cuir était assis de dos, et sa grand-mère, souriante, lui parlait. Elle entra et Sam vint lui faire fête.

— Voici ma petite-fille ! dit Lali.

L'homme s'était levé pour lui faire face. Une trentaine d'années, des cheveux bruns bouclés, les pommettes hautes, des yeux gris pâle.

— Monsieur te cherchait.

Leurs regards se croisèrent, puis il se présenta :

— Federico Valente. Enchanté, mademoiselle Dangeli.

Sa voix avait l'accent chantant des Italiens et son nom lui disait quelque chose. Elle se tourna vers Lali qui, au lieu de répondre à son coup d'œil interrogateur, déclara :

— Assieds-toi, ma chérie. Asseyez-vous, Federico, vous permettez que je vous appelle Federico ? À mon âge, je n'en fais plus qu'à ma tête, et appelez-moi Lali.

— Je vous en prie, cela m'honore.

Le nouveau venu était très protocolaire dans ses manières et même dans le choix de ses mots comme s'il était d'une autre époque ou d'un autre milieu.

— Je vais nous refaire du café, conclut Lali.

Et elle sortit, la laissant en tête à tête avec l'inconnu. Ils restèrent un moment silencieux puis Valente déclara :

— Je suis heureux de vous rencontrer.

— Excusez-moi mais, au risque de paraître fort impolie, qui êtes-vous et que faites-vous chez ma grand-mère ?

Il allait répondre mais Lali, qui était déjà de retour avec un plateau, le fit à sa place.

— Federico est historien et gemmologue. Nous parlions des fluorites et des sucres trouvés par ton grand-père dans le massif.

L'Italien s'était levé et lui avait pris le plateau des mains.

— Il est originaire de Cuneo, un Ligure comme Baté.

Sixtine ne la reconnaissait plus. Sous prétexte que celui-là était du même village que son mari, elle le traitait comme s'il était de la famille.

— M'autorisez-vous à faire le service ? demanda l'Italien.

Lali acquiesça. Après avoir rempli sa tasse, il se tourna vers Sixtine :

— Du sucre, mademoiselle ?

— Euh, oui… Huit morceaux.

Il versa dessus le café bouillant.

— Je suis allée au chalet ce matin, dit Lali, mais tu étais déjà partie.

— J'étais à Chamonix.

L'Italien reprit la parole :

— Je ne vous ai pas répondu tout à l'heure, mademoiselle. Je vous cherchais, votre grand-mère et vous, à cause de ce remue-ménage autour de Bartolomeo Dangeli. Je crois que je peux vous aider à élucider le mystère qui plane sur cette affaire. Comme l'a dit madame, je suis gemmologue et historien. En fait, j'ai déjà écrit un livre sur la spoliation des Juifs par les nazis et aujourd'hui, je prépare un second volume sur ce qui s'est passé à Rome de 1939 à 1945.

— Je ne vois pas le rapport avec mon grand-père.

— Le lien, c'est l'avion, le Savoia-Marchetti. Je sais ce qu'il transportait et pourquoi. J'ai l'intention d'aller là-haut voir si je peux trouver autre chose. Mais, avant de vous en dire davantage, je dois savoir si vous acceptez que nous fassions équipe. Mettons en commun ce que nous savons, vous et moi.

Sixtine se raidit. L'assurance du nouveau venu lui déplaisait, le fait qu'il veuille aller sur ce qu'elle estimait être son territoire aussi. Mais, apparemment, elle était la seule de cet avis. Même le vieux Sam semblait trouver l'étranger à son goût. Il s'était couché sur le dos, se laissant gratter le ventre avec complaisance.

« Pour un peu, songea Sixtine, il ronronnerait, et Lali pareil ! »

Sixtine sentait son agacement monter, mais n'en était pas dupe. Elle savait, même si elle repoussait cette idée, que son irritation était un réflexe de protection, une armure. Et elle comprenait trop bien ce qui, chez l'Italien, séduisait tant Lali et son chien !

Valente fouilla dans le sac posé à ses pieds et en sortit deux livres qu'il lui tendit.

— Voici mon premier ouvrage, *Spoliazione e fascismo in Italia*, malheureusement pas encore traduit en français, et ceci, pour vous : *Fenomeni ottici nelle gemme.*

Soudain, cela lui revint, ce nom, Valente… Elle s'exclama :

— *Phénomènes optiques dans les gemmes* par le professeur F. Valente. Mais bien sûr ! C'est vous ! Je vous ai lu. J'ai aussi adoré *La Photoluminescence des pierres précieuses*. Passionnant.

Sixtine se tut, gênée.

— Merci, fit l'historien, un sourire à la fois spontané et maîtrisé éclairant son visage. C'était mon sujet de thèse à l'université de Bologne.

Il posa sa tasse et se leva.

— Je ne veux pas être importun, réfléchissez à ma proposition. Vous avez besoin de moi et j'ai besoin de vous. Si vous me cherchez, je suis descendu à l'*Hôtel du Clocher*.

Il serra la main de Lali.

— J'ai été très heureux de vous rencontrer… Lali.

Puis il se tourna vers Sixtine.

— Merci de m'avoir écouté, et pardon si ma visite vous a causé quelques désagréments.

Son regard était si clair et direct qu'il en était dérangeant. Sixtine ne sut que répondre et s'en voulut. Il sortit. Elle entendit la moto démarrer.

37

— Pourquoi as-tu été si désagréable ? demanda Lali au bout d'un moment.

— Je ne sais pas, avoua Sixtine.

— Tu reviens de chez Jean-Lou, n'est-ce pas ?

Sixtine sortit le journal qu'elle posa sur la table.

— Il a trouvé ça non loin du corps de Baté, il n'en a pas parlé aux gendarmes.

— Cela ne m'étonne pas de lui ! On va regarder ça ensemble, mais viens près de moi, ordonna-t-elle.

Dans une attitude familière, Sixtine se lova contre elle, le cahier sur les genoux. Elles restèrent un moment silencieuses, serrées l'une contre l'autre, et Sam s'allongea à leurs pieds, posant sa grosse tête entre ses pattes.

Sixtine voulut ouvrir le journal, sa grand-mère arrêta son geste et, lui caressant les cheveux, demanda :

— Tu as ta tête des mauvais jours, qu'est-ce que tu mijotes ?

— Je veux trouver l'assassin de grand-père. Et je suis sûre que la clef est là-haut, sur le glacier des Bossons.

— Tu n'as pas l'intention d'y aller seule ?

— Non, avec Jean-Lou.

— Et c'est censé me rassurer ?!...

— Je veux voir où il a trouvé le corps, et puis j'ai l'impression qu'il en sait beaucoup plus qu'il ne veut bien le dire. Une fois là-haut, il me parlera, j'en suis sûre.

Lali marqua un temps de réflexion avant de demander :

— Et l'Italien ? Tu comptes le prendre avec toi ?

— Je trouve sa venue étrange. C'est comme si l'histoire se répétait.

— Comment ça ?

Sixtine lui tendit le journal.

— C'est écrit par un Italien, Giacomo, qui avait embauché Baté pour retrouver l'avion. Pourquoi ferais-je confiance à ce Valente ?

— Parce que je lui fais confiance, moi ! rétorqua sa grand-mère. Et puis, il est ligure !

Comme Sixtine restait muette, Lali reprit :

— De toute façon, si tu veux aller aux Bossons, tu sais très bien qu'il te faut quelqu'un d'autre que Jean-Lou. C'est un excellent alpiniste, mais il n'est plus fiable.

Sixtine hésita un court instant avant d'annoncer que Martin lui avait proposé son aide.

— En toute amitié, précisa-t-elle aussitôt.

— Il connaît bien la montagne, concéda Lali, qui n'avait jamais aimé le prétendant de sa petite-fille. Allez, regardons ça.

Et Lali, dont l'italien était meilleur que celui de Sixtine, se pencha sur le texte et le traduisit jusqu'à l'endroit où sa petite-fille avait arrêté sa lecture : « … il ne devra parler de tout ça à personne. »

— Continue, fit Sixtine, je ne suis pas allé au-delà.

« 5 juillet 1965. Nous sommes partis, enfin. Mais il était déjà tard, le soleil baissait à l'horizon. Un chemin en lacet nous a menés à travers une forêt de mélèzes. Au pied des arbres poussent de hautes fougères et les fleurs mauves des campanules. Alors que je peine à trouver mon souffle, Bartolomeo porte sans effort cinquante kilos de matériel, avançant de son pas souple et long de montagnard. J'ai du mal à le suivre. Toutes ces années à étudier ont fait de moi un piètre

marcheur. Riccardo ne dit rien mais je vois bien que ces deux-là iraient plus vite sans l'archiviste que je suis devenu.

J'ai écrit ces quelques lignes à la lumière de ma torche alors que nous bivouaquons. La nuit tombe. En contrebas, j'aperçois les lumières de Chamonix. Plus proche, à travers les arbres, je discerne la pâleur d'une langue de glace. J'ai l'impression d'être à la frontière entre deux mondes, dont l'un m'est complètement inconnu.

Je me demande ce que nous allons trouver là-haut et j'ai peur de ne pas être l'homme de la situation. Je l'ai dit à mon supérieur qui m'a rappelé que c'était pour cela qu'il avait ordonné à Riccardo de m'accompagner.

*Après avoir partagé le repas préparé par Bartolomeo, mon garde du corps s'est installé à l'écart. Assis contre un tronc d'arbre, à veiller. Bartolomeo et moi avons discuté longtemps, je lui ai expliqué ce que contenait le Savoia et ce que je recherchais. Je lui ai parlé des archives que nous avions perdues et que nous devions récupérer. Il n'a pas posé de question, il s'est contenté d'écouter et m'a assuré que parfois les choses ressortaient des glaces en bon état. Même le papier. J'ai gardé secrète l'existence de l'*Orphanus*. J'en sais si peu sur lui, juste ce que m'a confié le* scriptus*. »*

Ce nom fit tiquer Sixtine.

— Tu connais ? demanda Lali en s'arrêtant.

— Cela me dit quelque chose, mais… continue s'il te plaît.

« Bartolomeo m'a conseillé de dormir. J'ai obéi et je me suis glissé dans mon sac de couchage. À chaque mouvement que je faisais, le lit de branchages et de

fougères craquait. Je scrutais le scintillement des étoiles. La nuit était pleine des grincements sinistres du sérac tout proches et du cri d'oiseaux nocturnes en chasse. Riccardo a allumé sa pipe dont le fourneau rougeoyait dans la pénombre. Tant de choses reposent sur mes épaules. Je prie Dieu d'être à la hauteur de la mission qui m'a été confiée.

6 juillet. À l'aube, après avoir avalé un café brûlant et un morceau de pain couvert d'une tranche de viande séchée, nous sommes repartis, Bartolomeo toujours devant, Riccardo fermant la marche. Il faisait encore nuit. De la forêt, nous sommes passés aux buissons roses des rhododendrons, au feuillage sombre des myrtilliers puis à une prairie couverte du bleu des gentianes, du mauve des colchiques. Cela me ferait presque oublier ma mission. Ici poussent l'arnica, les myosotis. Je vois partout les hampes dressées des gentianes médicinales avec leurs grandes feuilles jaunies.

Riccardo m'a rappelé à l'ordre, Bartolomeo était déjà loin et nous avons dû allonger le pas pour le rattraper. Je soufflais comme un vieillard. Par endroits, la pente était si abrupte que je l'escaladais en m'aidant de mes mains. Nous foulons maintenant des étendues grises, dont les pierres roulent sous nos pieds.

Au-dessus de nous se dressent des cimes couvertes de neiges éternelles.

Je me suis aperçu que Riccardo s'arrêtait souvent pour observer les pentes et la lisière de la forêt en contrebas. Je me demande s'il sent la même chose que moi. Depuis que j'ai quitté l'hôtel, j'ai l'impression qu'on nous suit. »

— Que craignait cet homme ? fit Lali qui s'était arrêtée de lire. Et pour qui travaillait-il ?

— Nous savons maintenant qu'il s'appelait Giacomo,

qu'il croyait en Dieu, qu'il était botaniste et archiviste et n'était pas le seul intéressé par le Savoia-Marchetti. Peut-être, comme le *Kangchenjunga*, cet avion contenait-il des papiers compromettants ? Et puis il y a cet *Orphanus*, l'Orphelin, dont le nom m'est familier. Attends une seconde.

Elle pianota le nom sur son portable.

— La couronne du Saint Empire romain germanique, l'*Orphanus* en faisait partie. À la fac de Nantes, un de nos professeurs nous en avait parlé. Une pierre de légende qu'on ne connaît que par les descriptions qui en ont été faites autrefois.

— Il n'est plus sur la couronne ?

— Non, il a disparu au XIVe siècle. Allez, reprend Lali.

« Nous nous sommes arrêtés sous d'énormes blocs de rocher. Un chaos qui porte le nom, m'a expliqué notre guide, de Gîte à Balmat et Paccard, des alpinistes du XVIIIe siècle. Autour de nous, le panorama est grandiose, dominé par le dôme du Goûter et l'arête du glacier de Taconnaz. Notre guide est chez lui. Il m'a dit avoir exploré le massif et même donné son nom à de nouvelles voies.

Il nous distribue du pain, du jambon, du fromage puis mange en silence. Il ne pose aucune question. Il est calme, sérieux, et pourtant son regard s'éclaire comme celui d'un enfant chaque fois qu'il me parle des montagnes.

Je me rends compte que je le mets peut-être en danger.

Bartolomeo a donné le signal du départ. Il est reparti du même pas égal. Je ne pense plus qu'à mettre un pied devant l'autre. Chaque pas me coûte, mais j'avance mieux que la veille et sans penser à autre chose qu'à cette mission qui m'a été confiée.

Enfin, nous nous arrêtons à ce que Bartolomeo

appelle la Jonction. Un endroit étrange. Un paysage lunaire. Cerné d'un côté par le glacier des Bossons, m'explique notre guide ; de l'autre, par le glacier de Taconnaz. La surface du glacier est creusée de failles, hérissée de blocs de glace. Je suis en terre étrangère, une terre inhospitalière, inquiétante. »

Lali fit une légère pause dans sa lecture dans laquelle Sixtine s'engouffra brusquement.

— J'en sais assez.

Sa grand-mère la regarda. Sixtine avait l'air déterminée, et dans son regard brillait une lueur que la vieille femme connaissait bien, qui annonçait l'imminence d'un départ.

— Je vais préparer mon matériel, et appeler Martin, ajouta Sixtine en se levant.

— Ne veux-tu pas d'abord que l'on termine de lire ça ?

— Continue, toi, tu me diras. Moi, je file chez moi. Pour l'Italien, j'ai réfléchi : tu as raison, il peut m'être utile. Je vais l'appeler. Et puis comme ça, j'aurai un œil sur lui.

Une partie d'elle-même n'était déjà plus là, et l'autre ne tenait plus en place, comme d'habitude.

Lali n'insista pas, et ressentit ce pincement familier qui, depuis toujours, s'éveillait dans son ventre quand ceux qu'elle aimait partaient en montagne.

À L'ASSAUT DU GLACIER

38

Sixtine vérifia son sac, y glissa des pitons, des coinceurs, une corde de 50 mètres, des crampons à glace. Elle hésita un moment, puis rajouta des piolets encreurs. Enfin, elle saisit son téléphone et chercha le numéro de l'hôtel familial où était descendu l'historien. La sonnerie retentit longtemps avant qu'une voix féminine réponde :

— Allô, la réception de l'*Hôtel du Clocher*, j'écoute.

— Bonjour, Sixtine Dangeli, je désire parler à M. Valente.

— Un instant, madame, je vais voir si sa clef est au tableau.

Quelques minutes passèrent, puis la voix de la réceptionniste retentit de nouveau :

— Il est dans sa chambre. Je vous le passe.

Il y eut un déclic puis la voix de l'Italien.

— *Pronto.*

— Sixtine Dangeli. J'ai réfléchi à votre proposition, monsieur Valente. J'accepte. Nous partons dans une heure.

Il y eut un silence au bout du fil, puis :

— Je suis prêt.

— Je passe vous chercher à l'hôtel. Vous avez du matériel ?

— Oui. (Il hésita.) Merci à vous, mademoiselle Dangeli. Je vous promets que vous ne le regretterez pas.

Elle marmonna une réponse et raccrocha, puis fit le numéro de Martin qui répondit à la première sonnerie.

— C'est moi, tu peux être prêt dans une heure ?

— Oui, nous allons où ?

— Du côté des Bossons. On sera quatre. Prends une corde de 50 de plus, au cas où. Je vais chercher Jean-Lou. Nous bivouaquerons là-haut, ou bien nous rejoindrons le refuge des Grands Mulets.

Martin ne demanda pas qui était le quatrième et elle lui en sut gré.

Après avoir raccroché, elle resta un moment songeuse, le portable à la main. L'image de Bartolomeo telle qu'elle lui était apparue à Baume Longe lui revint avec une précision accrue. Baté était venu la chercher et elle avait décidé que ce ne serait pas en vain.

Elle regarda une dernière fois autour d'elle, ferma le chalet à clef, posa ses affaires dans le coffre de la Land Rover puis remonta voir Lali.

Sa grand-mère lisait toujours. Un sac était posé à côté d'elle, d'où dépassait une bouteille Thermos.

— Ah, te voilà ! Je t'ai préparé des provisions : pain, viande séchée, fromage et biscuits. Et du café fort et sucré comme tu l'aimes.

— Comment ferais-je sans toi ?

Elle se souvenait de ces moments, sur une vire balayée par la neige où, dans sa tente tunnel, elle respirait l'odeur du pain frais, buvait une gorgée de café brûlant… L'altitude coupait la faim, mais l'isolement forcé et le danger décuplaient ces saveurs qui raccrochaient à la vallée, à ceux que l'on aime, à la vie qui a si peu sa place dans les hauteurs.

Sa grand-mère enveloppa le journal de Giacomo dans une poche plastique et le lui tendit.

— Prends-le, je n'ai pas eu le temps de tout lire mais je suis allé voir la fin. Ils étaient effectivement suivis mais je n'ai pas compris par qui.

— Peut-être l'Italien ne le savait-il pas lui-même ?
— En tout cas, il a confié son journal à ton grand-père.
— C'est peut-être ce qui a coûté la vie à Baté. Je me demande ce que sont devenus ce Giacomo et son garde du corps ?
— Peut-être sont-ils morts, eux aussi ? Quoi qu'il arrive, sois prudente là-haut, dit Lali en serrant sa petite-fille contre elle.

Sixtine caressa Sam qui l'accompagna jusqu'à la voiture en remuant la queue. Sur le balcon, sa grand-mère lui faisait signe.

39

À peine garée près du combi VW, Sixtine aperçut Jean-Lou. Il était habillé de son vieux pull de montagne, chaussé de ses lourds godillots, son bâton de marche à la main, son sac Millet à ses pieds, prêt à partir. Il avait sur le visage et dans les yeux une expression farouche et résolue qu'elle ne lui connaissait pas. Sans doute celle du montagnard qu'il avait été.

Elle descendit de voiture et ouvrit le hayon arrière.

— Tu acceptes de me guider ?

Il hocha la tête tout en jetant son sac à dos dans le coffre.

— On sera quatre : toi, moi, un historien et Martin.

— Le fils Mugnier ?

— Oui.

— Celui-là, grommela-t-il en crachant par terre, il a rien à faire là-haut, encore moins avec nous.

— Il vient.

— OK, mais c'est un sale fils de p…

— Je savais pas que t'avais une dent contre les Mugnier.

Il fit un geste évasif.

— Oublie, ce qui compte, c'est nous deux. J'ai attendu trop longtemps, tu sais.

En cet instant, Jean-Lou n'était plus le fada que tout le monde connaissait. Il paraissait lucide… et désespéré.

— Non, je ne sais pas, justement. Tu veux qu'on parle ?

— Plus tard, là-haut.

Quelques instants après, la vieille Land Rover s'arrêtait devant le coquet hôtel chamoniard aux volets de bois jaune. Pendant le trajet, ni Jean-Lou ni Sixtine n'avaient dit un mot. La jeune femme ouvrait la portière quand elle aperçut Valente qui venait vers elle, son casque sous le bras.

— Bonjour, fit-il, saluant Sixtine puis Jean-Lou.

— Jean-Lou Beuchat, qui sera notre guide, un ami de mon grand-père.

— Federico Valente. C'est vous qui l'avez trouvé, n'est-ce pas ? demanda l'Italien en s'adressant au montagnard.

Jean-Lou hocha la tête, l'air renfrogné. L'historien se tourna vers la moto lourdement chargée.

— Je vais vous suivre, ce sera plus simple. Je laisserai la moto là-haut avec votre voiture.

— Comme vous voulez, on va d'abord passer prendre un autre guide et après, on file vers les Bossons. On ne sera pas trop de quatre pour affronter les séracs.

Sixtine démarra et, quelques instants plus tard, aperçut la moto qui filait dans son rétroviseur.

— Il ressemble à l'homme en noir, remarqua Jean-Lou.

— C'est un Italien.

— Non, c'est autre chose, jeta-t-il avant de se renfermer dans un mutisme pensif.

Ils arrivèrent devant le chalet de Martin, qui attendait sur le trottoir, son équipement sur le dos. Martin grimpa à l'arrière, ils repartirent. Jean-Lou n'avait pas rendu son salut au fils Mugnier.

Derrière eux, la lourde Transalp enchaînait les lacets. Martin, assis à l'arrière, se pencha vers Sixtine.

— C'est qui sur la moto ?

— Le quatrième membre de notre expédition, un historien.

Elle appuya sur l'accélérateur, prit la sortie vers les Bossons, suivant la direction du glacier et du tremplin de saut à ski.

Tout en conduisant, elle remarqua une fois de plus les ravages faits par l'homme dans la vallée. Il y avait déjà le tunnel du Mont-Blanc inauguré en 1965, l'année où Bartolomeo avait disparu, et le téléphérique de l'aiguille du Midi mais depuis, des pans entiers de forêt avaient été abattus. On construisait toujours plus haut, à flanc de montagne, des immeubles et de somptueuses villas, on créait des voies d'accès, des télésièges, des parkings… Et été comme hiver, les gens affluaient.

Elle leva les yeux vers le télésiège des Bossons et soupira. Elle aurait tant aimé connaître l'époque des Rébuffat, Payot, Lachenal, Terray, Frison-Roche, Charlet, Devouassoux. L'époque où l'on partait de l'arrêt du train du Montenvers pour gagner les sommets…

Elle s'arrêta sur le parking du glacier et, dans son rétroviseur, regarda Valente béquiller la lourde moto et ôter son casque, passant la main dans ses cheveux bruns.

Enfin elle sortit et chacun endossa son sac. Valente se présenta à Martin.

— Federico Valente.

— Martin Mugnier, je suis l'ami de Sixtine.

Sixtine lui en voulut de cette formulation ambiguë et ne put s'empêcher de guetter une éventuelle réaction sur le visage de l'Italien.

— On va déjà jusqu'à la Jonction, déclara Jean-Lou qui, prenant la tête, se dirigea vers le sentier de la montagne de la Côte.

40

Les pouces glissés sous les bretelles de son sac pour soulager ses épaules, Sixtine montait, se calant sur le rythme de leur guide.

Au départ, elle avait jeté un regard en arrière pour s'assurer que l'historien suivait, mais ce qu'elle avait vu l'avait rassurée. Valente avançait de la même longue foulée qu'eux, avec l'assurance et le souffle d'un montagnard.

Il faisait chaud et, par moments, le foehn, le vent du sud, soufflait, mais le couvert des arbres les protégeait. La montée était rude et elle vérifia que sa gourde était à portée de main. À sa ceinture tintaient ses mousquetons. Elle était dans son élément et chacun de ses pas s'enchaînait sans qu'elle eût besoin d'y penser. Elle épousait le sentier, faisait corps avec lui, se répétant en elle-même ce que son père disait : « Ne grimpe jamais sans demander à la montagne de t'accueillir. »

Elle ne songeait plus qu'à ce qui les attendait là-haut et sursauta quand son téléphone vibra dans son gilet.

« *Bonjour, mademoiselle Dangeli, pouvez-vous passer me voir aujourd'hui au bureau ? Merci. Lieutenant Fleury du PGHM.* »

Elle se mit de côté pour pianoter une réponse : « *En course en montagne, je vous appelle dès que possible, cordialement, SD.* »

Un groupe de randonneurs la dépassa. Ils montaient vite, parlaient haut et fort, faisant rouler les pierres du sentier sous leurs chaussures. Puis ils disparurent au détour du chemin et le silence retomba.

Elle rattrapa les autres au niveau du chalet du glacier.

Le sentier grimpait sur l'arête rocheuse, passant d'un versant à l'autre. Elle apercevait les glaciers à travers des trouées dans la végétation, des visions éphémères, irréelles. La glace s'était figée en une succession de lames bleutées que le soleil faisait scintiller.

Ils arrivaient au chalet des Pyramides, dont la terrasse, quelques années auparavant, dominait encore le glacier des Bossons. Le groupe qui les avait dépassés était attablé avec d'autres randonneurs. Les hommes les hélèrent. Sans ralentir, Jean-Lou leva la main.

La forêt, dont les mélèzes se clairsemaient, disparut tout à fait, cédant la place aux bouleaux et aux aulnes puis aux myrtilliers et aux rhododendrons. Bientôt, autour d'eux, il n'y eut plus que des mousses, des lichens, des gentianes…

Ils entraient dans un monde minéral où le gneiss et le schiste se côtoyaient. Jean-Lou escalada du même pas tranquille la crête du Bec du Corbeau, Martin et Valente derrière lui. Ils se retrouvèrent enfin tous les quatre au Gîte à Balmat et Paccard. Un « gîte » qui n'était en fait que de gros blocs de granit sous lesquels, en 1786, bivouaquèrent ces alpinistes qui, les premiers, firent l'ascension du mont Blanc.

Si l'on en croyait le journal de Giacomo, ils avaient mis leurs pas dans ceux de Bartolomeo.

Jean-Lou s'était arrêté sous l'un des rochers, les jambes bien campées. Il but une gorgée d'eau puis repartit comme si la fatigue n'avait pas prise sur lui.

— Il est incroyable, glissa Martin à Sixtine. Jusqu'où va-t-il nous mener comme ça ?

— Jusqu'à l'endroit où il a trouvé Bartolomeo, répondit Sixtine tout en regardant sa montre.

Cela faisait presque cinq heures qu'ils grimpaient sans souffler et, malgré son entraînement, elle sentait dans ses cuisses les 1 500 mètres de dénivelé qu'ils venaient de gravir.

— Si rien n'a bougé là-haut, remarqua Valente. J'ai entendu dire que c'était une zone très instable.

— C'est vrai, fit Sixtine avec un dernier regard vers la vallée de l'Arve. Allez, repartons, ou notre guide va nous semer.

Quand ils rejoignirent Jean-Lou, il était tranquillement assis sur un rocher, tirant sur une courte pipe d'où s'élevait un parfum de miel. À la peinture jaune, à côté de lui, était écrit *La Jonction*.

Elle avait beau connaître l'endroit, chaque fois la magie opérait. À leurs pieds, de part et d'autre d'une étrave de granit, coulaient les vagues gelées des glaciers des Bossons et du Taconnaz. Au-dessus, les sommets se déployaient, leurs cimes frôlant le ciel.

Valente, le front en sueur, s'approcha d'elle.

— L'aiguille du Midi, le mont Blanc du Tacul, le mont Maudit, le mont Blanc, le dôme et l'aiguille du Goûter, fit-elle en lui désignant un à un les sommets de ce qu'en son for intérieur elle appelait ses montagnes. Nous sommes à 2 500 mètres. C'est ici que se rejoignent les deux glaciers avant de se séparer pour couler vers la vallée.

Valente hocha la tête. Il fixait en silence les sommets enneigés, les étendues de glace. Une sorte de coup de feu retentit, écroulement d'énormes blocs de glace, quelque part sur le glacier. Il sursauta.

— C'est pourtant un son que je connais.

Sixtine se tourna vers lui. Elle allait lui poser une question quand Martin apostropha Jean-Lou :

— Et maintenant ? On fait quoi ?

L'autre baissa les yeux vers lui, le regard dur. Il jeta :

— C'est ton père qui t'envoie ? Y veut savoir pourquoi on est là ?

Martin protesta.

— Ça va pas ! Mon père se fout de ce que je fais. Mais moi, je veux savoir par où tu veux passer.

— Trop tard pour aller là-dessus ce soir, jeta le guide. On va bivouaquer au Gîte à Balmat. Je vous laisse préparer, je vais faire une reconnaissance de ce côté-là.

Il désigna la langue de glace des Bossons. Ce chaos glacé, hérissé de profondes failles, de dômes luisants, d'arêtes tranchantes.

— Pas seul ! s'exclama Martin. Déjà à plusieurs, c'est dangereux, alors…

— J'te demande pas ton avis, gamin. Occupe-toi plutôt de préparer le café et la bouffe.

Et avant que quiconque ait pu protester, le guide descendit vers le glacier, chaussa ses crampons et partit, chevauchant les vagues de glace.

— Plus grand monde ne passe par là, n'est-ce pas ? murmura Valente.

— Surtout en cette saison, c'est trop dangereux, répondit Martin.

— Il n'y a plus que des danseurs des cimes comme Jean-Lou pour s'y risquer, ajouta Sixtine, regardant le guide s'éloigner du rivage et l'imaginant un instant en compagnie de son grand-père avec qui il avait dû suivre le même chemin tant de fois par le passé.

UNE BALLE DE LA WAFFEN SS

41

Le lieutenant Fleury avait lu le texto de Sixtine puis était retourné au rapport d'analyse envoyé par le labo. Il était si absorbé par sa lecture qu'il ne remarqua pas l'arrivée de la capitaine Sandra Anselme, une native de Chamonix devenue la nouvelle chef du PGHM.

— Alors, lieutenant, fit cette dernière, vous avez réussi à joindre Sixtine Dangeli ?

— Pardon, chef ! fit François Fleury. Je ne vous ai pas entendue entrer. Elle est en montagne. Elle doit me rappeler.

Anselme s'assit sur un coin de bureau.

Grande, blonde, solide, un visage franc couronné par une tignasse de cheveux blonds coupés très court, elle avait très vite fait sa place au sein du peloton de gendarmerie de haute montagne. Skieuse accomplie, grimpeuse hors pair, elle accomplissait sans sourciller les missions de sauvetage les plus périlleuses. Les Chamoniards parlaient d'elle avec respect et on écoutait ses avis.

C'est elle qui avait décidé d'ouvrir une enquête sur la mort de Bartolomeo.

— Que dit le rapport ?

— Bartolomeo Dangeli a été tué sur le coup, une balle dans le cœur. Mais le plus surprenant, c'est l'origine de la balle.

— C'est-à-dire ?

— Écoutez ça, fit le lieutenant en lisant à voix haute l'analyse qui lui avait été envoyée : « Le projectile, un 9 × 19 mm Parabellum est une cartouche à balle blindée, étui acier laqué renforcé au culot. » Et c'est là que ça se corse : « Il provient de la *Deutsche Waffen und Munitionsfabriken AG*, une usine d'armement installée à Borsigwalde en Allemagne. Le numéro de lot est le 12, la balle a été fabriquée en 1944. »

Le jeune homme se tut. La capitaine hocha lentement la tête.

— Ensuite, toujours d'après le labo, la balle aurait vraisemblablement été tirée par un Walther P38, un semi-automatique de l'armée allemande.

La capitaine émit un long sifflement.

— Nous rouvrons une enquête cinquante ans après la mort de la victime, elle-même tuée par une balle de la Seconde Guerre mondiale, murmura-t-elle. Bon, on garde tout ça pour nous, lieutenant. Rien aux journalistes, surtout. Et dites à Sixtine Dangeli que je désire la voir à son retour. Vous avez une idée du lieu où elle se trouve ?

— Bien, capitaine… Non, capitaine.

Anselme se leva et sortit.

La porte se referma, quelques minutes plus tard, le téléphone du lieutenant vibrait, c'était un nouveau SMS de Sixtine.

« *Suis en haute montagne, ne rentrerai pas avant deux ou trois jours. Que se passe-t-il ?* »

Le lieutenant répondit :

« *Le capitaine désire vous voir à votre retour. Où êtes-vous ?* »

Il n'y eut pas de réponse et la géolocalisation du portable de la cristallière était coupée. Le lieutenant fronça les sourcils, attrapa les clefs d'un véhicule, salua un collègue et sortit.

Il était sûr que le vieux Beuchat en savait plus qu'il

n'en avait dit. Quelques minutes plus tard, il s'arrêtait devant son chalet.

Un vieil homme portant un panier empli de fleurs sauvages le héla alors qu'il s'apprêtait à frapper à la porte.

— Vous fatiguez pas, lieutenant. Le Jean-Lou l'est en course. On est venu le chercher et il avait son équipement sur le dos.

— Vous avez vu la voiture ?

— Oui. Une vieille Land Rover immatriculée dans la vallée, conduite par une femme. Jeune et jolie avec ça.

— Vous habitez dans le coin ?

— Un peu plus bas, mais j'aime bien me balader de ce côté pour ramasser des champignons ou des plantes pour mon herbier. Parfois, je bois un coup avec Jean-Lou. L'est pas si fada qu'on le dit. C'est un malin, Jean-Lou, et pis, y connaît la montagne mieux que personne. Au fait… (Il tendit une main calleuse au gendarme.) Je m'appelle Zian.

« Un vrai nom savoyard », songea le gendarme qui serra la main tendue, remercia et retourna vers sa voiture. Il resta un moment assis sans démarrer. Sixtine Dangeli était donc sur les traces de son grand-père, quelque part du côté des Bossons. Mais qu'allait-elle chercher là-haut ? Le lieutenant démarra, faisant au passage, un signe amical au vieil homme.

42

Une fois le bivouac installé, Sixtine attendit que Martin parte chercher du bois pour le feu et alla s'asseoir en face de l'Italien.

— J'ai rempli ma part du marché. Si vous me parliez de cet avion et de sa cargaison ?

L'historien ne répondit pas tout de suite et fixa Sixtine. Cherchait-il ses mots ? La jeune femme fit un effort pour soutenir son regard. Puis, d'une voix sourde, il commença à raconter :

— Peu de gens savent ce qui s'est passé en Italie pendant la guerre. Pour faire court, les Juifs, qui étaient très bien intégrés dans notre pays, ont tout d'abord été chassés de l'enseignement et de la culture. Puis on a confisqué leur patrimoine. Le gouvernement a créé l'EGELI, l'office de liquidation et de gestion immobilière, dont tous les membres étaient choisis par le Duce. Pendant ce temps, Hitler rêvait de créer un *Führersmuseum*, quant au numéro deux du gouvernement hitlérien, le maréchal Hermann Göring, c'était un collectionneur à l'appétit insatiable. Sur ses ordres, les nazis firent main basse sur les œuvres des musées nationaux de France qu'ils stockaient au Jeu de Paume devenu leur centre de tri et de dépôt. Puis elles filaient en direction de l'Allemagne dans les trains personnels du Feldmarshall.

Le regard grave de l'historien ne quittait pas Sixtine

qui, ignorant à peu près tout de cette période, écoutait avec concentration. L'homme s'excusait de quelques mots italiens dont il ne connaissait pas l'équivalent français.

Au-dessus des sommets, le ciel se teintait de rose. Le foehn avait cessé de souffler. Au loin, un grand-duc poussa son cri.

Enfin les yeux de l'Italien lâchèrent Sixtine, comme pour mieux se plonger dans le passé :

— À Rome, on confisquait le patrimoine immobilier, les fortunes, mais aussi tous les biens à caractère artistique ou archéologique. Des bandes criminelles et des escrocs s'en sont mêlés. Quant aux Allemands, ils voulaient leur part rapidement, car Hitler avait de plus en plus besoin d'argent. Des avions décollaient sans cesse pour l'Allemagne. Grâce aux archives militaires, nous savons que l'un d'eux, un Savoia-Marchetti, a quitté l'aéroport de Pratica di Mare le 25 mars 1944. Destination Nuremberg, sauf qu'il n'est jamais arrivé à destination et a disparu au-dessus des Alpes.

— Qu'y avait-il à bord de si important ?

— Essentiellement des œuvres d'art, de l'or et des bijoux, mais pas seulement. Ce qu'on sait, c'est qu'en 1943-1944, le pape Pie XII craignait deux choses : le bombardement de Rome – que l'état-major allemand envisageait – et la destruction de la Cité du Vatican et de ses archives…

Un bruit de pas le fit taire. Martin revenait avec son chargement de bois, qu'il laissa tomber près d'eux.

Il les regarda tour à tour puis lâcha :

— Je vous dérange ?

Sixtine haussa les épaules et se retint de répondre sèchement. La jalousie maladive de son ancien amant avait été l'une des causes de leur rupture.

— Tu me donnes un coup de main ? ajouta Martin plus doucement.

— Oui, répondit la jeune femme, l'aidant à rassembler des pierres pour faire un cercle dans lequel ils placèrent les branches.

Bientôt quelques flammèches coururent sur le bois. L'Italien s'approcha avec de la mousse et du lichen qu'il plaça sous les branches ; le feu partit de plus belle. Martin se tourna vers lui.

— Sixtine m'a dit que vous étiez historien, mais je ne connais pas beaucoup d'historiens qui montent comme vous ni qui savent faire du feu.

Federico haussa les épaules.

— Je suis né à Cuneo, répondit Valente. Là-bas, comme ici, on a à peine quitté le berceau qu'on grimpe déjà.

— Et pourquoi êtes-vous ici aujourd'hui ?

L'historien se redressa.

— Sixtine Dangeli vous l'expliquera mieux que moi. Je vais préparer à manger. Si cela vous convient à tous, j'ai de quoi faire la *pasta*.

Et, sans attendre de réponse, il alla fouiller dans son sac et en sortit une casserole. Quelques instants plus tard, il s'éloignait vers le glacier.

— Ces Italiens ! grommela Martin avant de s'asseoir à côté de Sixtine. Où qu'ils soient, dans le désert, en pleine mer ou à 3 000 mètres d'altitude, il faut qu'ils fassent la *pasta* ! Si tu m'en disais un peu plus maintenant qu'il est parti. Tu le connais bien ?

— Je pourrais répondre oui, car c'est aussi un gemmologue dont j'ai lu les livres à la fac. Mais non, ce qui m'intéresse, c'est qu'il connaît l'histoire du Savoia-Marchetti, voilà tout.

— Tous les vieux de la vallée connaissent cette histoire, tu n'avais pas besoin de lui.

Sixtine rétorqua :

— Tu essaies de me dire quoi, là ?... Tu as oublié qu'on a rompu, tous les deux ?

Martin sembla piqué par ces mots. Parce qu'il prenait conscience de s'être comporté de façon déplacée et puérile, ou bien parce qu'il était vexé d'être remis à sa place ? Cet échange ramenait à la mémoire de Sixtine des souvenirs qu'elle aurait préféré oublier, et elle fut soulagée quand Martin botta en touche en disant :

— Revenons à la raison de cette expédition.

— OK. C'est très simple : je veux savoir qui a tué Bartolomeo.

— C'est la montagne qui l'a tué.

— Non, c'est une balle.

En même temps qu'elle lâchait ces mots, elle s'aperçut qu'elle n'aurait pas dû les prononcer.

— Une balle !

Il avait l'air stupéfait.

— Comment tu sais ça ?

— Garde ça pour toi, tu veux ? Le PGHM a rouvert une enquête et a décidé de l'autopsier.

Il y eut un long silence.

— Une enquête, reprit Martin, incrédule. Mais... ça remonte à... aux années 1960, non ? Y a prescription.

— Légalement, oui. Mais pas pour eux et encore moins pour moi, puisque je suis ici.

— Ça paraît dingue.

Sixtine s'énerva :

— Dingue ou pas, on a assassiné Bartolomeo, et que ce soit en 1965 ou maintenant m'importe peu. Quant à toi, si tu veux regagner la vallée parce que tu trouves ça délirant, je ne te retiens pas.

Martin leva les mains en signe d'apaisement.

— Non, désolé ! Je voulais pas te blesser. Je reste, bien sûr.

Valente revenait avec une casserole remplie de glace qu'il mit à fondre. Puis il y jeta des *linguine*, des champignons et des tomates séchées auxquels il ajouta de la poudre de citron et de l'huile d'olive. Une bonne odeur s'éleva bientôt, incongrue et réconfortante dans ce paysage aride où l'homme n'avait pas sa place.

Jean-Lou sortit de derrière les rochers. Il s'assit, ignorant leurs regards, et tendit ses mains vers les flammes.

La nuit les encerclait. Les étoiles scintillaient. Valente versa les pâtes qu'il couvrit de parmesan dans les assiettes en alu qu'on lui tendait.

Ils mangèrent en silence. Chacun semblait perdu dans ses pensées.

— C'était délicieux, monsieur Valente, déclara Sixtine en reposant son assiette vide.

— Appelez-moi Federico.

— D'accord, fit-elle en sortant un paquet enveloppé d'alu. Au fait, attendez, moi, j'ai le dessert.

— Et moi, la boisson, ajouta Jean-Lou en sortant une Thermos remplie de grolle.

Ils se partagèrent la tarte aux pommes de Lali et la grolle, puis Sixtine se tourna vers leur guide.

— On s'organise comment, demain ?

— Nous partirons à quatre heures, avant que le soleil donne. J'ai trouvé bien des choses là-haut que j'ai pas montrées aux gendarmes. Et si rien n'a bougé, on va en remporter une dans la vallée. Ça va faire du bruit, crois-moi.

— Qu'est-ce que tu veux dire ? demanda la cristallière.

— Je veux dire qu'il est tard, déclara le guide en se levant. Et demain, on se lève tôt. Bonne nuit.

Il nettoya son assiette dans la neige. Quelques minutes plus tard, il dormait, enroulé dans son duvet. Valente et Sixtine l'imitèrent, seul Martin resta longtemps à contempler les braises qui rougeoyaient en fumant une cigarette.

MACABRE DÉCOUVERTE

43

Ils quittèrent la Jonction alors que la pleine lune éclairait encore le glacier. Dans le ciel, au-dessus des sommets, brillaient des milliers d'étoiles.

Sixtine glissa sa balise Arva dans son holster et la mit en marche avant de refermer son anorak. Elle alluma sa lampe frontale, vérifia son baudrier, son matériel, et enfila son sac à dos.

Devant elle, Jean-Lou enroulait autour de son torse la corde qui allait être leur ligne de vie. Enfin, il en tendit l'extrémité à Sixtine qui la noua par un nœud de chaise à son baudrier avant de la donner à Valente qui fit de même puis la passa à Martin qui fermerait la marche. Selon l'ordre de marche choisi par Jean-Lou.

Le vieux montagnard descendit de l'éperon rocheux et posa le pied sur la glace, vérifiant une dernière fois son équipement avant de s'éloigner. Quand il fut à une dizaine de mètres, Sixtine s'avança à son tour. Enfin, ce fut au tour des deux autres.

En file indienne, reliés par la corde tendue, faisant attention à toujours conserver la même distance, leurs ombres auréolées de la lumière des frontales s'étirèrent sur les Bossons.

Jean-Lou marchait lentement, prudemment, annonçant parfois un détour ou une crevasse à voix haute. Il n'avait plus rien de celui dont on se moquait dans la vallée et les autres le sentaient, qui mettaient leurs pas dans les siens. Pourtant, Sixtine était anxieuse, elle connaissait trop bien les dangers des traversées nocturnes, encore plus sur ce glacier-là. Elle avançait sur le qui-vive, attentive au craquement de ses pas dans la neige, et à leurs résonances souterraines.

Devant eux, rendu encore plus inquiétant par les ténèbres environnantes, c'était le chaos. Un enchevêtrement de crêtes, de lames, d'épines, de failles, aussi étrange qu'une tempête figée dans son élan, qu'une mer dont les vagues auraient gelé.

Sur cette étendue hérissée de séracs, chaque bruit était un signal d'alerte. Le glacier, tailladé d'insondables précipices, était une créature vivante qui gémissait et frissonnait.

Depuis un moment, ils longeaient l'un de ses abîmes quand Jean-Lou s'arrêta, désignant un pont de neige.

— Nous traversons ici. Assure-moi, ordonna-t-il à Sixtine.

La jeune femme obéit aussitôt, utilisant la panne de son piolet pour enlever la neige et la glace friable avant d'atteindre une couche plus compacte. Elle posa une première vis, puis, après avoir vérifié que ça mordait bien, déplia la manivelle. Quand elle eut fini, elle y fixa un mousqueton puis saisit une autre vis à glace afin d'avoir un second point d'ancrage.

Là-bas, les autres s'étaient arrêtés, maintenant la corde tendue entre eux.

— C'est bon, vas-y ! s'écria Sixtine au bout de quelques minutes.

Jean-Lou avança sur la fragile passerelle dont la neige glacée crissait sous ses crampons. Une fois de l'autre côté, il installa deux solides ancrages.

— À toi !

Après avoir passé le pont de neige, la cordée repartit.

Le soleil se levait sur les cimes, dévalait les pentes, la lumière changeait.

Comme chaque fois qu'elle était en haute montagne, Sixtine eut l'impression que le temps se dilatait, qu'il perdait la légèreté qu'il possédait dans la vallée, gagnant en intensité. L'attention de tous les instants face au danger, chaque seconde, chaque minute passée devenant une victoire sur la mort. Et puis il y avait la beauté rude, irréelle de ce qui les entourait.

Là-bas, Jean-Lou s'était arrêté, il désignait un piquet rouge.

— C'est là que le PGHM a récupéré ton grand-père. On continue, on est presque arrivés.

Il repartit, entraînant ses compagnons de cordée plus avant le long de la faille qui filait sur une centaine de mètres. Il s'arrêta près d'un nouveau piquet moins visible.

— C'est là que je descends.

Le guide planta ses vis à glace.

— Je viens avec toi, jeta Sixtine, qui, après s'être arrimée, l'avait rejoint au bord de l'abîme.

— Non, pas toi, lui !

Et il désigna Martin.

— Vous deux, vous assurez les cordes… Il n'y a qu'en toi que j'ai confiance, ajouta-t-il un ton plus bas à l'attention de la cristallière.

Pendant que Jean-Lou et Martin se préparaient à descendre, vérifiant leur matériel, Sixtine et Valente installèrent d'autres broches à glace. Puis le guide et le fils Mugnier, après s'être ancrés avec une lunule, posèrent l'un son bâton, l'autre son sac le long de la lèvre de la crevasse afin que leurs cordes ne se cisaillent pas.

— Valente, c'est vous qui remonterez la charge et ça va être lourd, fit le vieux montagnard.

— Je ferais un *mariner* double, répondit l'Italien.

Quand tout fut prêt, le guide se tourna vers Sixtine.

— Tu me tiens ?

— Oui.
— Prends-moi sec ! ordonna-t-il en passant le rebord de la crevasse.
Sixtine acquiesça.
— Pas de mou. Descends-moi doucement.
Sixtine obéissait, gardant la corde tendue entre elle et Jean-Lou. Valente faisait de même avec le fils Mugnier et, bientôt, les deux alpinistes disparurent dans la crevasse.
— On passe sur le talkie, fit la voix de Jean-Lou, déjà lointaine.
Sixtine et Valente laissaient filer. Le récepteur Motorola fixé à la ceinture de la cristallière grésilla :
— Stop ! fit la voix du guide.
Ils immobilisèrent la corde.
Le temps passa. Interminable. Ils sentirent plusieurs chocs. Valente et elle échangèrent un regard. Le soleil gagnait, éclairant en plein les Bossons.
— Martin est assuré et la poulie fixée, fit la voix de Jean-Lou dans le talkie-walkie. Que Valente remonte le colis.
Valente obéit et elle comprit, en voyant la sueur qui perlait à son front, combien c'était lourd.
— Ça va ?
— Oui, souffla-t-il.
Bientôt, ce que Sixtine prit pour un paquet de vêtements gelés apparut au bord de la crevasse.
Valente continua à tirer. Enfin, la charge se retrouva à ses pieds. Il ôta la corde et fit la grimace.
— C'est quoi ? demanda Sixtine.
L'Italien avait pâli. Il se signa en répondant :
— Un homme… Ou plutôt ce qu'il en reste.

44

Sixtine avait entraperçu un visage gelé, noirci, tailladé. Le cadavre était mutilé et coupé en deux. Le torse, sans bras ni jambes, était serré dans les lambeaux d'une canadienne de peau doublée de mouton.

Elle sursauta. Le récepteur grésillait de nouveau, la voix de Jean-Lou qui ordonnait :

— On remonte.

Elle toussota pour s'éclaircir la voix et chasser l'émotion qui lui nouait la gorge.

— OK.

Puis, plus fort :

— OK, Jean-Lou !

Valente assura sa prise sur la corde de Martin. La remontée parut interminable. Enfin, Jean-Lou se hissa le premier sur le rebord de la faille.

— Dès qu'on aura quitté la zone, tu appelleras le PGHM, préviens-les qu'on redescend avec ça, lui ordonna-t-il. Qu'ils nous attendent au parking du glacier.

Il avait l'air étrangement satisfait, mais son expression changea quand il vit la lumière qui éclairait les séracs alentour.

— Restons pas là. On rentre.

— On aurait pu continuer à fouiller, protesta Martin, j'ai aperçu des débris de carlingue un peu plus bas.

Jean-Lou ne daigna pas lui répondre et sortit un sac de

portage en nylon dans lequel, aidé de Valente, il enfouit les restes humains.

— Toi, tu vas porter ce malheureux jusqu'à la Jonction, ordonna-t-il en s'adressant à Martin qui obtempéra en maugréant.

Jean-Lou semblait vraiment avoir le fils Mugnier dans le nez, songea Sixtine, se disant que la montagne pouvait être le lieu de formidables amitiés et de haines tout aussi féroces.

— Et moi, je vais prendre votre barda, fit Valente en saisissant le sac de Martin, qu'il attacha au sien.

— On est prêts, dit-il.

La jeune femme regardait son portable, le levait au-dessus d'elle, mais aucune barrette ne daignait apparaître.

— Pas de réseau, Jean-Lou. J'essaierai plus bas. Pas envie d'interférence avec les balises Arva.

Ils repartirent à corde tendue. Sixtine pensait au terrible visage qu'elle avait entrevu quand la glace craqua sous ses crampons, la ramenant au présent et à ses dangers.

Infatigable, le vieux guide filait devant eux. Il avait modifié l'ordre de marche, laissant Valente fermer la procession. Le soleil tapait déjà fort et Sixtine essuya d'un revers de main la sueur qui coulait sur son front. Jean-Lou leur fit faire un détour, puis un autre. Il s'orientait dans ce chaos de blocs de glace et ce réseau de failles aussi facilement qu'elle le ferait dans les rues de Chamonix.

L'appel aigu, lointain, d'un gypaète barbu retentit. Elle se retourna pour voir Martin qui peinait derrière.

Enfin – il lui sembla que le temps s'était étiré –, au-dessus des arêtes glacées apparut l'éperon gris de la Jonction.

Martin, le visage rouge et en sueur, posa sa charge, se laissa tomber sur un rocher et sortit une cigarette. Valente avait posé les sacs et cherchait sa gourde. Tous, sauf Jean-Lou, reprenaient leur souffle.

— Y a d'autres restes comme celui-là, remarqua leur guide, mais c'est trop dangereux et puis, à l'allure où va la fonte, le glacier les aura bientôt tous recrachés.

À nouveau cet air satisfait.

— Et l'avion ? demanda Martin en écrasant sa cigarette et en glissant le mégot éteint dans sa poche. Tu l'as vu, l'avion, toi ?

— Y a une aile qui commence à apparaître un peu plus loin, mais les débris sont éparpillés sur des kilomètres. Non, y a plus rien à pêcher, ça, je le sais… Et je suis pas le seul.

Valente, qui s'était redressé, demanda :

— Expliquez-vous.

— C'est juste que y en a qui sont venus vider ce qui restait. Et que ça date pas d'hier.

— En 1965, à l'époque où Bartolomeo est mort ? insista Sixtine.

— En tout cas avant que le glacier ne digère.

— Mais qui a tiré sur Baté ? Jean-Lou, tu le sais, toi ?

Elle avait à peine prononcé ces mots que Sixtine les regretta. Le vieil homme ne se confierait jamais devant témoins. Valente, à qui ni elle ni Lali n'avaient parlé d'une mort par balle, la fixa avant que son regard revienne au guide. Martin se taisait.

Jean-Lou avait tourné son regard incolore vers la cristallière. Il avait ouvert la bouche puis l'avait refermée.

— Rentrons, fit-elle, désignant le macabre colis.

— Dès qu'on aura rejoint les bois, on pourra faire un brancard et se relayer jusqu'à la voiture.

— Bonne idée, approuva l'Italien.

— Valente, à vous de porter le sac, Martin se chargera de votre barda, dit Jean-Lou reprenant son ton de commandement.

Un bruit de voix leur parvint. Des grimpeurs ou des touristes venaient de leur côté.

— Faut y aller, ordonna le vieux montagnard.

Sixtine regarda son portable. Toujours pas de réseau. D'un coup de reins, l'Italien avait chargé le colis et ils repartirent, quittant la zone grise pour descendre vers une forêt d'aulnes, de saules et de bouleaux.

Un groupe de jeunes gens les croisa. Ils montaient lentement, s'arrêtant pour prendre des photos, faisant maugréer Jean-Lou qui détestait par principe tous ceux qui venaient sur *sa* montagne.

Une fois à la lisière du bois, Valente posa le sac puis fouilla ses affaires pour sortir une scie de poche. Aidé de Jean-Lou, il coupa puis tailla de longues branches qu'ils nouèrent avec des cordes, et sur lesquelles, ils posèrent le cadavre.

Sixtine s'était écartée. Elle avait enfin du réseau pour envoyer son message au lieutenant Fleury.

« *Bonjour, lieutenant, nous redescendons des Bossons avec des restes humains. Serons au parking du téléphérique dans 2 heures maxi. Pouvez-vous nous y rejoindre ? Merci. SD.* »

Presque aussitôt, le téléphone vibra et la réponse apparut :

« *Je serai là.* »

Après avoir soufflé quelques minutes, Valente et Martin prirent la tête avec le brancard improvisé. Ils marchaient de la même foulée rapide et, bientôt, à un tournant du chemin, Sixtine et Jean-Lou les perdirent de vue.

— On les retrouvera en bas, fit le guide en s'arrêtant.

Un oiseau chantait quelque part au-dessus d'eux dans les feuillages.

— Faut que je te réponde. Je te dois ça.

Sixtine s'excusa :

— Pardonne-moi, j'aurais pas dû te questionner devant eux.

Jean-Lou, qui s'appuyait sur son bâton de marche, secoua la tête.

— Pas grave.

Il avait de nouveau sur son visage ridé une expression d'infinie détresse.

— Tu sauras tout, je te le promets.

Il hésita.

— Ça fait si longtemps que je porte ça, que j'en parle à personne. C'est ça qui m'a rendu fou, car je suis fou, n'est-ce pas ? Un pauvre fol. Un « fada », comme y disent tous.

— Mais non ! protesta la jeune femme. Non, tu n'es pas fou, Jean-Lou. Je ne sais pas ce qui s'est passé mais c'est trop lourd pour toi. Tu aurais dû nous parler à ma grand-mère et à moi.

— Lali… Comment lui dire…

Sa voix monta dans les aigus. Le calme dont il avait fait preuve jusque-là disparaissait.

— Et à toi, sa petite, comment vous dire que Bartolomeo… Bartolomeo, c'est moi qui l'ai tué !

Puis, incapable de soutenir le regard de la cristallière, le montagnard s'enfuit à travers la forêt. Abasourdie par cette révélation, elle n'essaya pas de le rattraper.

DES PAS DANS LA NUIT

45

Sixtine courut sur le chemin, sauta de pierre en pierre, persuadée de retrouver Jean-Lou au parking. Quand, enfin, elle y arriva, essoufflée et en sueur, elle aperçut Martin et Valente en grande discussion avec le lieutenant Fleury, mais aucune trace du guide.

— Ah, mademoiselle Dangeli, vous voilà ! s'écria le gendarme. Pouvons-nous nous parler un instant ?

Il l'entraîna à l'écart, le visage sévère.

— Je vous l'ai dit dans un de mes messages, notre capitaine aimerait vous rencontrer. Je vous demanderai de passer au PGHM, à neuf heures demain matin.

— Bien…

— Je vais faire mon rapport et je ne crois pas que le capitaine appréciera que vous meniez votre propre enquête.

— Qui parle d'enquête, lieutenant ? repartit la cristallière. Une course en montagne, rien de plus.

— Ne me prenez pas pour un idiot. Vous êtes descendus dans une faille non loin de celle où nous avons trouvé le corps de M. Dangeli et, on ne fait jamais les Bossons pour le plaisir, sauf à être inconscient, ce que vous n'êtes pas. Ensuite, vous n'aviez pas besoin de Jean-Lou Beuchat – je sais qu'il était avec vous – ni du fils Mugnier ni encore de cet historien italien. D'ailleurs, où est passé votre guide ?

— Rentré chez lui. Excusez-moi, lieutenant, j'ai beaucoup de respect pour votre travail, mais personne ne peut m'empêcher de m'interroger sur le sort de mon grand-père.

— Se poser des questions, c'est une chose, vous mettre, vous et d'autres personnes, en danger, c'en est une autre.

Sixtine ne répliqua pas, elle savait qu'au fond l'officier avait raison. Il désigna le sac chargé à l'arrière de la Nissan.

— Je file au labo. On se voit demain, neuf heures.

Il salua, remonta dans sa voiture et démarra.

Le silence retomba.

— Tu me déposes en ville ? demanda Martin, qui avait consulté son portable à plusieurs reprises. Il faut que je passe à l'agence voir un client.

— Jean-Lou vous a faussé compagnie, remarqua Valente.

— Oui.

— Il faudra que je lui parle, ajouta l'Italien tout en attachant son sac à l'arrière de la lourde Transalp qu'il démarra.

Martin, qui était déjà monté à l'avant de la Land Rover, le salua d'un signe de tête, tout en continuant à pianoter sur son portable.

— Bon, je vous laisse, fit l'Italien. Au revoir.

Sixtine, qui avait déposé devant l'agence immobilière Mugnier un Martin mutique, prit la direction du chalet familial, devant lequel elle trouva la Transalp béquillée. L'historien, en grande discussion avec Lali, caressait Sam couché à leurs pieds.

— Je ne m'attendais pas à vous trouver là, remarqua-t-elle.

— Avec ce qui s'est passé et que je viens de raconter

à votre grand-mère, notre conversation est restée inachevée.

— C'est vrai.

— Qui peut bien être le malheureux que vous avez trouvé là-haut ? murmura sa grand-mère en l'embrassant.

— Si quelqu'un le sait, c'est Jean-Lou, maugréa Sixtine. Pour nous, il faudra attendre que les médecins aient pratiqué l'autopsie. Mais revenons à vous, Federico. Vous ne m'avez effectivement pas tout dit.

— Vous non plus, répliqua l'Italien avec un sourire. Vous ne lâchez jamais, n'est-ce pas ? Mais cela me va, jouons cartes sur table. Vous me parlez du journal trouvé dans la glace, et moi…

— Comment savez-vous ? fit la cristallière, interloquée.

— C'est moi, ma chérie, avoua Lali.

Sixtine acquiesça.

— OK, cessons de tergiverser, ce n'est ni votre genre ni le mien.

Il y eut un silence, dont Lali profita pour se lever.

— Je dois vous laisser, annonça-t-elle en jetant un coup d'œil à sa montre. J'ai un client à voir à *La Fluorite rose*.

L'historien et Sixtine se levèrent. Lali ajouta en attrapant ses clefs :

— Mieux vaut fermer, à cause des journalistes. Emmène Federico au chalet à habits, ma chérie, veux-tu ?

Sam suivit sa maîtresse jusqu'à la vieille Polo, grimpa côté passager. Lali leur fit un petit signe et démarra.

— De toute façon à quoi bon discuter, puisque vous avez conclu une alliance avec ma grand-mère ? Allez, venez…

46

— J'ai faim, pas vous ? interrogea Sixtine en poussant la porte de chez elle.

— Si, répondit l'Italien. Vous ne fermez jamais les portes, ici ?

— Il n'y a pas de voleurs dans la vallée et rien à voler chez nous.

Sixtine posa son sac d'alpinisme et son baudrier sur un banc et alla voir ce qu'il y avait dans le frigo.

— Heureusement Lali est passée par là, nous sommes sauvés.

Elle sortit des champignons frais, des œufs, une salade et s'aperçut que Federico était resté sur le seuil. Elle se fit la réflexion que c'était un drôle d'homme, hardi par ses regards mais réservé dans ses manières. Une dualité qui ne manquait décidément pas de charme. Il semblait parfois d'un autre temps, d'un autre monde, et ne ressemblait à aucun autre, ce qui était aussi à porter à son crédit.

— Entrez, entrez, fit la cristallière qui cassait déjà des œufs dans un saladier. Installez-vous, mettez-vous à l'aise.

L'historien obéit et s'approcha de la bibliothèque pour parcourir les titres du regard.

— Omelette salade, ça vous va ?

— Oui, merci.

Pendant que l'omelette cuisait, Sixtine tendit des

assiettes et des couverts à Federico, qui mit la table, poussant sur le côté ce qui embarrassait le plateau.

— Je vais chercher ma moto chez Lali, fit-il. J'ai encore quelques provisions dans mes sacoches.

Il sortit et, quelques instants plus tard, elle entendit le grondement du moteur de la Transalp qui se rapprochait. Il la gara devant le chalet, fouilla dans ses sacoches et rentra les bras chargés alors que Sixtine soulevait la poêle fumante pour la poser sur la table.

— Du pecorino à la truffe et du limoncello à mettre de suite au frais.

— Vous êtes un homme plein de ressources ! fit Sixtine en saisissant la mince bouteille jaune pâle. En attendant, que voulez-vous boire ? J'ai de la bière, du vin rouge, de la liqueur des Aravis…

— Une bière fera l'affaire.

Sixtine mit le limoncello dans le congélateur et proposa :

— La *Weissbiere* des guides ou le *Stout* des Drus ?

— La blanche, s'il vous plaît.

Il s'assit avec sa bière, à la place qu'elle lui indiqua. De nouveau silencieux et raide.

Sixtine tourna la salade et partagea l'omelette, pensant que, depuis sa liaison avec Martin, aucun homme n'avait mis les pieds chez elle. Elle observa son invité à la dérobée quand il se mit à manger avec des gestes mesurés, comme un homme habitué à la solitude et au silence.

Quand elle eut fini son assiette, la jeune femme poussa un soupir d'aise.

— Je nous fais un café ?

Ils s'assirent bientôt chacun avec une tasse fumante à la main. Le silence retomba jusqu'à ce qu'elle le rompe en sortant le journal de Giacomo et le tende à l'historien.

— C'est Jean-Lou qui l'a trouvé dans le glacier. Bien sûr, il n'en a pas parlé au PGHM.

Federico le feuilleta avec délicatesse. Il avait l'air ému, troublé.

— Je n'ai pas eu le temps d'achever ma lecture, avoua-t-elle. Et puis mon italien n'est pas aussi bon que celui de Lali.

— Vous permettez ?

Sixtine acquiesça et se leva pour ranger ses affaires d'escalade. Quand elle eut fini, Federico, l'air absorbé, lisait toujours. Elle sortit nettoyer ses cristaux, et l'après-midi s'achevait quand Federico l'appela.

— J'ai fini.

— C'est un peu la pièce manquante du puzzle de l'expédition de 1965. En tout cas, ce qui en ressort, c'est l'absolue confiance de Giacomo et sa réelle admiration envers votre grand-père.

— Vous avez une idée de l'identité de ce Giacomo ?

— C'est un frère dominicain.

— Un religieux ? souffla la jeune femme, étonnée.

— Et non des moindres, il a été évêque avant de rejoindre les Archives privées du Vatican et de travailler avec le préfet de l'époque : Martino Giusti. Son nom est Giacomo Colonna, fils d'une famille princière italienne.

— Mais que faisait-il là ? Et ce *scriptus* dont il est question au début ?

— C'est le titre réservé au responsable des Archives privées avec qui travaillait Giacomo Colonna.

Le Vatican, un frère dominicain… Cette dimension religieuse était si inattendue que Sixtine resta muette.

— J'ai moi-même enseigné à la *Scuola Vaticana di Paleografia, Diplomatica e Archivistica*[1] et j'ai fait une partie de mes recherches là-bas, ajouta Federico en se levant.

Il sortit fumer et la laissa à ses réflexions. L'expédition

1. École vaticane de paléographie, de diplomatique et d'archivistique.

de 1965 avait donc été commanditée par le Vatican. Elle alla sur le pas de la porte et aperçut l'Italien qui allumait sa pipe.

La nuit tombait. Elle s'assit sur le seuil. Tout était silencieux… ou presque.

Quelque chose craqua sur le chemin, comme un bruit de branche cassée. Elle se figea, fouillant l'obscurité du regard. Federico s'immobilisa. Mais le bruit ne se répéta pas.

LA QUÊTE DU GRAAL

47

— Qui cela peut-il être ? Un journaliste ? demanda Sixtine alors que l'historien balayait les environs du faisceau de sa torche.

— *E possibile ma forse no*[1], répondit machinalement l'historien dans sa langue natale. Ce qui est sûr, c'est que votre grand-père intéresse un peu trop de monde et qu'il va falloir rester sur nos gardes.

— Je crois surtout qu'il faut que nous allions plus vite. Revenons à 1965 et à la raison qui a poussé le Vatican à envoyer ce frère en mission sur le glacier. Il y avait donc dans l'avion quelque chose que le Vatican voulait absolument récupérer, au point d'envoyer un homme tel que ce Colonna. Quelque chose de précieux ou de confidentiel… ou les deux.

— Cela recoupe mes recherches. Au moment de la guerre, les nazis ont volé des archives et des objets sacrés, des *ornamenti* du Vatican.

Pourquoi ne lui parlait-il pas de l'*Orphanus* ? Comme elle, il avait lu ce nom dans le journal. Et le gemmologue qu'il était ne pouvait pas ne pas s'intéresser à la pierre.

— Et que venez-vous faire là-dedans, Federico ? Que vient faire un gemmologue et historien italien réputé dans notre petite ville de Chamonix ?

1. « C'est possible, mais ce n'est peut-être pas le cas. »

L'Italien hésita avant de répondre :

— Cela sera la conclusion de mon livre sur Rome pendant la Seconde Guerre mondiale. J'avais retrouvé la trace du Savoia-Marchetti dans les archives vaticanes ainsi qu'une note laissée par Giacomo Colonna avec la photo de votre grand-père brandissant fièrement sa découverte. Quand j'ai vu sur Internet qu'on avait retrouvé le corps du *signore* Dangeli, je n'ai pas hésité une seconde.

— Cela ne me dit pas quel est votre intérêt personnel.

— Sortir enfin mon nez des *archivi*, retourner sur le terrain et, plus sérieusement, maintenant que j'ai lu ce journal, savoir pourquoi votre grand-père et Giacomo Colonna ont disparu. Pourquoi ils étaient suivis et surtout par qui.

— Ce n'est pas vraiment une réponse, mais je m'en contenterai.

Elle finit par ajouter :

— Le PGHM fait autopsier mon grand-père.

— C'est vrai que vous avez dit qu'il avait été tué par balle.

Il réfléchit un instant.

— Cela veut dire que celui qui les suivait était prêt à tout. Il faut dire que l'enjeu était de taille. Se peut-il que votre grand-père ait divulgué la raison de l'expédition avant de partir avec *monsignore* Colonna ?

— La raison, non, mais l'itinéraire qu'il allait emprunter au moins au début, oui, à Jean-Lou Beuchat… Lui seul était au courant, une précaution en cas d'accident.

— Et vous êtes sûre de lui ?

Sixtine repensa au terrible aveu du montagnard avant qu'il disparaisse dans les bois, mais préféra garder ça pour elle.

— D'après Lali, c'était le seul vrai ami de Bartolomeo. Si on admet que celui qui les suivait a tué mon grand-père, il a dû aussi se débarrasser de Giacomo et de son garde du corps… Comment s'appelait-il, déjà ?

— Riccardo. D'après le journal, un ancien soldat, et certes pas un *chierichetto*. Pardon, en français, on dit un « enfant chanteur » ?

— Non. (Elle ne put s'empêcher de sourire.) Un enfant de chœur. Ni le garde du corps ni Giacomo Colonna ne sont réapparus à Rome, n'est-ce pas ?

— Pour Giacomo Colonna, non, c'est sûr, il a bel et bien disparu. Pour Riccardo, j'avoue ne pas avoir vérifié.

— Qu'y avait-il exactement à bord du Savoia-Marchetti, vous avez un inventaire ?

— Non, pas vraiment, rien de plus que ce que je vous ai confié, des archives du Vatican, mais aussi des bijoux, de l'or, beaucoup d'or… Mais j'avoue que, pour moi, la mort par balle de votre grand-père change la donne, reprit l'Italien.

— Que voulez-vous dire ?

— En 1965, votre grand-père a certainement retrouvé ce qui restait de la carcasse, et le ou les meurtriers ont dû la piller, c'est aussi ce qu'a affirmé Jean-Lou quand Martin a voulu redescendre dans la faille. Il n'y a plus d'espoir de retrouver grand-chose là-haut. Tout est ici, dans la vallée.

La déception perçait dans sa voix.

— Enfin, peut-être qu'avec la fonte, reprit-il au bout d'un moment, une cassette emplie de bijoux ressurgira, à moins que ce ne soit une Vénus en marbre arrachée à quelque palais romain ?

Ses yeux brillaient en prononçant ces derniers mots, et Sixtine ne put s'empêcher de prendre conscience de son corps proche à toucher le sien, de son visage à la beauté sévère.

La course en montagne et leurs discussions dans le chalet à habits aidant, il lui sembla qu'une forme d'intimité était née entre eux.

Un frisson la parcourut. Elle se leva, et jeta un œil au thermomètre. Il faisait 8°. Il était temps d'allumer la cheminée. Elle enfila son pull – un cadeau de Lali, que Martin avait toujours aimé lui voir porter. Pourquoi diable pensait-elle à Martin maintenant ?... Elle regarda discrètement vers Federico, comme si elle craignait qu'il puisse lire dans ses pensées et sentir son trouble. Mais, plongé dans ses pensées, l'Italien n'avait pas bougé.

Elle sortit et, une fois dehors, respira profondément cherchant à retrouver son calme, songeant soudain à Lali qui, si elle avait accès aux pensées secrètes et confuses de sa petite-fille, lui dirait de tenter sa chance avec ce Ligure qui lui plaisait tant. Elle s'en voulut, et en voulut même à sa grand-mère pour ce conseil imaginaire, quand la voix de Federico la fit sursauter :

— Un autre bruit suspect ?

— Non, non, pas du tout. Il fait glacial là-dedans, je suis sortie chercher du bois, répondit-elle en s'emparant d'une bûche.

Il descendit les marches.

— Laissez, je vais le faire et m'occuper du feu.

— Je nous refais du café ?

— Volontiers.

Pendant que Federico s'activait, elle fit chauffer de l'eau, mit trois grosses cuillères à soupe de Colombie – son préféré – dans la vieille cafetière à piston, ajouta de l'eau et remua.

Les flammes montaient déjà, réchauffant la pièce. Sixtine alla s'asseoir en tailleur sur le tapis près de la cheminée. La tasse brûlait ses doigts gelés. Federico la rejoignit.

Sans plus réfléchir, ou peut-être en réaction aux pensées que lui inspirait malgré elle l'Italien, la cristallière décida d'abattre son atout.

— Et si vous me parliez enfin de l'*Orphanus* ? fit-elle en regardant l'historien dans les yeux.

À la mention de ce nom, il eut un petit sursaut de surprise vite réprimé.

— Il est vrai que Giacomo Colonna le nomme dans son journal.

— Un de mes profs à l'université l'avait mentionné, mais je sais seulement qu'il a disparu au XIVe.

— Si je vous raconte tout, cela peut durer longtemps et il nous faudra remonter à la création du monde…

Il avait sur les lèvres un sourire amusé.

— C'est un bon point de départ, déclara-t-elle en allongeant ses jambes. Je suis prête.

Il sourit, finit son café.

— On pourrait débuter comme cela : « L'*Orphanus* est né dans le creuset du feu, au sein de la Terre-Mère. Son âme est de fer, de silice, de calcium, de magnésium, d'oxygène A. Il est longtemps resté incandescent, puis le feu qui l'a créé s'est éteint. Le froid est venu, un froid de glace. Et l'attente a commencé… »

Sixtine se laissa envahir sans opposer de résistance par les images qu'il suggérait. Tout cela était son monde rêvé et ce récit lui rappelait tellement ceux de Juliette et d'Antoine.

Federico parlait, parlait, faisant de grands gestes…

48

L'Italien n'avait pas menti, son histoire dura longtemps, très longtemps. Les bûches achevaient de se consumer et la salle était envahie d'ombres quand il s'arrêta enfin, la gorge sèche.

— Vous auriez dû être conteur, remarqua Sixtine.

Un peu de rouge monta aux joues de l'Italien, qui lui sourit. Elle lui rendit son sourire et le silence s'installa entre eux, prenant à chaque seconde qui passait plus de pesanteur et une signification qui leur échappait.

Federico toussa, rompant le charme.

— Bien sûr, il y a cette matière pour mon livre, mais…

Il hésita.

— Je vous ai menti sur les raisons profondes de ma venue ou plutôt j'ai menti par omission. C'est l'*Orphanus* que je cherche en priorité, bien sûr. Je le cherche depuis que j'en connais l'existence et c'est une quête sans fin, impossible comme celle du Graal.

Il semblait se moquer de lui-même, mais l'excitation faisait de nouveau briller ses yeux.

— L'Orphelin a traversé les siècles tel un météore et j'ai retrouvé sa trace dans les Archives du Vatican alors que j'avais abandonné tout espoir. Pourquoi y mettre autant d'obstination ? J'ai l'impression qu'en le touchant je toucherai aux mystères de l'univers. Connaissez-vous ces mots de l'écrivain Roger Caillois : « … les pierres possèdent on ne sait quoi de grave, de fixe et d'extrême, d'impérissable ou de déjà péri. Elles séduisent par une beauté propre, infaillible, immédiate, qui ne doit de compte à personne. » ?

Federico se tut. Un frisson parcourut l'échine de Sixtine.

— Je vous comprends d'autant mieux, avoua-t-elle, que c'est l'histoire de mon enfance et celle de mon père, Antoine. Il cherchait ce qu'il appelait la *pierre ultime.*

L'impression d'intimité était revenue plus forte encore. Sixtine se sentait bien. Mieux qu'elle ne s'était jamais sentie avec quiconque.

— Pour vous, quelle était la vraie nature de l'Orphelin ?

— D'aucuns disent que c'était une « escarboucle », mais ce terme, au Moyen Âge, pouvait aussi bien s'appliquer à un rubis qu'à un grenat.

— Et si, plus qu'un grenat ou un spinelle, c'était une opale ? D'où cette étonnante luminescence ?

Il sourit et leva ses yeux gris vers elle.

— C'est une hypothèse parmi d'autres, mais attention, vous vous prenez au jeu.

Sixtine sourit.

— C'est vrai. (Elle hésita.) Peut-être peut-on se tutoyer ?

— Oui, vous... Tu as raison. Et toi, qu'est-ce qui t'a poussée vers ce métier de cristallière ?

— Être cristallier dans la vallée était une tradition. L'histoire commence au XVIIIe siècle avec l'essor du commerce naturaliste. Des guides comme Jacques Balmat, celui de la première ascension du mont Blanc et du Gîte où nous avons fait halte, était chasseur de chamois et cristallier. Au XIXe, les cristaux étaient exportés à Genève, on en faisait des bijoux, on les incrustait dans des boutons, des tabatières... À cette époque, ils étaient nombreux, et tout le monde « allait aux cristaux », les guides mais aussi les paysans, pour qui vendre un cristal souvenir rapportait plus que le travail aux champs. Tous les voyageurs et visiteurs voulaient repartir avec leur cristal du mont Blanc. Aujourd'hui les choses sont différentes, même si nombre d'amateurs se revendiquent comme cristalliers, en fait nous ne sommes plus qu'une quinzaine à Chamonix.

— Je l'ignorais, mais cela ne me dit pas pourquoi tu as choisi de le devenir.

— La famille, bien sûr, mais pas que. Si je te raconte tout, cela peut durer longtemps et il nous faudra également remonter à la création du monde…

— Je t'écoute.

Ils se turent un instant, savourant tout en la redoutant leur complicité naissante. Puis Sixtine raconta et Federico l'écouta sans l'interrompre. Elle évoqua Antoine, Juliette, la maison de Baume Longe, le magasin, les gwindels. Quand elle s'arrêta, surprise de s'être tant livrée, elle s'aperçut que le regard gris de l'Italien ne l'avait pas quittée. Elle s'était confiée comme jamais elle ne l'avait fait, pas même avec Martin à l'époque où ils étaient amants.

— Et toi, Federico ?

— Comme toi, une enfance bénie à courir la montagne avec mon frère. Après, ma vie a basculé, Angelo s'est tué en gravissant les 6 000 pieds de la face nord-ouest de l'Eiger dans les Alpes bernoises, et moi, je suis parti à Milan faire des études…

Il parut sur le point d'ajouter autre chose, leurs regards se croisèrent, et il reprit d'une voix plus rauque :

— Pendant longtemps, j'en ai voulu à la montagne de m'avoir arraché mon cadet. Et puis j'ai compris que c'était là-haut que j'étais le plus heureux, alors j'ai recommencé à grimper.

Il se leva, coupant court à son récit, remit une bûche dans l'âtre, puis regarda sa montre-bracelet.

— Il se fait tard, dit-il. Je vais te laisser.

— Laisse-moi t'offrir le gîte, répondit Sixtine. L'hospitalité est une vieille tradition savoyarde. (Elle désigna le lit de camp plié le long de la paroi.) Ce n'est pas aussi confortable qu'à l'*Hôtel du Clocher*…

— Je m'apprêtais à monter ma tente, mais j'avoue qu'à cette heure-ci… (Il regarda par la fenêtre.) J'accepte.

Sixtine sortit une couverture, des draps et un oreiller.

— Et je te promets un bon café demain matin.

Leurs regards se croisèrent et, pour la première fois, celui de Federico se détourna.

Quand elle ressortit de la salle de bains, l'Italien dormait déjà, le visage tourné vers les flammes.

Elle rejoignit son lit, posa la tête sur l'oreiller mais resta les yeux ouverts, à se tourner d'un côté puis de l'autre et à écouter le souffle régulier de Valente avant de sombrer enfin dans un sommeil agité.

LA BOÎTE DE PANDORE EST OUVERTE

49

Il était sept heures quand le lieutenant Fleury, qui venait de s'asseoir, décrocha le téléphone qui sonnait avec insistance sur son bureau.

— Salut, Fleury, c'est Xavier, fit la voix d'un de ses collègues de la brigade de recherche. On a eu un appel du premier adjoint de la mairie. Tu devrais me rejoindre à l'hôtel de ville. J'ai quelque chose pour toi.

Fleury ne posa pas de question. Si Xavier l'appelait, c'était sérieux. Il attrapa sa veste et sauta dans la Nissan de service. Quelques minutes plus tard, il se retrouvait devant l'ancien *Grand Hôtel Impérial et Métropole*. Il y avait un attroupement sur le parvis et les agents municipaux avaient installé des barrières.

Il se fraya un passage parmi la foule, rendit leur salut à des journalistes du *Dauphiné*, remarqua le camion de France 3 Régions qui se garait. Il rejoignit bientôt son collègue, l'adjudant Xavier Delerue, et le maire, Mermet Mugnier, qui l'attendaient dans le hall d'entrée. Après de brèves salutations, son collègue l'entraîna.

— Par ici. J'ai pensé que ça t'intéresserait, vu que ça ne vient pas de la vallée mais de là-haut. Malheureusement, pour le déplacer, plusieurs personnes de la mairie l'ont touché. Un paquet d'empreintes donc, que je ferai quand même relever et contrôler.

— On n'allait pas laisser ça devant la mairie, s'indigna le maire, le visage rouge.

— Je n'ai pas dit que vous aviez tort, monsieur le maire, j'ai juste dit que cela compliquait les choses. C'est par là.

— De quoi s'agit-il ? demanda Fleury en aparté.

Ils arrivaient devant une porte gardée par un gendarme, qui les salua.

— Je te laisse la surprise, mon vieux, répondit Xavier en poussant le battant. Il était sous le porche d'entrée de la mairie, c'est un employé de mairie qui l'a trouvé. Quant aux journalistes, apparemment, ils ont reçu des appels anonymes. Bref, tout le monde est déjà au courant dans la vallée.

Fleury se figea. Devant lui, gris, sinistre, se dressait un morceau de carlingue d'avion estampillée d'une croix gammée, à demi effacée.

50

À neuf heures précises, Sixtine se présenta au PGHM et fut aussitôt conduite auprès de la capitaine. Une belle femme blonde, les cheveux coupés court, d'allure solide, le visage ouvert, le regard droit.

— Mademoiselle Dangeli, asseyez-vous, fit-elle en lui tendant la main. Je suis Sandra Anselme.

Sixtine serra la main tendue et s'assit, s'attendant à se faire rabrouer, ce qui ne tarda pas.

— Grâce à vous, on ne s'ennuie pas dans la vallée. Avant que je vous dise la raison de votre convocation, expliquez-moi ce que vous faisiez hier sur le glacier des Bossons avec le fils Mugnier, Jean-Lou Beuchat et cet historien italien, Federico Valente ?

— Je ne vous raconterai pas d'histoire, capitaine. Je veux savoir qui a tiré sur mon grand-père et pourquoi.

— C'est ce que m'a répété le lieutenant Fleury. Vous connaissez mon sentiment sur tout cela. Ne m'obligez pas à être plus claire. (Le ton était sec.) C'est nous qui menons l'enquête, pas vous.

— C'est très clair.

— Que vient faire ce Valente là-dedans ?

C'est un gemmologue et un spécialiste de la spoliation des biens des Juifs. Il connaît mieux que moi l'histoire du Savoia-Marchetti, l'avion que cherchait mon grand-père.

— Nous l'interrogerons. Y a-t-il d'autres éléments dont vous désirez m'informer ?

— Non, capitaine. En revanche, ceci a été trouvé là-haut.

Elle ne précisa pas que l'objet avait été déniché par Jean-Lou quelques jours auparavant et tendit à l'officier le cahier de Giacomo Colonna.

— C'est le journal de bord de l'Italien qui a monté l'expédition de 1965.

La capitaine tourna délicatement les pages.

— Je ne lis pas l'italien. Vous avez eu le temps d'en prendre connaissance ?

— Oui.

Sandra Anselme se cala dans son fauteuil.

— Je vous écoute.

Et Sixtine se lança, omettant de mentionner ce que lui avait confié Valente, les liens entre Colonna et le Vatican. C'était peut-être puéril, mais c'était son enquête à elle.

La capitaine s'était levée, arpentant son bureau. Quand Sixtine se tut, elle observa :

— Nous savons au moins que cette expédition comptait trois membres, dont ce mystérieux Giacomo Colonna et Riccardo, son garde du corps, et que, derrière eux, venaient un ou plusieurs poursuivants.

Elle retourna s'asseoir.

— Ce n'est pas dans mes habitudes – quoique rien dans cette affaire ne soit dans la norme –, mais je vais vous confier sous le sceau du secret ce qu'a révélé l'autopsie de votre grand-père, M. Dangeli.

— Merci.

— Et croyez-moi, cela ne nous facilite pas les choses.

Elle attrapa un dossier qu'elle ouvrit.

— Le projectile qui l'a tué a été fabriqué en 1944. Toujours d'après le labo, la balle aurait été tirée par un Walther P38 de l'armée allemande.

La capitaine laissa à la jeune femme le temps d'assimiler la nouvelle, puis reprit :

— Et ce n'est pas tout.

Elle tapa sur son clavier d'ordinateur avant de tourner l'écran vers Sixtine.

— Et là, nous ne sommes plus dans le passé mais au présent. Ce matin, l'employé qui ouvrait les portes de la mairie a trouvé ça sur le parvis.

Le morceau de fuselage avec la croix gammée s'étalait plein écran. Sixtine resta figée.

— Qui a pu faire ça ?

— Pour l'instant, nous n'en savons rien. Mais la gendarmerie a ordonné une recherche d'empreintes. Je n'aime pas du tout la tournure que prend cette affaire. Que nous le voulions ou non, tout nous ramène à la Seconde Guerre mondiale et à votre grand-père.

— On dirait que le fait de l'avoir retrouvé a ouvert la boîte de Pandore. J'espère que nous n'hériterons pas de tous les maux qu'elle contient.

L'air sombre, la capitaine hocha la tête.

— Avez-vous revu Jean-Lou Beuchat depuis que vous êtes redescendue des Bossons ?

— Non.

— Si vous le croisez, envoyez-le-moi, je veux l'interroger, et les hommes de la brigade de recherche aussi. Je n'ai pas oublié que c'est un des plus grands collectionneurs d'objets issus du glacier.

« Cela n'en fait pas automatiquement un coupable », faillit répliquer Sixtine qui retint la phrase au moment où elle allait franchir ses lèvres.

Anselme avait baissé le nez sur ses papiers, elle ajouta :

— Pour les restes du malheureux que vous avez ramené hier, ils sont partis pour autopsie et, malgré ma demande expresse, nous n'aurons les résultats au mieux que dans deux jours.

51

Comme Sixtine s'y attendait, le chalet de Jean-Lou était fermé à clef. Elle fit rapidement le tour puis, sans hésitation, se glissa par la remise et pénétra par la trappe dans la grande pièce silencieuse.

Une nouvelle fois, elle fut impressionnée par la quantité d'objets entassés par le montagnard. Un inventaire des crashs aériens qui la mettait mal à l'aise.

Tout cela mêlé à la magie d'énormes cristaux : gwindels de quartz fumé, quartz à âmes, citrines, fluorites roses, quartz à rutiles, hématite, jaspe rouge, calcite, azurite, malachite… En bout de table, dans une vieille boîte à chaussures sans couvercle, des dizaines de grenats alluvionnaires. C'était la caverne d'Ali Baba et pourtant… et pourtant, le sentiment qui s'en dégageait était tragique.

Jean-Lou n'était d'ailleurs pas le seul à collectionner ce que rejetaient les Bossons, comme Josée de Vérité, qui transformait les tôles froissées en œuvres, ou Daniel Roche, un Lyonnais, qui avait entreposé au fil du temps presque six tonnes de débris dans ses différents garages.

Et soudain, elle pensa à l'*Orphanus*. Et s'il était là, quelque part dans ce fatras ? C'était presque sacrilège d'imaginer la pierre de légende, cet incroyable Graal, coincé entre des déchets métalliques et des vêtements rapiécés.

Elle regarda autour d'elle. Difficile, dans un tel capharnaüm, de trouver des signes d'un passage récent. Elle observa le lit défait aux draps sales, trouva la cuisine, un recoin avec un évier où s'empilaient des assiettes et des restes de nourriture d'où s'envolèrent des mouches. Nulle trace de l'anorak ou du sac à dos que Jean-Lou portait la veille. Elle soupira et ressortit par où elle était entrée.

52

À deux heures de route de là, à Veurey-Voroize, dans les locaux du journal *Le Dauphiné libéré*, le responsable du service courrier confia un colis et des lettres au stagiaire.

— C'est pour le rédac chef. Tu sais où est son bureau ?

— Oui, fit le jeune homme qui partit en courant.

Le rédacteur en chef raccrochait quand le stagiaire entra.

— Votre courrier, monsieur.

Louis Rémy jeta un œil distrait aux différentes enveloppes puis fronça les sourcils en voyant l'adresse du colis, découpé dans l'ours du journal et son nom écrit en gros caractères au feutre noir.

Il déchira le papier kraft et en extirpa une petite pochette de cuir usagée portant la mention « R. Eberhard ». Il l'ouvrit et en sortit une plaque de métal gris, percée et recouverte d'inscriptions, lettres et chiffres.

Le stagiaire, qui avait tout suivi, s'exclama :

— Une *Erkennungsmarke* !

— Qu'avez-vous dit ? fit le rédacteur en chef en relevant la tête.

— Vous permettez ?

Le stagiaire s'empara de l'objet que lui tendait son chef et l'examina attentivement avant de déclarer :

— C'est une plaque d'immatriculation de l'armée allemande datant de la Seconde Guerre mondiale. Elle est en aluminium et donc plus ancienne que celles fabriquées à partir de 1941 ou 1942, qui étaient réalisées en zinc.

— Et ces chiffres et ces lettres ?

— On y inscrivait le groupe sanguin du soldat et, normalement, le numéro matricule gravé au-dessous est celui de l'unité. Voyez, ces chiffres-là… Après, pour les lettres, je ne me rappelle plus les abréviations. Elles désignent les unités. Je me souviens, par exemple que *Flg* c'était *Flieger*, « aviateur ». Comme vous le voyez, il n'y a pas de nom sur la plaque, et chaque unité tenait les registres de ses hommes à jour. Là, vous avez la chance d'avoir une pochette de cuir avec le nom du soldat ou de l'officier. R. Eberhard.

— Comment savez-vous tout ça ?

— Chez nous, c'est un vrai musée ; mon père les collectionne. Ensuite, j'ai appris l'allemand, ça aide.

Songeur, le rédacteur en chef vérifia qu'il n'y avait rien d'autre dans le colis, puis releva la tête. La découverte macabre du cadavre de Bartolomeo Dangeli, le fuselage trouvé à la mairie de Chamonix, et maintenant ça !…

— J'ai un travail pour vous. Appelez votre père, envoyez-lui une photo de tout ça et rédigez-moi un article. Je veux savoir qui était cet Eberhard, à quelle arme il appartenait, etc. Et on n'en parle à personne. Si votre papier est bon, je le publie sous votre nom.

À ces derniers mots, les yeux du stagiaire s'éclairèrent.

— Comment vous appelez-vous, au fait ? ajouta le rédacteur en chef.

— François Semblane, monsieur.

LES CAILLOUX BLANCS…

53

Sixtine se gara enfin devant le chalet de Lali à côté d'un vieux Dodge Power Wagon de couleur rouge. Sam, qui somnolait au soleil, accourut en remuant la queue et l'accompagna jusqu'à la grande pièce où la jeune femme trouva Lali en grande conversation avec son ami d'enfance et ancien prétendant, Guy Simon.

Ce qui ressemblait à une dispute s'éteignit quand elle entra. Il y eut un silence gêné puis le visage de sa grand-mère s'éclaira et Guy se leva pour l'embrasser.

Guy avait été le plus bel homme de la vallée, et, à plus de quatre-vingts ans, on lui en donnait quinze de moins. Mince, le visage hâlé, couronné d'épais cheveux blancs, il n'y avait que ses rides pour trahir le passage des ans. Excellent guide, il continuait à courir la montagne et à courtiser celle qu'il n'avait jamais cessé d'aimer.

— Comment vas-tu ? demanda-t-il à la cristallière. Toute cette affaire nous a tourneboulés, Lali et moi. Et à mon avis, ce n'est qu'un début. (Il désigna le paquet de journaux sur la table.) Même aux infos régionales, on ne parle que de ça.

Sixtine parcourut les titres du regard.

— Ah, au fait, pendant que j'y pense, fit Lali, Federico est retourné à l'*Hôtel du Clocher* et il m'a dit de te remercier encore pour hier. Je ne savais pas qu'il avait passé la nuit au chalet.

Sixtine sentit le rouge lui monter aux joues. Lali, amusée, enchaîna avec un clin d'œil complice :

— Tu reviens du PGHM. Que te voulaient-ils ?

— M'ordonner de me mêler de mes affaires, et aussi, ils cherchent Jean-Lou, tu l'as vu ?

— Non.

— Et toi, Guy ?

— Oh, tu sais, lui et moi…

Il n'acheva pas sa phrase.

— Non, je ne sais pas. Qu'est-ce que tu veux dire ?

— C'est de lui qu'on parlait et on n'est pas d'accord.

— Il pense que Jean-Lou est le « Petit Poucet » qui sème les cailloux blancs remontant à 1965.

— Pourquoi ferait-il ça ?

— C'est un dingue ! s'écria Guy. Et un type dangereux. Il est temps que la vérité sorte.

— Mais de quoi parles-tu ?

— Je crois que c'est à cause de lui que Baté a été tué. Peut-être même est-ce lui l'assassin !

— Tu dis n'importe quoi ! protesta Lali. Bartolomeo l'aimait comme un fils.

— Et qui te dit qu'il avait bien placé sa confiance ? Ton mari ne voyait jamais le mal et, même s'il le voyait, il ne voulait pas y croire.

Sixtine repensa à la confession de Jean-Lou.

— Non, décidément, je ne le vois pas tuer, même pour de l'or ! continuait Lali, indignée.

— S'il n'y avait pas eu Bartolomeo, Jean-Lou serait un truand, reprit Guy. C'est pas vrai, ce que je dis ?

— Si, dut convenir Lali. Combien de fois Bartolomeo est allé le chercher au poste.

— Je ne savais pas tout ça, remarqua Sixtine.

— C'est le passé, ma chérie. Il était gamin et, comme tant d'autres dans la vallée, il se soûlait, faisait la fête, cassait tout.

— Sauf qu'il volait aussi des voitures qu'il revendait

à un garagiste pourri d'Albertville ! fit Guy. Et ça, c'est pas des trucs de gosse !

— Ça n'a pas empêché Baté de croire en lui !

— Il était bien le seul. Et je ne vois pas comment un gars qui a un tempérament de voleur aurait pu résister à l'attrait de l'or ou des bijoux.

— Encore faut-il qu'il y ait eu de l'or ! remarqua la cristallière. On ne sait rien de ce qui s'est passé là-haut et, en voyant la vie que Jean-Lou a menée par la suite, on ne peut pas dire qu'il montre des signes extérieurs de richesse.

— Il y a des gens dont on découvre la fortune après leur mort, insista Guy. Et puis, à cause de ce salaud, des amis à moi sont morts. Des Américains qui venaient à Chamonix chaque année. Il avait bu ou fumé, il n'aurait jamais dû grimper.

— Tu mélanges tout, grommela Lali.

— Et tu n'avais rien remarqué ? s'étonna Sixtine qui ne connaissait pas l'histoire.

— Non. Quand je suis arrivé à l'hôtel, il venait de partir avec le père et le fils, un gamin de quinze ans. Moi, j'accompagnais l'épouse, Mme Robertson. Je suis sûr qu'il était ivre. Ils devaient avoir une heure d'avance sur nous. Et moi, j'étais loin d'imaginer ce qui allait suivre. C'était dans le couloir Eugster, sur la face nord de l'aiguille du Midi. Une petite coulée de neige et quelques pierres nous sont tombées dessus, et ça m'a alerté, j'ai juste eu le temps de protéger ma cliente. Puis j'ai vu les corps qui chutaient avec des caillasses. Le père et le fils sont morts sur le coup. Seul Jean-Lou s'en est sorti. Après 600 mètres de chute. On l'a retrouvé inconscient, des côtes brisées, un bras et une jambe cassés, mais vivant. Il a dit que le père avait dévissé et les avait entraînés…

54

Par précaution, Sixtine rangea sa voiture dans un chemin de traverse et remonta à pied jusque chez elle. Les paroles de Guy tournaient en boucle dans sa tête. Elle s'arrêta net en voyant Martin qui l'attendait, assis sur les marches devant la maison. Il se leva et vint à elle, tout sourires. Martin, toujours aussi sûr de lui et de son charme.

— J'avais une visite dans le coin, dit-il, alors je suis passé. T'es encore en rogne ?

— Non. Mais j'ai du travail. Des cristaux à livrer.

Tout en parlant, elle enfila le tablier pendu à un crochet sous l'appentis et posa une à une, avec précaution, des améthystes dans un bac de nettoyage en plastique.

Il la regardait faire en silence.

— Je peux t'aider ? Tu te souviens, avant, je te donnais un coup de main quand tu faisais ça.

— Non ! Tu ne vas pas m'aider, et non, tu ne le faisais pas avant.

Elle se tourna vers lui, le défiant du regard tout en remplissant une bouteille d'eau de citrate de sodium qu'elle mélangea à du bicarbonate.

— Écoute, reprit Martin, je veux juste que tu m'excuses. Tu me connais, je parle toujours trop vite. Depuis, j'ai réfléchi à ce que tu m'as dit. Je comprends que tout ça te remue, la mort par balle de ton grand-père, et puis, ce matin, ce qui est arrivé à la mairie…

— T'en penses quoi, toi ?

— Je pense qu'il y a un salaud qui s'amuse bien pendant qu'on flippe. Au fait, tu veux pas venir, mon père organise un repas…

Voyant le regard de Sixtine, il n'acheva pas sa phrase et conclut :

— Remarque, je m'en doutais, je sais même pas pourquoi je t'ai demandé.

La cristallière mesura la dithionite en poudre, la mélangea à de la solution tampon.

— Ça sent toujours aussi mauvais, tes trucs ! s'exclama Martin en reculant.

Il regarda l'heure à sa Chopard en platine.

— Bon, faut que je te laisse. Au fait, en venant, j'ai aperçu Jean-Lou qui rôdait autour de chez toi.

Sixtine plaça la bassine sur l'une des étagères extérieures puis elle s'essuya les mains sur son tablier.

— T'es sûr ?

— Certain, même si ça a été rapide et qu'après il s'est enfoncé dans les buissons. Je ne sais pas s'il m'a vu… En tout cas, fais gaffe, il est ouf, ce gars-là !

Sixtine le regarda s'éloigner. Le silence retomba. Guy d'abord, Martin maintenant… Pourtant, même si, de plus en plus ébranlée, elle ne parvenait toujours pas à croire Jean-Lou coupable. Ce n'était pas une question de conviction, mais d'instinct.

55

Sixtine, qui rangeait son matériel, se figea et se tourna vers la forêt qui cernait le chalet, mais rien. Elle finit par rentrer, la mine soucieuse, mais son regard s'éclaira en voyant le lit de camp plié et, sur la table, quelques fleurs de colchique dans un verre contre lequel était appuyé un papier.

Je n'oublierai jamais l'hospitalité savoyarde.
Encore merci et à bientôt,
Federico

Elle resta songeuse, le papier entre les doigts, puis alla s'asseoir à sa table et alluma son ordinateur. C'est elle qui avait créé le site en ligne de leur boutique *La Fluorite rose* et elle avait une dizaine de mails à rédiger pour des collectionneurs. Au lieu de quoi, elle resta figée devant le message d'alerte qui clignotait dans l'angle de l'écran. Il y avait du nouveau concernant son grand-père.

Plusieurs articles apparurent : « Le cristallier, Bartolomeo Dangeli, tué par une balle d'officier SS », titrait le premier.

Elle pensa aussitôt au fait qu'elle s'était confiée à Martin et à Federico. Une parole du vieux guide la travaillait depuis le début sans qu'elle parvienne à se la remémorer, et soudain elle se souvint. Quand Jean-Lou avait trouvé Baté, le corps était pris dans une gangue de glace et il avait fallu que le PGHM le dégage. Elle connaissait les procédures : le corps encore gelé déposé dans un sac fermé, le transfert par hélico.

Comment savait-il avant tout le monde – il l'avait annoncé à Lali – que Baté avait été tué par balle ? Sauf à en avoir été témoin… ou à être l'assassin ?

La cristallière resta un long moment à fixer son écran avant de se remettre à lire. Il y avait d'autres articles dans la presse nationale, mais le plus intéressant l'attendait sur le site du *Dauphiné libéré*.

Un papier signé d'un certain François Semblane parlait d'un colis anonyme reçu à la rédaction du journal. Le journaliste développait :

> « Après différents recoupements, nous avons la certitude de nous trouver devant la plaque de Rainer Eberhard, un officier SS, lieutenant de la DSK, le fameux *Devisen Schutz Kommando*, une unité spéciale en charge du pillage des pays occupés. Une unité dont le rôle était à la fois de renflouer les caisses d'Hitler et d'enrichir les collections du maréchal Göring.
>
> Souvenez-vous, le 13 mai 1965, Bartolomeo Dangeli, un cristallier, pose à côté d'un morceau d'aile d'un Savoia-Marchetti SM.82 Marsupiale crashé en 1943 dans le massif du Mont-Blanc. Selon nos sources, il y a tout lieu de penser que cet avion, qui a décollé de l'aéroport romain de Pratica di Mare à destination de Nuremberg, transportait un butin nazi.
>
> En juillet 1965, Bartolomeo Dangeli a disparu mystérieusement… pour réapparaître aujourd'hui avec une balle dans le corps, tirée par un P38 d'officier allemand. Nos meilleurs reporters sont sur ce que l'on appelle aujourd'hui l'"affaire Dangeli" et continueront à vous informer… »

Pensive, Sixtine éteignit son ordinateur, enfila un anorak, prit son sac à dos et, non sans avoir jeté un coup d'œil dehors, ferma sa porte à clef.

Un ronronnement de moteurs peinant sur le chemin lui fit tendre l'oreille. Plusieurs voitures approchaient. Elle se faufila dans le sous-bois. Elle n'avait envie de voir personne, encore moins des journalistes.

Une main se posa sur son épaule, manquant de la faire hurler. Jean-Lou était là, pas rasé, vêtu des mêmes vêtements que pendant leur course en montagne, son bâton de marche à la main, son sac sur le dos.

Il avait l'air épuisé et nerveux.

— Y a des fouille-merde partout, fit-il en posant un doigt sur ses lèvres. Viens.

Elle le suivit. Ils marchèrent un moment, s'enfonçant plus avant dans des sentes ombreuses où nulle voiture ne pouvait s'engager. Puis il s'arrêta enfin dans une clairière et s'assit sur un tronc d'arbre mort. Sixtine se planta devant lui et attaqua :

— C'est quoi, tout ça, pourquoi tu te planques ? C'est toi qui envoies des colis aux journaux et qui es venu chez moi hier soir ?

— Oui, te fâche pas, je voulais te parler mais t'étais pas seule. Et pour le reste, oui, c'est moi. Y en a qui voudraient bien que je me taise. Mais c'est plus temps, tu comprends.

— La mairie, les journaux, c'est toi ?

— C'est pas ça, l'important.

— Alors, c'est quoi, l'important ?! s'écria-t-elle. Les restes du Savoia, tu les as vus, n'est-ce pas ? Et t'as suivi Baté quand il est parti avec Giacomo Colonna ?

— Oui, oui. Je me demandais ce que c'était que ce client qui payait si bien et qui était escorté d'un gorille. J'avais peur pour lui. Je te le jure, c'est vrai.

— Je ne te le reproche pas. Et bien sûr, tu sais ce qu'il y avait dans l'avion ?

Le vieux guide n'essayait plus de nier.

— De quoi s'entretuer, répondit-il. De l'or, des pierres précieuses, des tableaux, et même des statues aussi pâles et blanches que du sucre, aussi froides et douces que la neige…

— Tu dis que tu t'inquiétais pour Baté, n'empêche, tu as parlé à quelqu'un. Tu n'étais pas seul, n'est-ce pas ?

— Je ne pensais pas que ça se passerait comme ça, je te jure.

— Qui était là-haut avec toi ? Qui as-tu emmené ou qui t'a suivi ?

Le guide ne répondit pas.

— Tout le monde a pris sa part du butin ?

— Pas moi. C'était trop cher payé…

— T'as raison, le sang d'un ami, c'est cher payé.

— Je suis pas un monstre, Sixtine. Je pourrais être riche et regarde, je suis qu'un miséreux.

— Je veux le ou les noms, Jean-Lou. Qui était là-haut avec toi ?

Jean-Lou secoua la tête négativement.

— Alors, revenons à ta confession, car c'en est une. Tu m'as dit avoir tué Bartolomeo…

— Ce que je voulais dire, c'est qu'il est mort à cause de moi.

— Parce que t'as pas tenu ta langue, c'est ça ? Parce que t'as dit à d'autres le but de l'expédition montée par Colonna ?

— Oui, souffla-t-il en se tordant les mains.

— Et cette balle allemande, qui l'a tirée ? Soit tu es l'assassin, soit tu étais témoin.

— Je suis pas l'assassin !

Il joignit les mains.

— Je te le jure, Sixtine. Le P38, c'était l'arme dc Riccardo.

— Le garde du corps ?

Les pièces du puzzle se mettaient en place une à une.

Au loin retentirent des aboiements. Jean-Lou se redressa, inquiet.

— Oui, jeta-t-il. Pendant la guerre, il avait tué un officier SS et récupéré son arme.

— Et c'est Riccardo qui a tué Baté ?

— J'ai pas dit ça.

Sixtine s'emporta.

— Je veux savoir qui a tué Baté et, si c'est pas toi, je veux un nom.

Les aboiements se rapprochaient et maintenant, ils entendaient des voix. Elle s'éloigna de quelques pas, cherchant d'où cela provenait.

— La chasse, murmura-t-elle, c'est vrai, la chasse est ouverte depuis hier.

Elle se retourna vers Jean-Lou mais le montagnard avait disparu aussi silencieusement qu'un animal traqué.

Elle en aurait crié de rage. Le nom du meurtrier lui échappait toujours. Un meurtrier qui, s'il était vivant, aurait l'âge de… Guy, ou de Jean-Lou. Un vieillard. À cet instant précis, elle faillit renoncer, mais la vision de Bartolomeo à Baume Longe lui revint et elle se jura une nouvelle fois de trouver celui qui l'avait tué.

Les voix se rapprochaient.

Elle redescendit le chemin à toute allure, croisant des chiens puis un groupe de chasseurs auxquels, encore sous le coup de la colère, elle ne rendit pas leur salut.

L'ŒIL DU PEINTRE

56

Sixtine, qui avait décidé de parler à Lali, changea d'avis en apercevant les voitures de journalistes garées devant son chalet. Sam aboyait. Elle récupéra la Land Rover et descendit en ville. Il fallait qu'elle voie Federico.

Quelques minutes plus tard, elle se présentait à la réception de l'*Hôtel du Clocher*.

— Bonjour, je suis Sixtine Dangeli, je...

Elle n'eut pas le temps de finir sa phrase. La réceptionniste, une robuste blonde, avait relevé la tête, les yeux écarquillés.

— Vous êtes la petite-fille de ce pauvre homme tué par un SS. Quelle histoire ! Tout le monde en parle, vous savez.

— Croyez bien que ça ne me réjouit pas, grommela Sixtine.

La jeune fille rougit.

— Est-ce que M. Valente est là ?

— L'historien ? Non, il est parti.

— Vous voulez dire sorti ?

— Non, il est passé récupérer son bagage. Un homme courtois... et beau. Très beau, n'est-ce pas ?

Voyant l'expression de Sixtine, la femme enchaîna :

— Il m'a dit qu'il allait louer quelque chose pour rester plus longtemps à Chamonix.

— Il a donné le nom d'une agence immobilière ?

— Non.

Sixtine allait sortir quand la réceptionniste contourna le comptoir et la rattrapa.

— Est-ce qu'on pourrait faire un selfie, vous et moi ? Vous comprenez, si je raconte ça à mon copain, il me croira pas…

— Non.

Et la cristallière sortit, laissant la femme dépitée.

Elle démarra en trombe, mais n'alla pas très loin : la moto était stationnée le long du trottoir devant l'agence Roche. Elle se gara et attendit, hésitante.

Elle tergiversait encore quand Valente sortit avec la patronne de l'agence. Ils montèrent en voiture et démarrèrent. Sans vraiment réfléchir, Sixtine mit son clignotant, déboîta et les suivit.

Valente et Mme Roche enchaînèrent trois visites, trois maisons modernes dans des lotissements, puis s'arrêtèrent devant un chalet que Sixtine connaissait, le bien nommé Chalet des Merveilles. Un raccard, ces anciens greniers à blé transformés en habitations, cerné d'un minuscule et charmant jardin fermé par une barrière de bois blanc. Le balcon et l'escalier menant au premier, débordant de géraniums en fleur, la forêt tout autour et le bruit d'une rivière pas très loin.

Un vieux peintre, grand ami de leur famille, avait vécu là. Un peintre naïf dont une dizaine de tableaux, tous des « portraits paysages » à la manière du Douanier Rousseau, ornaient les murs de la chambre de Lali.

Quelques instants plus tard, Valente et la femme repartaient vers Chamonix. Ils passèrent un moment à l'agence puis l'historien ressortit, serra la main de Mme Roche et monta sur sa Transalp.

Sixtine regarda la moto s'éloigner.

Elle pensait au peintre du Chalet des Merveilles, qui s'appelait Jean Rousseau, comme le Douanier Rousseau dont il affirmait être le fils spirituel. Elle se rappela combien, enfant, ses tableaux la touchaient. Elle se souvint de l'un d'eux, qu'elle n'avait jamais revu depuis, représentant Bartolomeo et Jean-Lou, le glacier derrière eux.

Elle arrivait devant *La Fluorite rose*, sur la porte de laquelle était accrochée la pancarte « Fermé pour cause d'inventaire ».

Elle se gara, fit le tour de la bâtisse, sortit sa clef et entra par la porte de derrière.

— C'est moi ! claironna-t-elle.

— Je suis là, répondit la voix calme de sa grand-mère qui nettoyait des cristaux dans la cuisine. J'espérais bien que tu me rejoindrais. Tu as préparé les commandes ?

Sixtine l'embrassa sur le front.

— J'ai commencé les améthystes ce matin, je pourrai livrer la totalité des pierres dans trois jours.

— On sera en retard mais, avec tout ce qui arrive, les clients comprendront.

— Il faut qu'on parle, Lali.

Sa grand-mère rangea les cristaux puis scruta le visage de sa petite-fille.

— T'as les yeux cernés, toi ! Tout ça nous remue trop.

Elle se leva.

— On se fait un café ?

Un moment plus tard, assises de part et d'autre de la table en Formica, Lali écouta avec attention le récit de sa petite-fille.

— On a avancé, conclut celle-ci. Mais, quand j'y repense, si ces chasseurs ne nous avaient pas interrompus…

Sixtine vida un reste de café froid dans l'évier puis revint s'asseoir.

— J'ai besoin de ton aide, Lali, je n'arrive plus à réfléchir. Essaie de te souvenir qui, en 1965, tournait autour de vous deux ?

— Tu crois que je connais l'assassin ?

— Nous le connaissons tous, j'en suis sûre. C'est terrifiant d'y penser, mais fais un effort.

— Jean-Lou, bien sûr, commença Lali. Il était si seul, si malheureux, il venait souvent dîner chez nous.

— Qui fréquentait-il à l'époque ?

— Des petits marlous d'Albertville, quoique non, a priori, il avait cessé… Il y avait bien quelques gars d'ici comme le fils Mugnier, avec qui il se soûlait ou courait les filles. Il faut que tu te rappelles qu'il n'avait que dix-huit ans quand Baté est mort, et que ton grand-père en avait trente.

— Tu as raison. J'avais pas réfléchi à ça. Baté était donc comme un père ou un grand frère pour lui. Jean-Lou n'avait plus de famille ?

— Ses parents et sa petite sœur sont morts dans un accident de voiture. C'est son oncle qui l'a élevé. Un dur, l'oncle Beuchat, et le gamin s'en est pris, des coups, crois-moi !

— Je l'ai connu, cet oncle ?

— Non. Quand il est parti s'installer à Sallanches, tu n'étais pas née. Il s'est marié, a eu un fils sur le tard, du nom de Yode. Aujourd'hui, il n'y a plus que Yode de vivant. Il vit à Albertville quand il traîne pas à Chamonix.

— Je ne me souviens pas de l'avoir rencontré.

— Il n'est pas vraiment fréquentable. Il bricole par-ci par-là, emprunte de l'argent à Jean-Lou, qui ne l'aime pas, vient larmoyer auprès de Guy. Il est receleur et fait de la vente au cul du camion. L'autre jour, il avait de superbes montres suisses.

Sixtine hocha la tête.

— Je vois. Guy, parle-moi de Guy.

— Tu ne crois quand même pas qu'il aurait tué Baté ? rétorqua Lali.

— Ils étaient rivaux, non ? Et il était ton prétendant bien avant Baté.

— Oui, je l'aurais sans doute épousé si un bel Italien

n'avait débarqué à Chamonix. Mais en 1965, quand Baté est parti avec Colonna, j'étais mariée, j'avais Antoine. Et il y a longtemps que Guy avait fait son deuil de notre relation.

— Il ne l'a jamais fait, son deuil. Il n'y a qu'à le voir tourner autour de toi.

— Je ne l'imagine pas en assassin, d'autant que Baté et lui étaient devenus amis, vraiment amis ! À l'époque, on fréquentait presque tous les guides et les cristalliers : François, Jean, Braise… Tu sais, la vie à Chamonix était très… « vivante » !

Elle fit une pause puis reprit, songeuse :

— La plupart sont morts en montagne. Quelques-uns sont partis à l'étranger. Braise vit au pied des Rocheuses dans le Wyoming. Non, je ne vois vraiment pas qui aurait pu tuer Baté de sang-froid.

— Ce n'est peut-être pas de sang-froid, Lali. On ne sait pas ce qui s'est passé. Mais peut-être faut-il penser différemment. Imagine de l'or et des pierres précieuses, des tas d'or et de pierres précieuses. Il y en a qui ont tué pour moins que ça ! Baté s'engage à conduire Giacomo Colonna là-haut. Il en parle à Jean-Lou pour qu'on sache où les chercher en cas d'accident. Jean-Lou a dix-huit ans, il parle à un copain. C'est celui-là qu'il faut qu'on trouve.

— Franchement, je ne vois pas, fit Lali.

Sixtine soupira.

— Federico a passé la nuit au chalet ? demanda Lali en prenant une citrine sur le plateau à côté d'elle.

— Te fais pas de film ! grommela Sixtine. On a parlé de l'avion et de l'*Orphanus*.

Et elle raconta leur conversation.

— Giacomo, un frère dominicain et fils de prince italien, répéta Lali, sidérée.

Le téléphone de Sixtine vibra.

« *Bonjour Sixtine, je viens de louer un chalet, puis-je*

t'inviter à partager la pasta *ce soir ? Nous pendrons la crémaillère.* »

Suivaient les coordonnées GPS du Chalet des Merveilles.

— C'est Valente ? devina Lali. Tu te méfies toujours de lui ?

— Non. C'est toi qui avais raison, fit-elle en pianotant une réponse rapide.

— Comme d'habitude !

Elle releva les yeux, sa grand-mère lui souriait, complice.

— Il a loué le chalet de Jean Rousseau, promenade du Bois-Prin.

— Jean, nous l'adorions, ton père surtout, qui passait son temps libre chez lui. Un drôle d'homme. On le disait savoyard par sa mère mais je ne sais pas si c'était vrai ; il n'en a jamais parlé. C'était un excellent alpiniste. Baté me disait qu'il le rencontrait dans les endroits les plus invraisemblables, à dessiner sur des corniches, au bord des abîmes, sur le glacier. C'était un talent singulier. Antoine, ton père, disait, et il avait raison, que M. Rousseau peignait ses rêves.

— Justement, je me rappelle le portrait qu'il avait fait de Baté et de Jean-Lou, je ne l'ai pas vu au chalet.

Le visage de sa grand-mère s'était rembruni.

— Il est ici. Jean l'a peint en mai ou juin 1965, juste avant la disparition de Baté.

Elle se dirigea vers la commode du couloir, en retira un petit tableau enveloppé de papier de soie de sous une pile de pulls et de chemises qui avaient appartenu à Bartolomeo.

— Je croyais que tu aimais ce tableau !...

— Beaucoup. (Le ton de sa voix était d'une infinie mélancolie.) Comment t'expliquer ? J'ai des photos de Bartolomeo, de bonnes photos, mais aucune ne me fait l'effet de ce tableau-là. Son regard, il est là tout entier et… c'est insupportable.

Les larmes lui montèrent aux yeux et Lali retourna dans la boutique. Sixtine déplia le papier de soie avec précaution et comprit aussitôt ce que voulait dire sa grand-mère.

C'était un petit tableau, quasi une miniature entourée d'un mince cadre en bois clair, mais il vous sautait aux yeux.

Elle n'aurait su dire si cela provenait des couleurs, de la composition, de la présence des sujets. Cernées par la forêt, les silhouettes de Bartolomeo et de Jean-Lou se découpaient sur une prairie fleurie, traitée comme un tapis d'étoiles. Derrière eux s'étirait le glacier des Bossons. Dans le ciel d'un bleu vif flottait un soleil trop grand, trop jaune, et pourtant si réel. Aux pieds des deux hommes et dans leurs paumes tendues, d'énormes cristaux translucides dont les contours se dissolvaient en brume légère.

Jean-Lou si jeune, Baté tel qu'elle l'avait vu dans son rêve.

Un détail attira son attention : sur le glacier, le peintre avait dessiné un avion posé tel un rapace aux ailes déployées : le *Malabar Princess*… Le trait était précis, on reconnaissait la silhouette du Lockeed Constellation. Ce vol 245 d'Air India qui s'était écrasé sur le glacier le 3 novembre 1950.

— Je peux te l'emprunter ? fit-elle en le glissant dans son sac.

— Il est à toi, ma chérie.

LE CHALET DES MERVEILLES

57

Ce soir-là, il y avait réception au Bellevue, la demeure des Mugnier, quartier des Moussoux. Un incroyable chalet bâti en 1924, au moment des jeux Olympiques, avec un immense terrain arboré de 5 000 m^2. Louise, la femme du maire, avait invité la plupart des notables de Chamonix, presque tous membres du conseil municipal, et aussi quelques personnalités incontournables de la vie chamoniarde.

Son mari, Mermet, voulait calmer les esprits échauffés et, en homme pragmatique, préférait le faire au cours d'un dîner et avec l'aide non négligeable de grands crus. Il savait que ce serait cent fois plus efficace qu'une réunion officielle dans un quelconque bureau de l'hôtel de ville.

Le maire, qui était rentré de bonne heure, avait filé en cuisine pour inspecter l'alignement des desserts sur la grande console. Adeline, la nouvelle cuisinière embauchée par Louise avait fait l'école « Le Cordon Bleu » de Paris, et les parfums qui montaient des fourneaux semblaient justifier le salaire élevé qu'elle demandait. Mais Mermet n'avait pas faim.

Après une journée difficile à la mairie, il alla, comme souvent, s'enfermer à clef dans son bureau pour déguster son Highland Park, un single malt découvert lors d'un voyage au nord de l'Écosse, dans l'archipel des Orcades.

Il s'enfonça dans son fauteuil de cuir, buvant son dix-sept ans d'âge dans son verre de cristal tout en observant ses poissons combattants dans leurs aquariums. Il ne savait ce qu'il préférait de leur élégance ou de leur agressivité légendaire. Mais le réconfort espéré ne venait pas. Il se sentait lourd et vieux, ce qui lui arrivait de plus en plus souvent.

On frappa.

— Mermet, tu es là ? Que fais-tu ? demande la voix de sa femme. Il faut aller te changer. Les invités ne vont pas tarder. Tout est prêt sur le lit dans ta chambre.

Sa chambre... Mermet grommela. Il était sûr que c'était à cause de cela qu'à soixante-seize ans il se sentait si âgé. Depuis la naissance de leur fils – et Martin allait avoir trente-sept ans –, ils faisaient chambre à part et cela lui laissait un goût amer. Bien sûr, il avait eu des maîtresses, toutes blondes et minces, comme Louise... Il avait aimé Louise ou plutôt il avait eu dans la peau cette ambitieuse vendeuse en parfumerie de quinze ans sa cadette, rencontrée et épousée à Annecy. Une beauté diaphane aux yeux mi-clos, si sophistiquée qu'on l'imaginait davantage devant les vitrines des Champs-Élysées qu'arpentant la rue Joseph-Vallot où celle du Docteur-Paccard.

— J'arrive, j'arrive !

Il jeta un œil vers son miroir, scrutant l'étranger qui lui faisait face. Comment se reconnaître dans ce visage empâté, ridé, dans ces cheveux gris, ce ventre proéminent ? Il sortit, refermant à clef.

— Toujours peur des cambrioleurs ? demanda la voix moqueuse de Martin.

Les deux hommes s'étreignirent.

— Comment va mon fils unique et préféré ?

— Bien.

— Tu as invité la petite Dangeli à dîner, comme je te l'ai demandé ?

— Écoute, les repas mondains, c'est pas son truc. Et puis, nous deux, c'est fini. Je t'ai obéi, je l'ai même accompagnée sur le glacier des Bossons, mais je comprends pas ce que tu lui veux. Elle reviendra pas. Elle me supporte tout juste.

— C'est à cause de Stéphanie qu'elle a rompue ?

Le visage de Martin s'assombrit davantage encore. Son père avait le chic pour lui rappeler des souvenirs désagréables. Ses beuveries, la drogue, la liste de ses anciennes conquêtes, et puis, le pire, Stéphanie, qui s'était suicidée quand il l'avait quittée…

— Je sais que, sans toi, je serais en prison… Mais non, Sixtine n'est pas au courant, et c'est pas moi qui lui raconterai.

Voyant l'expression maussade de son fils, Mermet reprit, plus doucement :

— Fais pas cette tête. Et raconte-moi, qu'est-ce que vous avez fait là-haut ?

— On est allés chercher un cadavre qu'on a rapporté aux flics. Le genre tailladé, noirci, comme j'aime.

— Qui vous a conduits jusqu'aux Bossons ?

— Beuchat, et il a passé son temps à me faire comprendre qu'il aimait pas les Mugnier, mais alors pas du tout. Il a la haine. Tu lui as fait quoi à ce gars-là ?

— Tu veux vraiment savoir ? Il avait le béguin pour ta mère et c'est moi qui l'ai eue.

Une moue dubitative sur le visage, Martin désigna l'escalier.

— Je vois pas Beuchat avec Louise. D'ailleurs, elle t'attend, et tu sais qu'elle n'est pas patiente.

Mermet monta les marches puis se ravisa.

— Faut que je te parle, Martin. On se verra quand les autres seront repartis.

58

Sixtine allait démarrer quand un inconnu déboucha du sentier et la héla :

— Attends, attends ! s'écria-t-il.

Vêtu d'une chemise à carreaux, le visage couleur brique de quelqu'un qui boit trop, il était jeune, trapu et ses traits lui rappelaient quelqu'un.

Sixtine baissa sa vitre.

— Tu veux quoi ?

— C'est vrai qu'on se connaît pas. Je suis Yode… le neveu de Jean-Lou. Personne peut me dire où il est et le chalet est bouclé.

— J'en sais pas plus que les autres.

— Pourtant, on m'a dit que t'avais grimpé avec lui.

— Alors, « on » t'a expliqué aussi que je l'avais pas revu depuis.

— Je sais pas si on t'a dit, j'suis comme qui dirait « antiquaire ». Je revends des trucs. Et là, j'ai des clients pour des morceaux de carlingue d'avion. Faut que je le trouve.

Sixtine faillit sourire à ce titre ronflant d'antiquaire.

— Je ne peux pas t'en dire plus.

Elle regarda sa montre.

— Je dois y aller.

Yode s'obstina :

— Je crèche chez Charlier.

— Au *Soleil* ?

Un bar qu'elle avait fréquenté il y a longtemps, avec d'autres guides.

— Je m'inquiète pour le vieux, ajouta Yode. J'ai plus que lui, tu sais. Tu me promets, tu me diras si tu le vois ?

Elle hocha la tête et démarra, songeant que, décidément, le personnage était déplaisant, encore plus quand il voulait singer une affection qu'il n'éprouvait pas. Il s'écarta pour la laisser passer. Sa silhouette rétrécit dans le rétro.

Elle se gara cinq minutes plus tard promenade du Bois-Prin, devant le Chalet des Merveilles, et resta un moment à réfléchir. Federico sortit sur le seuil et lui fit signe.

Il était vêtu d'un pantalon en velours beige et d'un col roulé noir, des mocassins de cuir aux pieds. Elle songea qu'il y avait au moins un point sur lequel elle était d'accord avec la réceptionniste de l'*Hôtel du Clocher* : Federico était beau, vraiment beau.

Elle soupira, attrapa le tableau et une bouteille calés sur le siège passager et le rejoignit.

— Tiens, c'est pour toi ! La cuvée Améthyste, du domaine des Ardoisières. Une cuvée spéciale gemmologue, collection privée de Lali !

— Ta grand-mère est une femme de goût, répondit l'historien en détaillant l'étiquette. Elle va bien ?

— Le mieux possible.

— Comment trouves-tu mon chalet ?

— Sais-tu qu'autrefois, il portait le nom de Chalet des Merveilles, donné par le peintre qui y habitait ?

— Un nom qui lui va bien. J'ignorais que tu le connaissais.

— Jean Rousseau, son propriétaire, était un ami.

— Je comprends mieux pourquoi les murs sont couverts de tableaux du sol au plafond.

— Tu me fais visiter ?

À l'intérieur, Sixtine retrouva l'atmosphère chaleureuse de son enfance. Le temps s'était arrêté. La maison avait été louée meublée, rien n'avait bougé. Il y avait toujours la crédence avec la vieille cafetière en émail vert dont se servait le peintre, le coffre de mariage avec son cœur sculpté, l'horloge comtoise, la table en noyer avec ses chaises.

Elle en oublia la présence de Federico. Au bout d'un moment, il lui dit :

— Les tableaux dont je te parlais sont dans la chambre que j'ai choisie, viens.

Ils montèrent l'escalier à vis, il poussa la porte, se mit de côté pour la laisser passer et elle resta saisie.

Il n'y avait pas d'autre meuble qu'un lit simple et on avait l'impression qu'il flottait au milieu d'un paysage de tableaux serrés les uns aux autres, du sol jusqu'au plafond.

— Je te laisse, fit Federico, j'ai à faire.

Elle était si fascinée qu'elle en oublia de le remercier. Il y avait plusieurs vues de la Mer de Glace, le glacier des Bossons, le Tré-la-Tête, mais aussi quelques refuges ou hôtels mythiques, le refuge du Goûter, celui des Cosmiques, l'*Hôtel des Alpes*, le *Chamonix Palace*... Mais surtout des portraits, des dizaines de portraits de montagnards et de femmes parmi lesquels elle reconnut Lali, magnifique, solaire.

Sans trop savoir ce qu'elle cherchait, elle examina les tableaux un à un, et finit par s'agenouiller pour contempler ceux fixés juste au-dessus de la plinthe.

Elle découvrit bientôt celui de Jean-Lou, posant devant le glacier des Bossons. Elle sortit le tableau de son sac. Quand Federico remonta, il la trouva fixant les deux peintures posées sur le lit.

— Regarde, fit-elle. Le premier qui appartient à Lali remonte à mai ou juin 1965, peu de temps avant le départ de l'expédition organisée par Giacomo Colonna. Bartolomeo et Jean-Lou, qui n'a que dix-huit ans à l'époque.

Elle désigna l'autre tableau.

— Celui-là est daté... (elle retourna la petite toile)... de janvier 1966.

— Un an plus tard.

— Jean-Lou est seul, dit la cristallière, mais le paysage, bien que regardé du même point de vue, n'est plus le même.

— Il est tragique. Le ciel est d'un bleu crépusculaire. Une lune livide a remplacé le jaune éclatant du soleil. Les cristaux ont disparu. Plus de fleurs sur la prairie.

— Et regarde sur le glacier, le *Malabar Princess* a été remplacé par un autre avion qui sombre comme un navire en perdition. Quelle toile étrange…

— Ce Rousseau était un grand peintre. Tu permets ? demanda le gemmologue. C'est le Savoia-Marchetti et tu as raison, il coule.

— Tu penses la même chose que moi ? Jean Rousseau a été témoin d'un événement.

L'Italien regarda autour de lui.

— Tu as regardé les autres ?

Il observait les toiles d'un œil différent.

— Je n'ai rien vu de plus, mais il faudrait peut-être les examiner une à une.

— Pour l'instant, descendons. C'est prêt, et tu dois avoir faim.

— Oui, avoua Sixtine, hormis un café avec Lali, je n'ai rien avalé. Je t'emprunte celle-ci, ajouta-t-elle en rangeant les deux toiles dans sa sacoche.

Les bûches craquaient dans la cheminée, et de hautes flammes claires illuminaient la salle. Federico mit des carafes de vin et d'eau sur la table, puis retourna en cuisine.

Sixtine ôta son anorak.

— Sers-nous un peu de vin, demanda l'Italien depuis la cuisine, ce sera notre apéritif. Tu aimes la truffe ?

— J'adore, répondit-elle en remplissant les verres et en lui portant le sien.

La cuisine non plus n'avait pas changé. Devant Federico, les pâtes cuisaient dans un énorme fait-tout et cela sentait terriblement bon. Ils trinquèrent.

— Au Chalet des Merveilles et à Jean Rousseau !

— Au Chalet et à Jean ! répéta Sixtine.

— Va t'asseoir, j'arrive.

Il la rejoignit bientôt avec un énorme plat.

— *Lingue di passero*[1] à la truffe, annonça-t-il.

— Je lève mon verre à tes talents de cuisinier.

Après la *pasta* et une tarte aux pommes, ils s'installèrent près du feu. Sixtine s'assit en tailleur sur le tapis. Federico déboucha une autre bouteille et l'imita. Il était silencieux, le visage détendu, le regard rêveur.

— Je n'ai jamais connu ça, fit-il soudain.

— Que veux-tu dire ?

— Juste que j'ai passé ma vie à étudier… Cela doit te paraître étrange, à mon âge, ce genre de confession. Mais jamais je n'ai bu un verre de vin devant une cheminée avec une jolie femme.

Leurs visages étaient proches. Sixtine eut envie de se pencher, d'effleurer ses lèvres mais, comme s'il avait deviné cet élan, ou bien l'avait lui-même ressenti, l'Italien se raidit avec dans le regard quelque chose qu'elle ne réussit pas à cerner.

Ils restèrent un moment silencieux et embarrassés. Le visage de Federico s'assombrit. Sixtine se demanda s'il était marié, mais se retint de poser la question. Un drôle d'homme, qu'elle préférait là-haut plutôt que dans la vallée.

Elle se détourna pour regarder la lumière qui baissait, partagée entre un sentiment de regret qui lui laissait un goût amer et l'impression de se conduire comme une idiote.

— Que dirais-tu de grimper maintenant ? fit-elle soudain. Je connais un endroit où nous pourrions attendre le lever du jour.

Elle était persuadée qu'il allait refuser. Au lieu de quoi, comme soulagé, il alla chercher son sac à dos, attrapa sa Thermos qu'il remplit de café chaud, rajouta un duvet et un réchaud avant de la regarder droit dans les yeux :

— *Sono pronto, andiamo*[2].

1. Langues de moineaux.

2. « Je suis prêt, allons-y. »

LE VISITEUR DE LA NUIT

59

Chez les Mugnier, les invités faisaient leurs adieux.

Le dîner avait été un succès, les notables discutaient sur le pas de la porte, les femmes se promettaient de se revoir très vite. On complimentait une nouvelle fois les époux pour leur cuisinière et la qualité de leurs vins.

Louise, toujours parfaite, souriait à tous, en donnant à chacun le sentiment d'être unique. Le maire était plus silencieux. Son regard passait des visages empourprés de son directeur de cabinet, du notaire et des commerçants, à celui, souriant et charmeur, de son fils. Sur ce point, Martin et Louise se ressemblaient. Sur ce point seulement, car son fils était un faible, alors que Louise…

Il raccompagna le premier adjoint et son épouse. Les feux des dernières voitures s'éloignèrent. Il n'y eut bientôt plus que la clarté de la lune qui éclairait les cimes neigeuses.

Il se tourna vers le chalet et se revit enfant, lorgnant cette maison-là, imaginant une vie bien loin de celle dont rêvaient les autres. Il voulait vivre dans le quartier des Moussoux, avoir une belle femme, des enfants, de l'argent, mais surtout il voulait qu'on lui donne du « Monsieur » à lui, le fils de paumés.

Il avait toujours été ambitieux et, avec Louise, il avait trouvé la compagne idéale. Il avait réussi, et pourtant, alors qu'il revenait à pas lents vers sa maison, Mermet regrettait sa jeunesse. Il ne savait pas ce qui lui manquait le plus, de l'alpinisme, de la solitude, de sa force enfuie, ou de ses rêves... Mais ce qu'il ressentait était aussi amer que la bile qui lui remontait dans la gorge.

— Je te trouve bien soucieux, Mermet, fit la voix de Louise. D'ailleurs, tu n'étais pas très gai, ce soir.

Des reproches, encore des reproches. Il avait failli à son devoir, lui laissant remplir seule son rôle d'hôtesse. Il admira froidement sa beauté, la coupe parfaite et le tombé soyeux de sa longue robe de velours vert.

— Tu étais là, heureusement, répliqua-t-il.

Si elle sentit l'ironie de sa remarque, elle ne le montra pas.

— Je monte, tu me rejoins, mon ami ?

C'était la formule consacrée pour dire que, cette nuit, il était accepté dans la chambre maritale. Qu'il allait enfin pouvoir la toucher et, peut-être même, lui faire l'amour.

— Où est Martin ? demanda Mermet.

— Au téléphone, et il en a pour un moment, il rompt avec cette sotte de Mélanie. Tu le verras demain, il passe la nuit ici.

Louise savait toujours tout des amours tumultueuses de son fils.

— Vas-y, je te rejoins, fit Mermet, qui la regarda grimper l'escalier, cherchant en vain la petite vendeuse dans la froide créature qui gravissait les marches.

Quand il entra dans la chambre un quart d'heure plus tard, elle était assise dans son lit, vêtue d'un déshabillé, ses boucles blondes lâchées sur ses épaules nues. Il la contempla et se demanda une fois de plus comment elle faisait pour résister aux années qui passaient. Elle avait bien quelques rides et teintait ses cheveux blancs, mais elle paraissait avoir à peine cinquante ans, alors que lui...

L'amertume s'accentua.

— Tu ne t'es pas changé ? fit-elle en fronçant les sourcils.

— Pas eu le temps.

Elle tapota le lit à côté d'elle.

— Dis-moi ce qui ne va pas, Mermet. Je t'observe et, depuis quelque temps, tu n'es plus le même.

— Les municipales approchent, tu le sais.

Elle haussa les épaules. Le moindre de ses gestes était gracieux et ce qui, pendant des années, l'avait charmé, l'agaça. Elle était si parfaite. Et pour la énième fois, il s'avoua qu'il ne la supportait plus.

Lui qui avait été si fier de s'afficher avec elle, maintenant sa beauté le faisait se sentir plus laid et vieux qu'il n'était.

— Mais tu es sûr de remporter les élections et haut la main ! protesta-t-elle. Il y a autre chose. Que me caches-tu ?

— Rien, je te dis.

— Une femme ? Si c'est ça, tu sais ce que je te répondrai.

— Je sais.

Elle s'était assurée que financièrement il soit pieds et poings liés, lui répétant que par ailleurs, il était libre de satisfaire ses « besoins » avec qui et où il voulait. Et dans sa bouche aux lèvres peintes de rouge Guerlain, ce terme de « besoins » prenait une connotation scatologique qui le mettait en rage.

Le regard de Louise s'était durci.

— Tu as peut-être raison, reprit-il, faisant un effort sur lui-même, je suis fatigué et, en plus, j'ai un travail à finir. Allez, dors.

Il se pencha pour l'embrasser sur le front mais elle esquiva en saisissant un journal féminin sur sa table de chevet.

Il sortit et, une fois sur le palier, songea que, le lendemain, elle lui ferait payer cet affront.

Une fois en bas, il entendit des éclats de voix et s'arrêta devant la porte fermée du salon.

— Non, c'est fini ! s'exclamait Martin. Comment faut te le dire ?

Qui était cette Mélanie ? Mermet n'en avait aucune idée, une de plus, une de moins. Bientôt une nouvelle la remplacerait, avec qui il romprait aussi. Il soupira, regagna son bureau et s'y enferma, se laissant tomber dans son fauteuil préféré. Les poissons combattants se heurtaient contre la vitre de séparation, se défiaient. De temps à autre, ils les faisaient combattre, en mettant l'un d'eux dans l'aquarium de l'autre.

Cela ne durait jamais longtemps.

Mermet commençait à se détendre quand il aperçut une ombre qui traversait l'allée. Et ce n'était pas la cuisinière avec ses grandes jupes. Il ouvrit la porte-fenêtre, fouilla le parc du regard, observant l'alignement des sapins, les bosquets de rosiers, le bassin avec sa statue.

Rien.

Il avait dû rêver.

Il rentra et se servit un whisky qu'il sirota debout, en regardant les journaux étalés sur son bureau. L'affaire Dangeli. On ne parlait que de ça. Bartolomeo, Lali, la petite Sixtine…

Il allait se rasseoir. Au lieu de quoi, il resta figé, le cœur cognant si fort qu'il avait l'impression qu'il allait jaillir de sa poitrine.

Un homme le fixait, visage et paumes collés à la vitre.

L'ARBRE SUR LE TOIT DU MONDE

60

Laissant la Transalp sur le parking du téléphérique du Brévent, Sixtine et Federico, leurs sacs sur le dos, les frontales allumées, suivaient le sentier qui montait à travers les mélèzes et les épicéas. Un sentier à flanc de montagne qu'aujourd'hui plus grand monde n'empruntait, et encore moins la nuit. La faute aux téléphériques qui conduisaient les marcheurs à Planpraz en quelques minutes avant de les faire accéder sans effort tout en haut, au sommet du Brévent.

Et pourtant Sixtine ne connaissait rien de plus intense que ces nuits solitaires passées au sommet du monde après l'effort régulier de la montée.

Le chemin sinuait, étroit, bordé de fleurs sauvages. Dans l'air flottait le parfum puissant des résineux. Elle se retourna pour s'assurer que Federico suivait de son pas régulier et repartit, se demandant ce que cet homme qui lui plaisait trop cachait. Était-ce banalement une famille qui se dressait entre eux et paralysait une attirance qu'elle savait réciproque ? Une épouse ?... Elle en doutait, sans bien savoir pourquoi. Mais Federico n'avait pas l'air ni les manières d'un homme marié, et pourtant il était évident qu'il n'était pas libre. Sixtine aurait voulu prendre tout cela à la légère mais en était incapable. Pourquoi, alors qu'elle le connaissait si peu, lui inspirait-il de si graves sentiments ? Ne serait-elle donc jamais capable de légèreté ? Avec lui, visiblement, moins que jamais.

L'appel d'un oiseau nocturne, dont elle entendit le froissement d'ailes au-dessus de sa tête, la ramena à la réalité.

Ils enjambèrent un éboulement rocheux. Ils marchaient bien, leurs pas accordés au même rythme.

De loin en loin, la ville endormie leur apparaissait et la vibration de ses centaines de fenêtres éclairées et des lampadaires dans les rues ressemblait à celles des étoiles dans le ciel.

Ils avaient cheminé près de quatre heures quand la jeune femme s'arrêta, montrant à son compagnon, par une percée entre les frondaisons, la clarté pâle du glacier des Bossons.

— Nous sommes bientôt arrivés. Suis-moi. Par là.

Elle quitta le sentier, éclairant le sol de sa lampe frontale. Ils n'allèrent pas bien loin. Une minuscule clairière, comme un balcon baigné de lune, s'ouvrait devant eux. Un balcon cerné de rhododendrons, ombré par un mélèze centenaire dont les aiguilles prenaient déjà la teinte rousse de l'automne.

— Quand j'étais ado, je venais souvent dormir ici. Tu sais, j'envie souvent les montagnards qui ont connu Chamonix sans téléphériques, sans routes, tunnels, lotissements, sans tous ces panneaux indicateurs qui vous disent où aller.

Elle posa son sac au pied de l'arbre. Federico l'imita puis se tourna vers elle.

— Merci de me faire confiance, Sixtine.

Sa voix était douce. Elle ne répondit pas. Ils se regardèrent, incapables de dénouer leurs regards, puis Federico la prit dans ses bras et la serra si fort qu'elle en eut mal, mais se garda de bouger.

Le cœur de Sixtine cognait, de surprise autant que d'émotion. Elle avait eu envie de cette étreinte dès l'instant où l'Italien l'avait regardée, mais avait été totalement prise au dépourvu par la brusquerie de son geste, sa maladresse mêlée de ferveur. Tout chez Federico trahissait un intense combat intérieur.

Soudain il embrassa son front, ses joues puis sa bouche. Sixtine voulut lui rendre son baiser, entrouvrit ses lèvres mais il la relâcha aussi brusquement qu'il l'avait enlacée.

Elle frissonna. Elle ne pouvait distinguer son visage mais sa voix était altérée quand il demanda :

— Tu as froid ?

— Ça va…

— Prends la Thermos dans mon sac, il y a du café dedans. Je vais m'occuper du couchage.

Et avant qu'elle ait pu répondre, il s'était enfoncé dans les taillis. Il revint au bout d'un moment, les bras chargés de branchages, et ils burent leurs cafés brûlants, essayant de réchauffer leurs doigts gelés au contact des timbales. En habitué des bivouacs, il leur prépara un épais matelas de branches, de mousses et de feuilles.

— Passe-moi ton duvet.

Il le posa sur les branches, puis ouvrit la fermeture Éclair.

— Viens t'allonger et, si tu veux, je te donne une polaire.

Elle ôta ses chaussures.

— Non, non, ça ira, fit-elle en se glissant tout habillée dans son couchage.

Il referma doucement la fermeture, effleura son visage. Puis il s'installa tout près d'elle.

Une fois allongé dans son duvet, il attrapa sa main qu'il garda dans la sienne.

Sixtine se rendit alors compte qu'elle se retenait de respirer, craignant de rompre le charme. Elle se faisait l'impression d'être une gamine amoureuse. Qu'ils étaient tous deux des enfants reliés par cet amour unique et d'une force, d'un sérieux auxquels les adultes n'avaient jamais rien compris.

Le temps s'écoula. Seule la lune les éclairait. Sixtine lutta pour rester éveillée mais sombra finalement dans un profond sommeil.

Alors Federico caressa avec une infinie douceur ses cheveux, ses sourcils, ses lèvres, puis la longue griffure sur sa joue…

61

C'est le froid qui réveilla Sixtine. Elle claquait des dents. L'Italien préparait le petit déjeuner sur son réchaud.

— Reste au chaud dans ton duvet, le café est bientôt prêt. Veux-tu du miel sur tes tartines ?

— Tu as pensé à tout.

— Lali m'avait dit que tu aimais le miel de sapin, alors j'en ai acheté…

Il sortit un petit pot de son sac.

— Je l'ai trouvé au refuge Payot.

Elle sourit et ils déjeunèrent côte à côte, en silence, regardant le soleil se lever et embraser les aiguilles et la cime du mont Blanc. Ils n'avaient pas fait l'amour, s'étaient à peine embrassés, et pourtant elle se sentait son amante.

— Je n'ai jamais été aussi heureux, murmura-t-il en regardant au loin.

— Mais ta voix est si triste.

Il ne dit rien. Elle crut percevoir un frisson qui traversait ses épaules.

— Que crains-tu ? Parle-moi.

Il se leva, jeta le reste de son café sur le sol.

— Pas maintenant. Donne-moi un peu de temps. Je promets de tout te dire.

Sixtine se leva à son tour et se glissa dans ses bras.

— Embrasse-moi.

SCÈNE DE CRIME

62

La capitaine du PGHM avait relancé le laboratoire d'analyses, débordé par les victimes d'une explosion au gaz dans un immeuble d'Albertville. Les résultats de l'autopsie du second cadavre n'étaient pas encore prêts. Normalement, ils tomberaient dans l'après-midi, ou le lendemain matin au plus tard, un délai qui agaça l'officier.

Anselme achevait de rédiger son rapport sur le sauvetage que son unité venait d'effectuer. Une cordée dont l'un des alpinistes, après une mauvaise chute dans une crevasse côté mont Blanc de Courmayeur, avait été pris du « mal aigu des montagnes » et délirait. Une opération rendue difficile par une météo capricieuse et des bourrasques trop violentes pour l'hélico.

On frappa à la porte. C'était le lieutenant Fleury.

— Désolé de vous déranger, mon capitaine, fit-il en saluant sa chef. Mais je viens d'avoir l'adjudant Delerue de la section de recherche.

— Que se passe-t-il encore ? fit-elle en levant la tête de son écran.

— Le maire… (Il avala sa salive.) Le maire a été assassiné, mon capitaine, et l'assassin est en fuite. Ils demandent notre aide et aussi l'hélico de la SAG.

Anselme resta figée quelques secondes puis demanda :

— Ça s'est passé où ?

— Au domicile du maire.
— Duvallier est là-bas ?
— Oui.

La capitaine enfila sa veste de montagne, glissa son semi-automatique Glock dans son étui.

Dans le couloir, elle fit signe à une jeune recrue de se joindre à eux. Quelques minutes plus tard, la Nissan de service démarrait.

63

L'adjudant Xavier Delerue répéta sa question. Ils étaient dans le grand salon. Le capitaine Duvallier du SR se tenait debout derrière Martin Mugnier, assis, la tête dans les mains, sur le canapé.

Le capitaine fit signe à l'adjudant d'insister.

— Pouvez-vous me redire, monsieur Mugnier, comment ça s'est passé ? C'est vous qui avez trouvé le corps de votre père ?

Martin hocha la tête. Il était livide, pas rasé, l'air choqué.

— En fait, hier, mon… mon père a organisé un dîner et la plupart des membres du conseil municipal étaient là, ainsi que quelques notables. Quant à moi, j'avais décidé de dormir ici, comme souvent quand Louise, ma mère, organise des fêtes.

— Il me faudra la liste des invités. Continuez, je vous prie.

— Les gens ont dû partir vers une heure du matin. Moi, j'étais au salon pour répondre à un appel téléphonique. Louise m'a dit qu'elle était montée avec lui, puis mon père est redescendu.

— Et alors que vous étiez dans le salon, vous n'avez rien entendu ?

— À vrai dire non, j'avais une discussion plutôt… animée.

— Avec qui ?

Martin fit une grimace.

— Une amie, mais je ne peux pas donner son nom, elle… Enfin, vous comprenez, elle est mariée.

— Il le faudra pourtant. Continuez.

— Quand j'ai raccroché, j'ai éteint et je suis allé frapper à la porte du bureau sous laquelle filtrait de la lumière. Puis j'ai essayé d'ouvrir, mais c'était fermé.

— Et cela vous a paru normal ?

— Il fermait toujours à clef. C'était son antre. Personne n'avait le droit d'entrer, pas même nous.

— Qu'avez-vous fait ensuite ?

— Je suis allé me coucher.

— Vous avez dit qu'il était environ deux heures et qu'il n'y avait que vous et vos parents dans la maison ? Votre cuisinière dormait encore dans le mazot de l'autre côté du parc quand un OPJ est passé. Revenons à votre déclaration. À quelle heure êtes-vous descendu ?

— On a déjà dit tout ça.

— C'est la procédure, insista l'adjudant, le capitaine Duvallier a besoin de l'entendre de votre bouche.

Martin hocha la tête d'un air las.

— À quel moment avez-vous vu votre mère, ce matin ?

— Quand je vous ai appelé… Elle, elle descendait l'escalier. Vers six heures je suis allé frapper à la porte du bureau de mon père puis j'ai été côté jardin. La porte-fenêtre était entrouverte, la lampe de bureau allumée.

Il s'interrompit, la sueur perlait à son front, il croisait et décroisait nerveusement les doigts.

— Continuez, je vous prie.

— Il était près de la porte… Avec cette grimace de douleur… (Il se dressa brusquement.) On a fini ? Je me sens pas bien.

Le capitaine Duvallier qui, jusque-là, était resté silencieux, prit la parole :

— Bientôt, monsieur Mugnier. Dites-moi, pourquoi avoir pensé à un meurtre plutôt qu'à un accident ?

— Le sang sur le tapis…

— Vous avez dit vous être approché pour voir s'il était encore en vie, vous l'avez touché ?

— Oui.

— Était-il sur le ventre ou sur le dos ?

— Sur le dos.

— Ensuite vous nous avez téléphoné et votre mère vous a rejoint dans le bureau ?

— C'est ça.

— Il me semble que vous avez dit à l'adjudant qu'elle descendait l'escalier ?

Martin ne répondit pas.

— A-t-elle touché le corps ?

— Non.

— Ce sera tout pour l'instant. Je vous demanderai de rester dans la maison et de nous préparer la liste des invités à laquelle vous ajouterez le nom de la personne avec laquelle vous discutiez hier au soir.

Martin ouvrit la bouche pour protester, la referma et sortit. Le capitaine se tourna vers Delerue.

— Appelez-moi la cuisinière, adjudant.

— Bien, mon capitaine.

64

— Adeline Dubois, vingt-six ans, célibataire, née à Paris, répondit la cuisinière. Je suis diplômée de l'école des Cordons Bleus de Paris et j'ai commencé ici comme cuisinière, il y a un mois.

Blonde, petite, les joues rondes d'une enfant, le regard candide, Adeline Dubois ne semblait guère émue.

Elle répondait à l'adjudant comme si elle était à un entretien d'embauche, les mains bien à plat sur sa longue jupe plissée, son tablier plié posé à côté d'elle.

— Comment avez-vous trouvé cette place, mademoiselle ?

— Mme Louise Mugnier s'est adressée directement à l'école qui m'a recommandée auprès d'elle.

— Racontez-moi ce qui s'est passé après le départ des invités hier soir.

— J'ai rangé et nettoyé. J'aime l'odeur de la Javel et du vinaigre blanc. Il était deux heures et huit minutes quand j'ai fermé la cuisine.

— C'est précis.

— La cuisine, c'est précis, surtout la pâtisserie, dans laquelle j'excelle.

— Ensuite, vous avez traversé le hall ; avez-vous entendu ou vu quelque chose ?

— Que voulez-vous que je voie ? Par contre, j'entendais la voix de M. Martin au salon. Il criait.

— Que disait-il ?

— Qu'allez-vous penser ? Que j'écoute aux portes ?

— Que vous essayez de nous aider, mademoiselle, répondit l'adjudant.

— Il rompait avec sa maîtresse et elle n'était pas d'accord… Une femme mariée. Enfin, c'est ce que j'ai compris.

— Revenons à la nuit dernière, fit Xavier Delerue. Vous avez dû passer devant le bureau du maire.

— La porte était fermée mais il y avait de la lumière.

— Donc, vous rentrez vous coucher.

— Et je n'étais pas rassurée. J'ai l'habitude des rues de Paris, moi. Alors, le parc avec les arbres, le vent, les montagnes qui vous regardent. J'ai pris l'allée menant au mazot, elle passe à l'arrière de la maison. Et c'est là que je l'ai vu.

— Qu'avez-vous vu ?

Le gendarme échangea un bref coup d'œil avec son chef.

— L'homme collé à la vitre du bureau. Le maire lui a ouvert, la porte s'est refermée. Et j'ai couru jusque chez moi.

— Vous êtes sûre d'avoir reconnu le maire ?

— Ben oui, une lampe de bureau l'éclairait en plein.

— Et ce visiteur nocturne, vous pourriez le reconnaître ?

— Il était de dos. En tout cas, c'était pas un notable, il avait un anorak.

LA FIGURE DE L'ASSASSIN

65

Au même moment, il était onze heures, Federico béquillait la Transalp devant le chalet de Lali. Sixtine en descendit et tendit son casque, que l'Italien rangea avec le sien dans l'une des valises latérales.

— Les journalistes sont repartis, remarqua la cristallière. Tout est calme.

La porte du balcon s'ouvrit et Sam descendit les marches, bondissant aux pieds de l'Italien qui le caressa.

— Ah, vous voilà enfin ! s'écria Lali du haut du balcon.

Quelque chose dans la voix de sa grand-mère fit lever la tête à Sixtine.

— Ça suffit, Sam ! ordonna-t-elle sèchement.

Le grand chien retomba sur ses pattes et la regarda d'un air de reproche.

— Venez ! Mugnier a été assassiné cette nuit ! fit sa grand-mère, l'air bouleversé.

— Martin ? s'écria Sixtine en blêmissant.

— Non, son père, Mermet. Chez lui. C'est tout ce que je sais.

— Et comment sais-tu cela, toi qui n'as ni téléphone ni ordinatcur ?

— Guy est passé en coup de vent. Un ancien du SR l'a prévenu.

— Qui est ce Mermet Mugnier ? demanda Federico.

— Le père de Martin et le maire de Chamonix.

— Le maire, répéta l'historien, pensif. Un homme important, qui doit avoir des ennemis.

— On n'est pas à Chicago ! lança Lali. Et si… Et si tout était lié ?

— Que veux-tu dire ? demanda Sixtine.

— Lali pense à une vengeance, dit Federico.

— Pour venger Bartolomeo ? Mais qui voudrait faire ça, à part Lali et moi !

Ils rentrèrent dans le chalet.

— Est-ce que tu as revu Jean-Lou ? demanda Sixtine.

— Toujours pas, répondit sa grand-mère.

Le silence retomba.

— Ce que dit Federico est juste, reprit Lali au bout d'un moment. Si les gendarmes pensent à une vengeance, les premières personnes soupçonnées seront toi et moi.

— Encore faudrait-il qu'ils fassent le lien entre ce meurtre et…

— On l'a bien fait, nous, ce lien ! l'interrompit Lali.

Tous trois restèrent silencieux, puis le regard de la cristallière s'arrêta sur le sac qu'elle avait posé à terre.

— J'ai peut-être une autre hypothèse. Mais d'abord, il faut qu'on te montre ça, fit-elle en sortant les tableaux. Federico a loué le Chalet des Merveilles et j'ai découvert d'autres toiles de Rousseau. Il y avait d'ailleurs un magnifique portrait de toi dans sa chambre.

— Ton grand-père lui en avait commandé un, mais il nous avait dit ne l'avoir jamais fini.

— Il a menti. Et je peux t'assurer qu'il est réussi. Il l'a gardé pour lui.

— Quel drôle d'homme.

— Son chalet n'a pas bougé. Il y a même cette cafetière verte toute bosselée, posée de jour comme de nuit sur le réchaud et qui me fascinait tant quand j'étais petite. Et regarde, j'ai emprunté ceci.

Elle posa les toiles côte à côte :

— C'est exactement le même angle, mais là, Jean-Lou est seul.

Lali se pencha. Elle resta longtemps à scruter les tableaux, puis alla fouiller dans un tiroir et revint avec la loupe triplet qu'elle utilisait pour les cristaux.

— C'est comme si tout le poids du ciel pesait sur ses maigres épaules, dit-elle au bout d'un moment. Et ces croix ?

— Quelles croix ?

Federico et Sixtine se penchèrent en même temps : trois infimes lignes noires, trois croix s'enfonçaient dans le glacier à côté de l'avion allemand.

— Et si c'étaient celles de Baté, de Giacomo et de Riccardo ? Les trois disparus de 1965.

L'Italien prit le tableau.

— Ce n'est pas impossible. Pouvez-vous me prêter votre triplet ?

De plus près, on voyait aussi une silhouette à l'orée de la forêt, appuyée contre le tronc d'un conifère. Le personnage était habillé d'un coupe-vent gris, mais les traits de son visage étaient précis.

Il tendit le tableau et la loupe à Lali.

— Regardez, là, il y a quelqu'un qui observe Jean-Lou.

Lali se pencha puis secoua la tête.

— Il me faudrait un agrandissement.

— Ce Rousseau était un extraordinaire miniaturiste, fit l'Italien. Sixtine, si tu as un appareil photo, on peut la mettre sur écran, et agrandir le détail pour Lali. Mais attendez…

Il prit l'autre tableau, examina le paysage, puis remarqua :

— Le personnage est couché dans l'herbe.

— En 1965, Rousseau était encore jeune et il passait son temps en montagne avec ses pinceaux et sa palette, raconta Sixtine. Ne croyez-vous pas qu'il ait pu être témoin de l'assassinat de Bartolomeo ?

— Mais pourquoi n'avoir rien dit alors ? s'enquit l'Italien.

— Jean-Lou non plus n'a rien dit, remarqua Lali.

— Mais Jean-Lou et l'assassin ne font peut-être qu'une seule et même personne, répliqua Federico.

— Il faut absolument que nous sachions qui est ce troisième personnage. Je file chercher le Leica et l'ordinateur.

66

Louise entra et alla s'asseoir sur le siège que lui indiquait le capitaine Duvallier, croisant avec grâce ses jambes gainées de soie.

Elle était déjà en tenue de deuil, une robe noire toute simple mais d'une coupe exquise qui mettait en valeur sa minceur. Ses cheveux étaient impeccablement coiffés, ses ongles faits. Une femme qui, d'après l'état civil, devait avoir soixante-six ans et en paraissait vingt de moins. Une femme aux yeux secs dont on venait de tuer le mari.

Le capitaine déclina son nom et présenta ses condoléances.

— Merci, capitaine.

La voix de Louise Mugnier était calme, sans aucun tremblement et, si elle était émue, songea l'officier, elle le cachait bien. Il n'en tira pas de conclusion hâtive. Il avait tant vu de criminels endurcis singer à merveille le chagrin et d'innocents avoir l'air de coupables…

— Racontez-moi ce qui s'est passé hier soir après le départ de vos invités.

— Je suis montée me coucher, mon mari m'a souhaité bonne nuit et il est redescendu travailler. Comme chaque soir, j'ai pris mon somnifère et c'est mon fils qui m'a réveillée à sept heures pour m'annoncer la nouvelle.

— Vous n'avez donc rien vu ni entendu, madame Mugnier ?

— Non, rien. C'est sans doute un rôdeur qui l'a tué. Peut-être y a-t-il eu un vol ?

— Nous vérifierons cela avec vous. Vous êtes descendue avec votre fils voir le corps ?

— Oui.

— Vous étiez-vous disputés avec votre époux hier au soir ?

Elle lui jeta un regard aigu.

— Nous ne nous disputions jamais, Mermet et moi.

— Avez-vous touché au corps ?

— Pardon ?

— Avez-vous touché au corps ? répéta Duvallier.

Pour la première fois, Louise se troubla, son regard se voila, et sa voix était moins ferme quand elle demanda :

— Pourquoi cette question, capitaine ?

— C'est important pour la scène de crime, madame. Pour le travail des techniciens.

— Je comprends, je me suis approchée de Mermet, et je… oui, je me suis agenouillée et j'ai dû le toucher.

Louise regardait ses mains jointes.

— Savez-vous, madame, si votre mari attendait une visite ?

La femme du maire se redressa, elle avait déjà recouvré son sang-froid.

— En dehors des repas mondains que j'organisais, Mermet n'aimait pas recevoir. Encore moins dans son sacro-saint bureau où ni moi ni mon fils n'avions le droit d'entrer. Pourquoi me demandez-vous cela ?

— L'enquête en cours m'interdit de vous répondre, madame.

Le silence retomba. Louise décroisa les jambes, lissa les plis de sa jupe.

— Nous en avons fini, capitaine ?

— Oui, je vous demanderai de rester ici pour l'instant et, bien sûr, dans les prochains jours, de ne pas quitter Chamonix.

67

Duvallier retourna dans le bureau du maire où s'activaient la légiste et les techniciens de la police scientifique en combinaison blanche.

Il détailla une nouvelle fois l'immense aquarium tropical qui trônait au milieu, effleura du regard les empilements de livres, de vieux journaux, de dossiers poussiéreux le long des murs et en plein milieu de la pièce.

Sur la moquette râpée traînaient des bouteilles de whisky vides et des verres sales. Un lieu d'autant plus surprenant que le reste de la maison était d'une propreté clinique.

Non sans mal, le capitaine se fraya un chemin jusqu'à la porte-fenêtre sans quitter des yeux l'aquarium dont la lumière bleutée éclairait des poissons bleus et rouges.

— Des *Betta Splendens*, remarqua l'adjudant Delerue.

— Des quoi ? demanda Duvallier arraché à ses réflexions. Qu'avez-vous dit ?

— Des combattants. Des tueurs venus des eaux de l'Asie du Sud-Est. Ils ne tolèrent ni les autres races ni leurs congénères mâles, d'où les vitres qui les séparent.

— Je ne savais pas que vous vous intéressiez à l'aquariophilie. Delerue, vous me surprendrez toujours.

Près de la porte-fenêtre gisait le corps du maire.

Le visage si contracté par la douleur qu'il en était méconnaissable, la bouche grimaçante, les poings serrés.

Des cavaliers jaunes numérotés avaient été placés par les techniciens qui s'activaient dans la pièce.

— Étonnante, non, cette… tanière, fit Duvallier en se tournant vers l'adjudant, cela donne une autre image de la victime, n'est-ce pas ? D'ailleurs, Delerue, donnez-moi vos premières conclusions après l'examen que nous avons fait du corps et ces dépositions.

L'adjudant s'empourpra.

— Allez, Delerue, l'encouragea son supérieur.

— Bien, capitaine. Le corps est sur le dos, avec une blessure derrière le crâne que je ne m'explique pas, sauf s'il a été déplacé. Il n'y avait pas d'arme du crime à côté du corps.

— Et les dépositions ?

— Déjà, nous avons plusieurs problèmes de concordance entre celle du fils et celle de la mère. Le premier prétend qu'elle descendait l'escalier puis, par la suite, se reprend et dit qu'elle l'a rejoint dans le bureau. Louise Mugnier, pour sa part, affirme que c'est son fils qui l'a réveillée. Ensuite, le fils dit ne pas avoir vu la mère toucher au corps. La mère, qui s'est troublée quand vous avez posé la question, avoue y avoir touché.

— Quelle conclusion en tirez-vous ?

— Aucune pour l'instant, mon capitaine. Ce serait prématuré.

Duvallier hocha la tête. Une OPJ[1] s'approcha d'eux.

— La capitaine du PGHM vient d'arriver, mon capitaine, avec le lieutenant Fleury.

— Parfait, qu'ils entrent.

Les capitaines se saluèrent, puis échangèrent quelques mots à voix basse, Xavier Delerue et François Fleury se lançant un coup d'œil complice. À l'autre bout de

1. Officier de police judiciaire.

la pièce, le légiste faisait signe d'emporter le corps. On posa le cadavre du maire dans une housse qu'on referma avant de le placer sur un brancard à roulettes.

Il ne restait plus sur le tapis élimé qu'une tache brune que l'halogène éclairait toujours.

Le légiste, une jeune femme aux yeux en amande, ôta ses gants et, après avoir discuté avec l'un des techniciens, s'approcha des gendarmes.

— Désolée, capitaine, mais nous allons passer la scène au Bluestar ; je vais vous demander de sortir. Je vous rejoins dans quelques minutes.

Les techniciens fermaient les volets. Avant de sortir, Duvallier eut le temps de voir apparaître l'étrange lumière spectrale sur le tapis.

Dans le salon, les gendarmes avaient repris leur conversation quand la légiste les rejoignit.

— Les techniciens vont bientôt achever leurs relevés. Que puis-je pour vous ?

— À votre avis, docteur, à quand remonte le décès ?

— D'après la rigidité du cadavre, sa lividité et sa température, je dirais que la mort est intervenue entre deux et quatre heures du matin.

— Je crois que vous ne vous connaissez pas ? demanda Duvallier en se tournant vers Anselme.

— Non, c'est exact, fit l'officier du PGHM.

— Le Dr Mia Dumont est notre meilleure légiste mais surtout, connaissances scientifiques, instinct, intuition féminine, chance, appelons cela comme vous voulez, elle est capable de décrire les minutes précédant un décès avec une précision…

— Je ne vous fournis que des hypothèses de travail, protesta la légiste en rougissant.

— Qui se vérifient toujours, rétorqua Duvallier. Allez, docteur, nous vous écoutons.

Après un temps qui ressemblait à du recueillement, la légiste commença :

— La victime ouvre la porte-fenêtre à un visiteur qu'elle connaît mais n'apprécie pas. Ils ne s'assoient pas, ne boivent pas – il n'y a qu'un verre de whisky sur la table. Ils se tiennent debout, près de la petite table basse en marbre blanc où le Bluestar a révélé des traces de sang. Grâce à lui, ce jeu de piste macabre est plus aisé. Le sang de la victime, même invisible à nos yeux, prend ce bleu surnaturel que vous connaissez. Que se passe-t-il ? En tout cas, nos protagonistes s'empoignent. Le corps du maire est couvert d'ecchymoses sur les bras et le cou. Le visiteur a le dessus. Il faut signaler qu'il y a une fragilité initiale chez la victime, en surpoids, le cœur fatigué. Le maire tombe en arrière. Son crâne heurte le marbre.

— Il meurt, fit Duvallier.

— Non. La plaie est légère, en revanche il perd connaissance. Et c'est là que ça se complique. J'imagine qu'un moment passe. Que fait le visiteur pendant ce temps-là ? Enfin, notre victime revient à elle. Et là, elle rampe jusqu'à la porte-fenêtre.

Un technicien s'approcha de la légiste.

— Nous avons fini, docteur.

Les gendarmes et la légiste pénétrèrent de nouveau dans le bureau.

— Plusieurs choses m'interrogent. La position de ce fauteuil, par exemple, qui a été tiré près du corps. Quelqu'un a dû s'y asseoir et attendre. Pourquoi ?

— Il n'y a pas trace d'autres blessures ?

— Non.

— De quoi Mugnier est-il mort alors ?

— Il faudra attendre confirmation du rapport d'autopsie mais, pour moi, il est mort d'un infarctus, suite à une émotion violente.

— Une autre proposition de travail ? demanda Duvallier.

— Il est mort tué par des mots… et les émotions qu'ils suscitaient.

— Vous voulez dire que celui qui s'est assis là…

— Ce n'est qu'une hypothèse.

— Merci, docteur.

Tout en écoutant la légiste, le lieutenant Fleury observait un technicien ramassant une pièce à conviction – numérotée 2. L'homme allait la glisser dans un sac plastique. Fleury l'arrêta.

— Attendez ! Mon capitaine, venez voir.

Anselme s'approcha suivie par Duvallier et Delerue.

— Ce bâton, c'est celui de Beuchat.

— Mais oui ! confirma Anselme se tournant vers le capitaine du SR.

— Ce pourrait être lui le mystérieux visiteur en anorak aperçu par la cuisinière.

Il se tourna vers l'adjudant :

— Delerue, faites passer son signalement.

— Bien, capitaine… fit Delerue. Mais, s'il a oublié son bâton, ajouta-t-il, songeur, c'est donc qu'il s'est affolé. Et qu'il a pris la fuite.

— Pas faux, répliqua Duvallier, mais ennuyeux, car alors, qui était dans le fauteuil ?

68

Sixtine avait transféré les photos des tableaux sur son Mac. Elle grossit l'image au maximum tout en s'extasiant devant le talent de miniaturiste de Rousseau, si précis que chaque détail supportait 400 % d'agrandissement.

Le visage dans la forêt leur apparut enfin. Un jeune homme à la chevelure brune, vêtu en chasseur alpin.

Lali se pencha :

— C'est Mermet ! Mermet Mugnier ! affirma-t-elle.

— Tu es sûre ?

— Oui. À l'époque, on se moquait de lui car il aimait parader en tenue de chasseur alpin. En 39-45, son oncle avait fait partie de cette unité et Mermet prétendait qu'il allait les rejoindre. Ce qu'il n'a jamais fait. Il a bien quitté la vallée comme tant d'autres, mais c'était pour chercher fortune.

— Tu es sûre de le reconnaître ?

Lali acquiesça d'un hochement de tête.

— Je comprends mieux pourquoi on a déposé un morceau de fuselage devant l'hôtel de ville, remarqua Sixtine, pensive. C'était un doigt pointé sur le maire lui-même. Ce qui explique aussi l'animosité de Jean-Lou envers Martin quand on a été aux Bossons. Mais de là à tuer.

Elle se tourna de nouveau vers sa grand-mère.

— Tu crois que Jean-Lou aurait pu l'assassiner pour

venger Baté ? Mais alors, pourquoi ne pas l'avoir fait plus tôt ?

Sa grand-mère ne répondit pas.

— Il faut montrer tout cela aux gendarmes, affirma l'Italien.

— Oui…

Federico sentit que le cœur n'y était pas.

— Tu continues à croire à l'innocence de Jean-Lou ?

— C'est déraisonnable, mais oui.

Ce soir-là, une fois Federico retourné au Chalet des Merveilles, Sixtine resta avec Lali. Sa grand-mère était fatiguée et tendue. La mort violente de Mermet l'avait secouée.

— Je n'aime pas ce qui se passe, ma chérie. Et puis il va falloir enterrer Baté et l'imaginer sous terre…

Elle se tut, Sixtine entoura ses épaules de son bras.

— Pour Baté, j'ai une idée, je voulais t'en parler mais, d'abord, je vais nous préparer quelque chose. Des crêpes, ça t'irait ?

La soirée passa vite, les deux femmes évitant de parler des derniers événements, se rappelant mille et un détails de leur vie commune.

— Au fait, j'ai vu Yode, fit la cristallière en s'occupant du café.

— Il est aussi passé me voir hier soir, fit Lali. Il doit avoir des problèmes d'argent. Mais parlons plutôt de Federico.

— Quoi, Federico ?

Sixtine se sentit rougir. Elle servit le café et se rassit.

— Il te plaît et tu lui plais.

Ce n'était pas une question. Sam, allongé devant elles, la tête posée sur ses pattes, se mit à ronfler avec obstination.

— Je ne sais pas…

— Bien sûr que si, il te plaît et pourtant… Qu'est-ce qui te soucie ?

— L'impression qu'il me cache quelque chose. Peut-être est-il marié ? Ou bien il a des gamins…

— Si c'était le cas, il te le dirait. On n'est plus au XIXe ! En tout cas, dès votre première rencontre, il t'a regardée comme s'il avait une révélation. Et toi…

— Allez, on arrête là. (Sixtine finit sa tasse et se leva.) Je vais me coucher, je suis crevée.

— Ta chambre est prête, indiqua sa grand-mère en lui ébouriffant les cheveux dans un geste familier.

En prenant son petit déjeuner, le lendemain, Sixtine alluma la radio. On ne parlait que de la mort du maire. Le meurtre de Mermet Mugnier, un élu, représentant de l'État et, de fait, officier d'état civil et officier de police judiciaire, était repris sur toutes les stations. Le signalement de Jean-Lou Beuchat, qu'on qualifiait tour à tour d'« assassin », de « fuyard », d'« homme dangereux et armé », était diffusé partout.

— Les patrouilles mobiles sont en alerte, concluait l'un des reporters, et des gendarmes d'Albertville sont venus en renfort.

— Que se passe-t-il ? demanda Lali qui venait d'entrer dans la cuisine.

— Une traque à grande échelle va être lancée pour retrouver Jean-Lou, des maîtres-chiens avec leurs bêtes ont rejoint les gendarmes, répondit Sixtine dont le visage s'était assombri.

Une heure plus tard, Sixtine devait déposer des cristaux à *La Fluorite rose*, elle aperçut l'hélico qui survolait la vallée et espéra secrètement que Jean-Lou leur échapperait.

Même les infos qui avaient fuité disant que son bâton gisait près du cadavre du maire la laissaient sceptique. Elle avait beau faire, elle n'arrivait pas à superposer l'image qu'elle avait de lui avec celle d'un criminel.

RÉVÉLATION

69

Au PGHM, les analyses du cadavre mutilé trouvé au glacier des Bossons étaient arrivées. L'homme était mort suite à une chute, trauma crânien. Pour son identification, « les deux éléments décisifs, disait le rapport, avaient été l'analyse des vêtements et celle de la dentition ». La police scientifique avait mis la police italienne à contribution et, en parcourant les pages du rapport, Sandra Anselme comprit pourquoi. Un passeport italien avait été retrouvé dans une poche intérieure et les légistes avaient pu retrouver l'identité du défunt malgré la dégradation du document.

La capitaine passa plusieurs coups de fil, discuta avec Duvallier, appela des collègues italiens puis se tourna vers le lieutenant Fleury.

— Je désire voir Sixtine Dangeli et Federico Valente, lieutenant.

— Bien, mon capitaine. Je m'en occupe. Je me suis renseigné, l'historien a quitté l'*Hôtel du Clocher*. Mais je sais où il loge, il a loué un chalet.

— Convoquez-les ensemble.

— Bien, mon capitaine, fit le lieutenant en saluant avant de sortir.

Le capitaine Sandra Anselme n'eut pas longtemps à patienter. Fleury envoya un SMS à Sixtine puis à l'historien sur le numéro qu'elle lui avait communiqué.

Federico proposa à Sixtine de passer la chercher à moto à *La Fluorite rose*. En chemin, sa voix grésilla dans l'intercom.

— Tu es bien silencieuse, tu vas bien ?

— Moi ça va, je me fais du souci pour Lali, avec l'enterrement de Baté qui approche. Après toutes ces années, elle s'était presque convaincue qu'il était vivant et heureux.

— Elle est plus forte que nous deux réunis, ne t'inquiète pas. Toujours pas de nouvelles de Jean-Lou ?

— Non, mais la chasse à l'homme est ouverte.

— Je crois sincèrement qu'il vaut mieux que les gendarmes le capturent. Je ne sais pas ce qui s'est passé chez le maire mais, tant qu'il sera en fuite, on le considérera comme coupable. Alors qu'une fois sous les verrous tu pourras l'aider à organiser sa défense.

— C'est là ! jeta Sixtine en montrant le bâtiment du PGHM.

Valente obliqua vers le parking, coupa le moteur et mit la Transalp sur sa béquille à côté de la Nissan de service.

— Nous y voilà, fit-il en rangeant les casques dans les sacoches. Tu vas leur parler de Rousseau et des tableaux ?

— Oui, je les ai pris…

Elle allait se diriger vers le QG des gendarmes de haute montagne, quand il la retint.

— On se voit après ? Depuis hier, j'ai eu le temps de réfléchir. Je dois te parler.

Ce qu'elle lut dans les yeux de l'Italien confirmait que sa grand-mère avait une fois de plus raison. Et soudain, elle redouta davantage ce que l'Italien avait à lui dire que l'entretien avec la capitaine de gendarmerie.

— Allez, on y va, fit-il.

Ils entrèrent au PGHM et un gendarme de garde les accueillit.

— Sixtine Dangeli, Federico Valente, répéta-t-il en

jetant un œil à son écran. Suivez-moi, la capitaine vous attend.

Sandra Anselme se leva de derrière son bureau et leur serra la main. Sa poignée était toujours aussi ferme, son regard direct.

— Mademoiselle Dangeli. J'imagine que vous n'avez pas revu notre fuyard ?

— Non.

Elle se tourna vers l'Italien.

— Heureuse de vous rencontrer, monsieur Valente. Depuis quelques jours, et surtout au cours des dernières vingt-quatre heures, votre nom est revenu souvent dans les conversations.

Sans expliquer le pourquoi de cette dernière phrase, la capitaine les invita à s'asseoir.

— J'aimerais avoir votre sentiment à tous deux sur les derniers événements. Vous, mademoiselle, quand avez-vous vu Jean-Lou Beuchat pour la dernière fois ?

Sixtine réfléchit.

— Le lendemain de l'ouverture de la chasse.

— Vous lui avez parlé ?

— Oui, avant qu'il s'évanouisse dans la nature. Il m'a avoué qu'il avait espionné l'expédition de 1965, que les soutes du Savoia-Marchetti contenaient bien un trésor qui a été redescendu dans la vallée, et aussi que l'arme de guerre, le P38, appartenait au garde du corps de Giacomo Colonna. Il m'a juré que ce n'était pas lui qui avait tué mon grand-père… mais a refusé de me dire qui était le coupable.

Elle sortit les toiles de sa sacoche et les posa devant l'officier.

— Grâce à ces tableaux de Jean Rousseau, un peintre qui a vécu ici, nous connaissons peut-être l'identité de celui qui a suivi Baté et, vous allez voir, c'est surprenant.

— Que voulez-vous dire ?

— Vous allez comprendre.

Elle tendit le triplet à l'officier et lui désigna le personnage tapi dans l'herbe. Quand elle se redressa, Sixtine reprit :

— Ma grand-mère affirme que c'est Mermet Mugnier.

— Mermet Mugnier !...

La capitaine se pencha de nouveau au-dessus des tableaux.

— Cela expliquerait les événements de cette semaine, et même les envois aux journaux, observa-t-elle. Hélas, M. Mugnier ne pourra plus répondre à nos questions. Si vous permettez, je vais garder ces peintures et les envoyer en analyse.

Elle se tourna vers l'Italien.

— Et vous, monsieur Valente, avez-vous quelque chose à me dire ?

— Je sais d'où venait et où allait le Savoia-Marchetti. Je sais aussi, par l'étude des archives romaines, ce qu'il transportait.

Le regard perçant de l'officier était braqué sur l'historien.

— Vous êtes arrivé à Chamonix juste après la découverte du corps de Bartolomeo Dangeli, n'est-ce pas ?

— Oui.

— Je m'étonne qu'un historien et gemmologue réputé comme vous, reprit la capitaine, soit venu ici juste pour vérifier une hypothèse de travail.

— C'était plus qu'une hypothèse. J'avais un second livre à écrire et une enquête historique à mener. Et je pensais, sans doute naïvement, que le glacier me livrerait quelques réponses. Mais je n'imaginais pas que nous remonterions un corps, et encore moins ce qui allait suivre.

— On m'a dit que vous aviez décidé de rester encore un peu chez nous ?

— C'est exact, capitaine.

— Vous habitez Rome, n'est-ce pas ?

L'historien acquiesça.

— Le corps que vous avez trouvé dans le glacier des Bossons va être rapatrié en Italie. Un hélicoptère de l'*Aeronautica Militare* a quitté Rome ce matin et se dirige vers ici.

— Vous l'avez donc identifié ? souffla l'Italien.

— Pas moi, mais tenez, lisez ! Et ceci aussi, c'est un message pour vous, reçu ce matin.

Valente prit les deux feuilles que la capitaine du PGHM lui tendait et les parcourut. Au fur et à mesure, malgré son hâle, il pâlit.

— Le corps est celui de Giacomo Colonna, reprit Anselme en s'adressant à Sixtine, votre « homme en noir », celui du journal de l'expédition 1965. Mort en chutant dans une crevasse d'un trauma crânien. Un prêtre, d'après ce que j'ai compris. Et un fils de grande famille. Mais vous saviez que l'homme en noir et Giacomo Colonna ne faisaient qu'une seule et même personne, n'est-ce pas, monsieur Valente ?

— Oui, souffla l'historien dont la voix avait changé. J'avais même vu une mauvaise photo de lui dans les archives, mais j'avoue ne pas avoir reconnu son visage quand je l'ai remonté. C'était un frère dominicain, travaillant au Vatican.

— Un frère dominicain, le Vatican, répéta l'officier. Nous aurions gagné du temps si vous m'aviez parlé de tout ça avant.

Quelque chose se passait que Sixtine ne comprenait pas. Très clairement, la capitaine jouait au chat et à la souris avec Federico. Le téléphone sonna, troublant le silence tendu qui s'était installé.

— Capitaine Anselme. Oui, nous arrivons. Oui, bien sûr, il sera avec moi. À tout de suite.

Elle raccrocha et s'adressa à Valente :

— Justement, l'hélicoptère approche. Venez, monsieur

Valente. Mademoiselle Dangeli, si vous le désirez, vous pouvez nous accompagner.

L'historien évita le regard interrogateur de Sixtine et se leva pour suivre l'officier. La cristallière leur emboîta le pas. Ils montèrent dans la Nissan qui démarra aussitôt. Ils n'échangèrent pas un mot pendant tout le trajet et la voiture se gara bientôt derrière les hangars de la base des secours en montagne.

Ils étaient sur le tarmac, quand le grondement se précisa. Bientôt apparut un appareil blanc et bleu aux armes de la République italienne. Sur les vitres du cockpit, un drapeau que Sixtine ne reconnut pas tout de suite. Le pilote manœuvra avec habileté, se posa sur l'héliport à côté de l'Eurocopter du SR et coupa ses moteurs.

Le rotor s'immobilisa, un homme habillé d'un strict costume noir se précipita pour aider l'un des passagers à descendre.

Délaissant les gendarmes, Federico s'était avancé. Sixtine regardait la scène sans comprendre.

Les mots de Federico quand ils étaient là-haut lui revenaient : « Donne-moi un peu de temps. Je promets de tout te dire. »

Le drapeau était celui du Vatican et l'homme vers lequel marchait celui qu'elle aimait…

Les cheveux gris, d'allure jeune, le religieux qui venait de prendre pied sur le tarmac portait une soutane noire avec un liseré et des boutons de couleur cramoisie. Une calotte violette, une ceinture de même couleur et une croix pectorale complétaient son costume.

Son regard s'éclaira en se fixant sur Federico Valente.

— Mgr Luca vient tout exprès pour rapatrier le corps du père Giacomo Colonna, dit la capitaine Anselme.

Federico posa un genou en terre pour baiser l'anneau pastoral de l'évêque romain.

CHASSE À L'HOMME

70

À Chamonix, l'arrivée d'un hélicoptère venu du Vatican avait été reléguée loin derrière le meurtre du maire et la fuite du présumé assassin.

Tout le monde savait quelque chose, avait entendu dire que... connaissait quelqu'un qui... Et sur les réseaux sociaux, la vague allait s'amplifiant. Dans un bar éclata même une bagarre entre guides et chasseurs, les premiers défendant leur ancien compagnon, les autres disant qu'ils n'hésiteraient pas à le traquer comme une bête malfaisante.

Dans le quartier des Moussoux, autour du chalet Bellevue, la police municipale pria les curieux de se disperser. En montagne retentissaient des coups de feu. Les maris montraient à leurs femmes le fonctionnement des fusils de chasse. La psychose gagnait.

Chemin des Lavouets, non loin de chez Jean-Lou, une dizaine de véhicules étaient garés. Le vieux Combi Volkswagen avait été perquisitionné, tout comme le chalet où s'activaient toujours les hommes et femmes de la police scientifique. Le Bluestar qu'on avait mis à contribution n'avait révélé aucune trace de sang sauf une, fort ancienne, sur un piolet.

Une cinquantaine de gendarmes armés, précédés par les chiens policiers, se mirent en branle. Les bêtes, auxquelles on avait fait sentir des vêtements appartenant au fugitif, s'élancèrent aussitôt. C'étaient des malinois, habitués à la montagne, utilisés en cas d'avalanche pour la recherche des corps. Des bêtes silencieuses, robustes, rapides.

Au-dessus du massif du Mont-Blanc tournoyait l'hélicoptère de recherche avec lequel le lieutenant Fleury et l'adjudant Delerue communiquaient par radio.

Le temps était clair et froid. Les chiens menaient les gendarmes droit à travers la forêt. La longue file des hommes s'étirait derrière.

Enfin, les malinois s'immobilisèrent et les militaires aperçurent, à travers les buissons, une silhouette immobile, vêtue d'un anorak à capuche. Tranquille, indifférente à ce qui l'entourait.

— C'est Jean-Lou, souffla Fleury à Delerue.

La colonne s'était arrêtée. Puis les hommes reprirent leur progression, arme au poing… pour découvrir l'anorak habilement disposé sur des branchages.

Fleury cacha sa déception.

— À mon avis, dit Delerue à son ami, ce n'est qu'un début. Ton Beuchat va nous en faire voir.

François Fleury haussa les épaules, fit rappeler les maîtres-chiens et la traque reprit.

Elle dura encore une heure. Jusqu'à un buisson où flottait un tissu rouge. Les malinois s'en approchèrent, puis reculèrent en gémissant, la queue et les oreilles basses.

— Que se passe-t-il ? demanda Fleury au maître-chien qui avait ramassé le morceau de tissu souillé d'une large tache pour le porter à ses narines.

— Ce gars-là, votre fuyard, c'est un malin. (Il désigna la tache sombre.) Sans doute de l'urine d'ours ou de loup… C'est très puissant et les bêtes ont peur, pourtant nos malinois ne reculent pas souvent, mais là, ça va être difficile de leur faire reprendre la traque.

Un gendarme arriva en courant, c'était l'officier chargé des transmissions radio.

— L'hélico vous appelle, mon lieutenant.

François Fleury saisit la radio qu'on lui tendait.

— Ici le lieutenant Fleury, j'écoute.

Un grésillement, puis haut et clair comme si l'hélico était tout proche :

— Ici l'adjudant Tessier, un gars qui correspond au signalement est allongé sur le glacier des Bossons, près d'une faille. Sans mouvement. Avec votre permission, lieutenant, je vais me faire hélitreuiller.

— Allez-y, et faites attention, Tessier, il est sans doute armé.

Le silence se fit.

— Repos, on attend, ordonna Fleury à ses hommes.

Un long temps passa, les chiens tournaient en rond, refusaient d'obéir. Enfin la radio capta un nouveau message.

— C'est un leurre, mon lieutenant, des vêtements remplis de neige.

— Je te l'ai dit, ton montagnard, c'est un fichu Indien ! lança Xavier à Fleury.

71

Pendant ce temps, Sixtine, qu'une OPJ de la gendarmerie avait déposée près de *La Fluorite rose*, était restée comme sonnée, avant de partir sans but dans les rues.

Un prêtre… Elle était tombée amoureuse d'un prêtre.

Car le temps des euphémismes était passé, tout comme celui de tergiverser : c'était bien de l'amour qui l'animait depuis quelques jours, et du désir. Ce creux qu'elle ressentait à l'instant dans le ventre en était la confirmation. Elle marcha longtemps, revoyant Federico Valente s'agenouiller et l'évêque romain poser sa paume sur sa tête. Elle n'en avait pas vu davantage, elle était partie.

— Salut, Sixtine ! fit une voix amicale.

Une de ses anciennes camarades de classe devenue pâtissière lui souriait. Grande et blonde, solide. Elles avaient fait leurs études primaires ensemble et étaient restées amies.

— Salut, Patricia.

— T'en as une mine ! Remarque, je comprends. C'est dingue !… Ton grand-père retrouvé là-haut après toutes ces années et maintenant le maire qu'on assassine et Jean-Lou qu'on accuse. J'y crois pas. Y venait souvent m'acheter des pains au chocolat.

Sixtine ne réagissant pas, son amie reprit :

— Au fait, j'ai croisé Martin, il était livide, j'ai même pas osé lui présenter mes condoléances.

Sixtine l'entendait comme à travers un brouillard, son corps et son âme tourmentés par un tourbillon de pensées et de sentiments qui la ramenait sans cesse à Federico. Elle reprit le prénom prononcé par son amie pour s'accrocher au présent.

— Martin… Oui. Salut, Patricia.

Elle s'en alla brusquement, plantant son amie sur place, et se dirigea vers l'agence Mugnier. Tout était bon pour faire diversion au malaise qui grandissait.

Elle poussa la porte de l'agence, déclenchant le carillon d'entrée. La pièce était claire et agréable, les lambris décorés de photos encadrées montrant de magnifiques chalets ou des appartements luxueux. Une jeune femme vêtue d'un tailleur noir assise derrière son bureau, leva la tête et lui sourit.

— Je peux vous aider, madame ? C'est pour une annonce ? demanda-t-elle.

— Oui, vous pouvez m'aider. Et non, ce n'est pas pour une annonce. Je suis Sixtine Dangeli. Est-ce que Martin est là ?

Le sourire s'évanouit.

— Je vais prévenir Monsieur de suite, dit-elle en décrochant son téléphone. Mlle Dangeli est là. Elle désire voir M. Mugnier. Oui, madame… Bien, madame. (Puis se tournant vers la cristallière :) Vous pouvez monter. (Elle se leva.) Je vous accompagne ?

— Ce n'est pas la peine, je connais les lieux.

Sixtine grimpa l'escalier, la porte s'ouvrit au moment où elle arrivait sur le palier. Louise Mugnier apparut, vêtue d'un élégant tailleur noir, un fin collier de perles autour du cou, si élégante, si sophistiquée, si déplacée.

— Ah, Sixtine, vous voilà, dit-elle de sa voix rauque. Mon pauvre Mermet me parlait de vous hier encore.

Malgré le « pauvre Mermet », pas une émotion ne transparaissait sur son visage maquillé.

— Je vous présente mes sincères condoléances, madame Mugnier.

— Jamais vous n'avez réussi à m'appeler Louise. Quel dommage, j'aurais tant aimé vous avoir comme belle-fille. Mais entrez, je vous en prie. Je vous laisse avec mon fils.

Elle attrapa son manteau et embrassa Martin sur le front.

— N'oublie pas, tu me rejoins chez maître Donadieu. Il nous attend.

— Oui.

Elle sortit et Sixtine s'avança :

— Je suis désolée pour ton père…

— Si tu savais, si tu savais…

Une grimace tordait sa bouche. Il était mal rasé, sentait l'alcool.

— Je m'en veux tellement… Il voulait me parler. On serait restés ensemble, il ne serait pas mort…

Sixtine ne disait mot. Martin essuya ses yeux d'un revers de main et regarda sa montre.

— Pardonne-moi. Je dois filer, le rendez-vous chez le notaire. Je passerai te voir.

Il sortit précipitamment. Sixtine, un court instant, se demanda ce qu'elle était venue faire ici. Présenter ses condoléances ou bien chercher, auprès de son ancien amant, une forme de consolation au tourment qui l'envahissait. Elle s'en voulait de ne pas avoir trouvé les mots pour aider Martin.

Se traitant mentalement de conne, elle redescendit l'escalier.

La jeune secrétaire la salua, mais elle ne l'entendit pas. Elle alla chercher la Land Rover, déboîta sans clignotant, faisant klaxonner des automobilistes et partit à toute allure. Elle avait l'impression désagréable que son équilibre, sa détermination, ses certitudes se dissolvaient comme du sucre dans une tasse de café. Impression déjà tant de fois éprouvée, ressentie.

Son grand-père et Mermet assassinés, Jean-Lou en fuite, et cette douleur qui s'amplifiait, incongrue, déplacée. Cette découverte impensable : Federico prêtre. Elle en revenait toujours là. Comment avait-elle pu être aveugle à ce point-là ? Pourtant, les indices n'avaient pas manqué : sa raideur, ses réactions, son évident conflit intérieur, et même ses aveux…

Tout s'expliquait, mais c'était insupportable.

Elle se retrouva devant le chalet à habits, gravit les marches, ouvrit la porte et se jeta sur son lit, attitude qu'avec une pointe de masochisme elle jugea enfantine. Elle resta un long moment immobile et raide, incapable de pleurer comme elle l'aurait voulu, puis se redressa brusquement. Elle avait entendu du bruit au grenier. Sans doute des loirs, ou peut-être même une dame blanche… Elle allait monter à l'échelle quand la trappe au-dessus d'elle se souleva.

L'EXPÉDITION DE 1965

72

Figée, Sixtine regarda Jean-Lou descendre l'échelle de meunier puis lui faire face.

— Ferme à clef, souffla-t-il, l'air épuisé.

Elle obéit. Depuis le début, alors que tout le monde le cherchait dans la montagne, il était chez elle.

— Je vais te faire un café. Tu as mangé ?

Il fit non de la tête.

— Bouge pas.

Elle lui prépara une omelette qu'elle garnit de jambon et de fromage râpé. Jean-Lou buvait son café sans mot dire, la suivant du regard. Elle le servit, s'assit et attendit. Un peu de couleur revenait à son visage. Enfin, avec un soupir, il se redressa.

— T'as vu mon neveu, ce charognard ! J'avais envie de descendre pour lui dire… Il n'a qu'une hâte c'est que je crève pour hériter.

— Jean-Lou, franchement c'est pas le moment de parler de Yode ! Tu as tous les flics de France à tes trousses et ils croient que tu es l'assassin de Mermet.

— À quoi bon mentir ? J'ai pas fait exprès, mais je l'ai tué. La seule chose qui compte, c'est que toi et Lali sachiez que je suis pas un monstre. Après, je pourrai mourir en paix, mais j'irai jamais en prison, t'entends ? Ils m'auront pas.

Sixtine posa la main sur son bras.

— Calme-toi. J'ai déjà compris beaucoup grâce aux tableaux de Jean Rousseau.

— Les tableaux... Ah oui, je me souviens. J'étais si fier à l'époque. Le peintre, c'était un homme et un ami. Un jour, alors que j'avais trop bu, on a parlé. Il nous avait vus dans la montagne et il avait tout compris. Mais il a jamais rien dit. C'était pas un causeur.

— Reviens à ce qui s'est passé chez Mermet.

— Je suis allé l'attendre. Il avait du monde, et j'ai bien cru que j'arriverais jamais à lui parler. Enfin, les gens sont partis et une lumière s'est allumée dans une pièce qui donnait sur le jardin.

— Tu n'étais jamais allé chez lui ?

— Des fois je rôdais autour en me répétant ce que je devais lui dire. Des fois, je l'espionnais. Sans jamais trouver le courage. Tu comprends, quand j'étais môme, c'était lui, le chef. On discutait pas. Il était beau parleur, malin, costaud, le genre de gars que tu suis aveuglément.

Il se tut, perdu dans ses souvenirs.

— Reviens à ce qui s'est passé avec Mermet.

— Il m'a fait entrer. Il a essayé de m'intimider une fois de plus, mais ça a pas marché. Je lui ai tout balancé à la figure : le corps de Baté que j'avais retrouvé, celui de Giacomo qu'on avait remonté, le morceau de fuselage à la mairie, les trucs envoyés aux journaux. C'était comme si je le frappais au visage et il accusait le coup. Je l'ai achevé avec : « Je vais tout avouer aux flics. » Là, j'ai retrouvé le Mermet d'avant. Il s'est mis à tempêter, mais je tenais bon. On en est venus aux mains. Je l'ai poussé, il est tombé, sa tête a heurté une table, y bougeait plus. Et moi, j'ai pris peur, je me suis enfui.

Il s'arrêta, avala sa salive puis reprit :

— Je peux même pas dire que je regrette. Je lui en voulais tellement. Ma vie gâchée, celle de Lali, d'Antoine, de toi...

— Que voulais-tu révéler à la police ?

— Tout. Déjà, d'où vient son fric. Mais surtout que c'était lui qui avait tué Baté et pas que…

— Que veux-tu dire ?

— Il faut que quelqu'un sache et puis, si je mourais…

Jean-Lou ferma les yeux. Sixtine se taisait, avec l'impression que les minutes s'écoulaient plus lentement. Des flashs intempestifs la ramenaient par instants à Federico et à sa douleur, son manque, sa colère, mais estompés par les mots de Jean-Lou et la tension de se sentir enfin proche de la vérité.

Le montagnard commença son récit :

— 1965, c'était une sale année. Un temps pourri, du vent. Les touristes étaient pas nombreux. Mermet et moi, on a suivi Baté et les Italiens. Cette histoire d'avion crashé nous travaillait. Mermet était sûr qu'ils allaient nous guider droit jusqu'au pactole. Et c'est ce qu'ils ont fait. Enfin, pas tout de suite. Déjà, Baté est monté vers l'endroit où il avait trouvé le fuselage du Savoia. Ensuite, il a guidé son client jusqu'au refuge des Grands Mulets. Celui que tu appelles Colonna, c'était pas un montagnard, ils ont mis plus de sept heures à traverser le névé pour y arriver. Et à l'époque, c'était moins dangereux que maintenant. Le lendemain, Baté est redescendu avec Riccardo, son garde du corps, et ils ont commencé à quadriller le glacier. Nous, on les espionnait et on bivouaquait où on pouvait, sans feu pour pas attirer l'attention. Je crois que j'ai jamais eu aussi froid de ma vie. Puis Baté et Riccardo ont trouvé la soute du Savoia dans une crevasse proche de celle où je vous ai menés. Baté est parti chercher son client au refuge.

— Son client était un prêtre du Vatican.

Jean-Lou hocha la tête, il était dans son récit, le regard flou. Ailleurs.

— Et tous les trois ont commencé à sortir des caisses. Ça a duré un moment. Nous autres, on n'en pouvait plus d'attendre. Et le Riccardo a fini par nous repérer.

— Riccardo était un montagnard aguerri, et un ancien résistant. Un soldat. Et puis, sans doute, depuis le début, il savait que vous les suiviez.

— Si on s'était méfiés davantage, rien ne serait arrivé.

— Continue…

— Ils remontaient les caisses, puis les dissimulaient sous une bâche et de la neige. C'était long. Mermet s'énervait. Et moi, j'avais honte, je m'en voulais d'avoir trahi Baté. Et puis ça a viré au cauchemar. Giacomo et Baté étaient retournés au refuge. Le soir tombait, on n'avait pas fait attention que Riccardo était pas avec eux. Mermet a voulu ouvrir une caisse et il nous a surpris. Il nous menaçait avec son P38, un peu désarçonné en voyant qu'on n'était que des gamins, il devait s'attendre à autre chose.

Il s'arrêta, Sixtine en profita pour refaire du café.

— Mermet lui a raconté des bobards et, quand Riccardo a baissé la garde, il lui a sauté dessus. Il voulait le désarmer, mais Riccardo ne s'est pas laissé faire, ça a tourné au pugilat et ils cognaient sec et dur. Et puis…

Un long moment passa :

— Qu'est-ce qui s'est passé ?

— L'Italien est tombé. Du sang coulait de ses narines, y bougeait plus. Il s'était fracassé le crâne sur la glace. On s'est engueulés. J'étais terrifié, on avait tué un homme. Mermet, lui, a pas perdu le nord, il a récupéré le flingue, on a tiré le cadavre jusqu'à une faille loin de ces satanées caisses. On l'a poussé. Pauvre gars, le glacier l'a jamais rendu.

Il avala son café et reprit :

— Après, au lieu de filer, Mermet a voulu grimper au refuge. Sauf que Baté, voyant pas revenir Riccardo, se méfiait. Il a dit à son client de s'enfuir et il nous a barré le passage. Quand il nous a reconnus, il est devenu fou de colère. Je ne l'avais jamais vu comme ça. Mermet a dégainé le P38. Mais ça n'a pas fait peur à Baté. Il lui disait : « Tire, mais vas-y, tire, espèce de lâche ! » Mermet m'a ordonné de l'attacher, j'ai refusé. Bartolomeo a essayé de désarmer Mermet, ils s'étaient empoignés… et le coup est parti. J'ai eu l'impression que le temps ralentissait, j'entendais l'écho se répercuter sur les parois, Bartolomeo tombait lentement.

Mermet tuant Baté. Sixtine repensait à ses nombreux dîners chez le maire à l'époque où elle était fiancée à Martin. À l'intérêt qu'il montrait pour ses projets. Aux nombreuses fois où il avait voulu l'aider financièrement. À son insistance à la vouloir comme belle-fille. À la violente dispute entre Martin et son père quand ils avaient annoncé qu'ils allaient rompre. Mermet que la réapparition de Bartolomeo avait dû ébranler, tout comme les preuves, à charge contre lui, qui s'accumulaient devant la mairie, dans les journaux.

— Qu'avez-vous fait ensuite ?

— Je me suis agenouillé près de ton grand-père, la lumière du refuge éclairait son visage, je lui ai fermé les yeux. Je voulais pas croire qu'il était mort. Baté, c'était mon père, mon frère aîné, mon seul ami. Toujours bienveillant, toujours juste. Baté, c'était toute ma famille.

Un moment passa. Sixtine frissonna et alla préparer du feu dans la cheminée. Quand les flammes montèrent, Jean-Lou reprit son récit :

— Mermet répétait en boucle : « Je voulais pas le tuer, je te jure, c'est parti tout seul. » Puis il m'a planté là et s'est lancé à la poursuite de l'Italien.

— Il faisait nuit.

— Oui, et je m'en foutais, il pouvait crever, plus rien n'avait d'importance. Je ne l'ai revu que le lendemain matin, il m'a dit que l'Italien était passé à travers un pont de neige. C'était peut-être vrai. On saura jamais. Comme je voulais plus l'aider, il s'est débarrassé du corps de Baté et le salaud a jamais voulu me dire où il l'avait jeté. Ensuite, on a redescendu les caisses dans la vallée et j'ai fermé ma gueule.

Jean-Lou secoua la tête.

— Les jours et les mois suivants, j'ai passé mon temps à boire. Mermet avait quitté Chamonix pour faire fortune à l'étranger. Quand il est revenu, il était riche. Mais l'or, moi je le savais, c'était pas celui des Amériques, comme y prétendait, c'était celui du Savoia.

— Et toi ?

— Je suis devenu dingue… et dangereux. Et pas que pour moi. Des clients de Guy sont morts. J'ai fini par me sortir de tout ça, je sais pas comment et je me suis mis à chercher Baté.

— Et le contenu des caisses ?

— J'ai rien voulu prendre, c'était l'argent du sang.

Il hésita, but un reste de café froid puis reprit d'une voix sourde :

— Et puis, j'ai tué Mermet.

— C'était un accident, Jean-Lou, tu es innocent. Il faut qu'on aille voir les gendarmes.

Sixtine reconnut le bruit lointain du moteur de la Transalp. Le guide se leva d'un bond.

— Dis-moi que tu me pardonnes, que Lali et toi penserez toujours à moi quoi qu'il arrive.

— Je te pardonne, Jean-Lou, et Lali aussi. La moto, c'est Valente, il ne te trahira pas…

Mais le montagnard avait ouvert la porte et s'était enfui.

73

— Voulez-vous avoir l'obligeance de me répéter ce que vous venez de me dire, maître ? fit Louise d'une voix sèche.

La lumière jaune des appliques de bronze éclairait le somptueux cabinet de Me Donadieu, les fauteuils de cuir, les cadres dorés des tableaux représentant des scènes de chasse à courre.

— Si telle est votre volonté, madame.

Et le notaire relut le dernier paragraphe :

« Ce sont mes dernières volontés. Moi, Mermet Mugnier, laisse mon chalet Bellevue, sis au quartier des Moussoux, à ma femme Louise ainsi qu'une rente de 3 000 euros par mois. Je l'ai déjà assez rémunérée… (Le notaire se racla la gorge.) Je suis désolé, madame.

— Allez-y !

— … pour ses rares faveurs. En la matière, les putains étaient plus généreuses. Je lègue mes trois sociétés et mes restaurants à mon fils Martin, en espérant qu'il saura les faire fructifier et grandir. Mais j'en doute. Par ailleurs, la somme de 500 000 euros sera remise à Jean-Lou Beuchat, somme qui, s'il la refuse – ce qui est probable –, ira à la caisse de secours de la Compagnie des guides de Chamonix. La même somme sera remise à Mme Lali Dangeli. Si elle refusait elle aussi ce don, la somme irait également à la Compagnie. »

Le notaire releva la tête. Louise était blême, les lèvres serrées, et des taches rouges étaient apparues sur ses joues, Martin baissait les yeux.

— Par ailleurs, et il m'a donné ordre de vous en informer tous deux, M. Mugnier m'a confié les clefs de trois coffres, le premier à la Banque de Savoie, le deuxième à la Palatine, le dernier chez Laydernier, que je dois remettre en mains propres à Mlle Sixtine Dangeli.

— Mais c'est invraisemblable ! s'écria Louise, furieuse. Le sal... (Elle se reprit.) Il ne peut pas me faire ça.

Elle se tourna vers son fils.

— Qu'est-ce qu'il avait avec ces Dangeli ? D'abord, il voulait te faire épouser cette fille, et maintenant, il lui laisse son argent.

Son fils ne disant rien, elle revint au notaire :

— Qu'est-ce qu'il y a dans ces coffres, maître ?

— Nul ne le savait que lui, madame, répondit le notaire.

— Et toi, tu ne dis rien ?

— Non, fit Martin en se levant. Je ne dis rien.

L'OFFRANDE DE JEAN-LOU

74

Valente frappait à la porte du chalet à habits.

— Sixtine, ouvre, s'il te plaît ! Il faut qu'on parle !

Mais seul le silence lui répondit. Pourtant il était sûr qu'elle était là, et c'était insupportable d'être si près et de ne pouvoir la voir, de ne pouvoir lui expliquer.

— Laisse-moi entrer. Ouvre, je t'en prie.

Il continua à frapper longtemps de plus en plus doucement, puis s'arrêta, sentant l'inutilité de son geste.

Il glissa sous la porte la lettre qu'il avait préparée et redescendit jusqu'à sa moto. Il ne se résignait toujours pas à repartir et resta longtemps à fixer le chalet à habits d'où montait de la fumée puis enfin démarra la Transalp.

Quelques minutes plus tard, il s'arrêtait devant chez Lali. Il caressa Sam venu lui faire fête et monta l'escalier.

— Entrez, Federico. Sixtine n'a pas voulu ouvrir, n'est-ce pas ?

Federico secoua la tête. Il était très pâle.

— Venez vous asseoir, j'ai fait un café.

Elle le servit.

— Merci, Lali. (Il prit la tasse qu'elle lui tendait mais la reposa aussitôt.) Je dois repartir au Vatican pour faire mon rapport. Je ne peux pas m'en aller comme ça, sans qu'elle m'ait entendu.

— Ne lui en veuillez pas, fit doucement Lali. Elle a besoin de temps.

— C'est à moi que j'en veux. Terriblement. J'aimerais pouvoir le lui dire…

Il se leva et marcha de long en large. Le chien le regardait, étonné par cette soudaine agitation.

— Qu'allez-vous faire, Federico ?

— Je ne sais pas. Je ne sais plus rien.

Federico avala son café.

— Pardonnez-moi, Lali, je voulais vous remercier pour tout.

Il sortit précipitamment. Lali entendit la moto démarrer.

75

Une heure n'était pas passée que Sam aboya de nouveau. Sixtine entra, équipée de pied en cap.

— Tu repars en montagne ?

Elle regarda par la fenêtre.

— Tu ne veux pas attendre demain matin ?

— Non.

Elle hésita puis ajouta :

— J'ai vu Jean-Lou, il s'était planqué dans mon grenier.

Sa grand-mère s'assit sur le vieux canapé qui grinça sous son poids.

— Raconte, fit-elle d'une voix sourde.

— C'est Mermet qui a tué Baté. Ils se battaient, le coup est parti.

Sixtine avait parlé vite, comme si elle craignait de blesser davantage Lali en donnant plus de détails.

— Il est encore chez toi ?

— Non, il a filé, il ne veut pas se rendre et j'ai peur que tout cela finisse mal.

— Viens près de moi, ma chérie.

Sixtine obéit et lui tendit un bout de papier froissé.

— Il m'a laissé un mot dans le grenier. Tiens, lis.

« Je ne suis pas l'assassin de Bartolomeo mais je suis un lâche. J'aurais dû tout vous raconter il y a des

années. Il a fallu que je retrouve Baté pour redevenir un homme. Je vous demande pardon à Lali et à toi. Je n'ai rien à t'offrir, sauf mon bâton de marche. Il est resté chez Mermet et les flics finiront bien par le rendre. Il est pour toi, Sixtine. Qu'il t'accompagne partout là-haut. »

— J'ai eu le temps de lui dire que nous lui pardonnions.

— Tu as eu raison.

Elle se tut. Sam gémissait en dormant, le réfrigérateur s'arrêta puis repartit.

— Un gendarme est passé me dire qu'ils allaient bientôt nous rendre le corps de Bartolomeo, annonça Lali. J'ai décidé de l'incinérer. Tu voudras bien aller disperser ses cendres là-haut ?

— C'est à ça que je pensais, Lali, au-dessus de Baume Longe, à la Séolane.

Le silence retomba.

— Tu l'as vu, n'est-ce pas ? demanda Sixtine.

— Il était bouleversé et il t'aime. Il repart au Vatican faire son rapport à ses supérieurs. Il voulait te parler…

— Je ne pouvais pas.

Elle se leva, remit son sac à l'épaule.

— Il m'a laissé une lettre. Je la lirai là-haut… si j'ai le courage.

COUPABLE ET INNOCENT

76

Grâce à l'efficacité de la légiste, Mia Dumont, les résultats de l'autopsie et les analyses concernant la mort de Mermet Mugnier arrivèrent deux jours plus tard à la brigade de recherche.

Comme Duvallier le pensait, l'interdiction d'accès au bureau du maire avait facilité la tâche aux techniciens. Ils avaient trouvé quatre empreintes seulement, celles du maire bien sûr, mais aussi celles de Jean-Lou, de Louise et de Martin.

Le Bluestar n'avait révélé aucune trace de sang sur le bâton de marche, le sang trouvé sur le marbre de la table était bien celui du maire. Et le fauteuil dont l'emplacement était marqué sur l'un des tapis avait bien été tiré près du corps ainsi que l'avait supposé la légiste.

Duvallier relut les conclusions, reposa le rapport et resta songeur.

La blessure causée par la chute du maire, bien qu'ayant beaucoup saigné, était bénigne, et il était effectivement mort d'un infarctus. Tout cela n'était donc qu'un accident, et pourtant…

Le capitaine sortit de son bureau et s'arrêta sur le seuil de la grande salle où s'activaient ses hommes. Il observa l'adjudant Delerue qui grommelait en tapant avec un doigt sur son clavier.

— Je vais vous offrir une formation de dactylo, remarqua le capitaine.

Delerue, qui ne l'avait pas entendu arriver, sursauta.

— Convoquez-moi Louise Mugnier et son fils, ajouta son chef.

L'adjudant se leva aussitôt.

— Oui, mon capitaine. Bien, mon capitaine.

Une OPJ entrait à ce moment, elle se dirigea vers Duvallier.

— Le PGHM a appelé, mon capitaine. Ils ont retrouvé Jean-Lou Beuchat.

— Je vous écoute.

— Les nouvelles sont mauvaises, mon capitaine. Hier, un alpiniste américain était parti pour faire le couloir du Goûter mais, quand il y est arrivé, le soir tombait. L'Américain a décidé de rebrousser chemin pour gagner le refuge de Tête Rousse. C'est à ce moment-là qu'il dit avoir aperçu un homme seul qui traversait le « couloir de la mort ». Puis il y a eu un grondement et une chute de pierres. Quand le nuage de poussière s'est dissipé, il n'y avait plus personne. Il a cru avoir rêvé mais, ce matin, il a quand même préféré appeler le PGHM. L'hélico est monté faire un tour au-dessus du couloir et ils ont aperçu un corps à demi enseveli. Ils l'ont dégagé non sans mal. C'était notre fuyard.

Au fur et à mesure du récit de l'OPJ, le visage de l'officier s'était fermé.

— Merci, fit-il.

Puis plus haut, à l'attention de tous :

— Qu'on ne me dérange plus jusqu'à la venue des Mugnier.

— Bien, mon capitaine, dit l'OPJ en saluant.

Quand l'adjudant vint le prévenir que les Mugnier étaient là, Duvallier lui ordonna de faire entrer le fils en premier.

Martin resta sur le seuil, hésitant. Le beau garçon,

charmeur, avait changé du tout au tout. Le teint gris, les vêtements chiffonnés, il sentait l'alcool à plein nez.

— Bonjour, monsieur Mugnier. Asseyez-vous, je vous en prie.

Martin ne répondit pas mais obéit et prit un siège.

— Je voulais vous annoncer que nous allons bientôt pouvoir vous rendre le corps de votre père.

Martin hocha la tête.

— J'aimerais que vous me racontiez de nouveau le moment où vous l'avez trouvé.

L'air atone, Martin protesta faiblement :

— Je me sens pas bien, capitaine. J'ai pas dormi, trop bu... Et puis, je vous ai déjà tout dit.

— Vous vous souvenez de ce fauteuil placé près du corps ? Il était où, ce fauteuil quand vous êtes entré dans le bureau ce matin-là ?

— Près du bureau... Enfin, non... Si. Je sais plus, moi. Tout s'embrouille. En quoi c'est important l'endroit où il était ?

C'était presque trop facile, songea Duvallier devant l'air égaré de Martin.

— Vous l'avez donc déplacé pour le mettre près de M. Mugnier, c'est cela ?

Martin secoua la tête.

— Pas moi.

— Qui, alors ? Vous n'étiez donc pas seul ?

Le visage de Martin se crispa douloureusement. Duvallier tapa du plat de la main sur un volumineux dossier.

— Cela ne sert à rien de cacher des éléments. Tout est là : résultats d'analyses, empreintes, ADN, etc. Nous savons déjà tout.

Martin se prit la tête dans les mains et gémit :

— Parlez moins fort. J'ai la tête qui explose ! Si vous savez tout, vous savez que c'était elle.

— Qui, elle ?

— Vous avez pas une aspirine ? Elle. Louise.

— Je veux la vérité sur cette affaire. Officiellement, votre père est mort d'un infarctus, mais nous savons, vous et moi, que ce n'est pas aussi simple.

Martin se recroquevilla sur lui-même. Duvallier appela Delerue.

— Adjudant, s'il vous plaît, apportez un espresso à M. Mugnier, et une aspirine avec un verre d'eau.

Une fois son café et son comprimé avalés, Martin se redressa, il semblait avoir pris une décision.

— C'est pas vraiment que je vous aie menti, capitaine, mais je savais pas quoi vous dire, ni surtout comment.

— Je comprends, c'était tellement d'émotions. Reprenez du début : vous sortez pour aller à la porte-fenêtre extérieure…

— Oui, et là, je vois le corps de mon père près de la petite table de marbre. J'ai cru qu'il était mort et, au lieu d'entrer pour vérifier, affolé, je suis allé chercher Louise, et on est redescendus ensemble.

— Sauf que M. Mugnier n'était pas mort, n'est-ce pas ?

— Je m'en suis aperçu en revenant. Il avait rampé jusqu'à la porte-fenêtre et ses doigts s'agrippaient au tapis.

Martin se tut et resta figé, avec sur le visage une expression tragique.

À cet instant précis, Duvallier eut la conviction intime que l'homme qui lui faisait face était une victime et non un coupable. Il poursuivit pourtant :

— Votre mère prend le fauteuil et s'y assoit, les mains bien à plat sur les accoudoirs. Nous y avons retrouvé ses empreintes. Que s'est-il passé ensuite ?

Martin baissa les yeux.

— Allez, de toute façon, vous ne me dites que ce que je sais déjà.

Un soupir, Martin releva le visage vers le capitaine.

— Elle m'a demandé de le retourner sur le dos pour

qu'il la voie. Il était mal dans cette position, il respirait fort, essayait de parler, mais n'y arrivait pas. Alors elle s'est mise à lui dévider leur vie, à répéter qu'elle l'avait épousée pour le fric, qu'elle avait eu des amants, qu'il n'était qu'un minable.

La voix de Martin était plate, monocorde, comme dénuée d'émotion car au-delà de toute émotion. La voix si particulière de certains aveux, une tonalité que connaissait bien Duvallier.

— Elle lui crachait sa haine. Les yeux de mon père étaient grands ouverts, il essayait de se redresser, bafouillait des paroles incompréhensibles, et elle continuait. Sans pitié, du même ton cinglant. Je lui ai crié d'arrêter. Je lui ai dit qu'il fallait appeler un médecin et là, elle m'a répondu : « C'est trop tard, mon chéri, mais je vais le veiller, va te reposer un peu. »

Il se tut un long moment et Duvallier attendit. Il savait que Martin allait poursuivre. Il devinait même ce qu'il allait dire. Et effectivement, Mugnier reprit :

— Elle était si calme, je crois qu'à ce moment j'ai compris que je la détestais depuis toujours et surtout qu'elle me terrifiait. J'ai reculé vers la porte, je n'en pouvais plus. Et là, elle lui a assené que je n'étais pas son fils. Je me suis retourné d'un bloc. D'un coup, mon père a prononcé mon prénom. Il m'appelait : « Martin, Martin… » Puis il s'est mis à râler… Et je me suis enfui.

Le silence retomba. L'interrogatoire de Martin était fini. Duvallier allait devoir interroger Louise Mugnier et il imaginait déjà le souvenir amer que cela lui laisserait. Elle nierait tout en bloc et jamais il ne pourrait prouver qu'elle avait tué son mari. Et pourtant… Elle l'avait achevé aussi sûrement qu'avec une arme.

Comme de plus en plus souvent au cours de ses enquêtes, il sentit monter une nausée qu'il maîtriserait avec un cachet jeté dans un verre d'eau. Devant lui,

Martin ne bougeait pas plus qu'une statue, abasourdi par son propre récit.

— Je vais vous demander de sortir, monsieur Mugnier, fit Duvallier d'une voix lasse. Non, par là, s'il vous plaît.

Delerue était apparu.

— Adjudant, gardez monsieur dans votre bureau, voulez-vous ?

— Oui, mon capitaine.

— Et dites à l'OPJ de faire entrer Louise Mugnier.

LA SUCCESSION
DE MERMET MUGNIER

77

C'est la vibration du portable qui réveilla Sixtine dans la couchette du refuge où elle était arrivée fort tard, la veille. Un numéro inconnu s'affichait. Elle sortit du dortoir et décrocha.

— Allô ? Allô ? Sixtine Dangeli ? fit une voix masculine.

— C'est moi.

Elle était maintenant tout à fait réveillée et un sombre pressentiment l'avait envahie.

— Capitaine Duvallier du SR. J'ai une mauvaise nouvelle à vous annoncer. C'est M. Beuchat…

Le capitaine se tut.

— Qu'est-ce qui s'est passé ? Il est innocent, vous le savez ?

— Je sais, mademoiselle. Mais c'est trop tard. L'hélico du PGHM a repéré son corps dans le couloir du Goûter sous un éboulis. Je suis désolé.

La voix du capitaine était si lasse que la cristallière, malgré la colère qu'elle sentait monter, se contenta de marmonner un remerciement.

Elle avait à peine raccroché que Guy l'appelait pour lui dire que Lali et elle avaient reçu une convocation de Me Donadieu, le notaire de Mermet Mugnier.

— Qu'est-ce qu'il nous veut ! grommela-t-elle. Où est Lali ?

— Elle vient de descendre à *La Fluorite rose.*

— Dis-lui que j'arrive et que je passerai la chercher au magasin. On ira à l'étude ensemble.

— Ça n'a pas l'air d'aller.

— Jean-Lou est mort. Ne dis rien à Lali, je le lui annoncerai moi-même.

Elle coupa la communication sans attendre de réponse. Sa main était retombée, elle aussi se sentait lasse et furieuse à la fois contre elle-même et contre son vieil ami.

Elle rangea ses affaires, jeta son sac sur son épaule et sortit sans voir le salut d'une alpiniste italienne qu'elle connaissait.

Sixtine faisait grincer les vitesses de la vieille Land Rover. Sa grand-mère, assise à son côté, la regardait du coin de l'œil mais se taisait.

— Pour un homme comme Jean-Lou, qui connaissait si bien la montagne, c'était un suicide ! répéta la cristallière pour la seconde fois. Pourquoi a-t-il traversé ce damné couloir ! Il savait ce qu'il risquait.

— Sans doute, ma chérie, répondit gravement Lali, mais il a choisi son destin. La perspective de finir en prison le taraudait. Et puis, songe que, pour un montagnard, mourir là-haut, c'est mieux que de finir vieux et décrépit dans la vallée. Ne sois pas triste.

Sixtine ne répondit pas. Le silence retomba dans l'habitacle.

Les voitures s'écartaient devant les redoutables pare-buffles de la Land Rover qui slalomait dans les rues trop encombrées.

— C'est aussi la faute des journalistes, reprit Sixtine en klaxonnant une Honda qui mettait trop de temps à se rabattre. Tu te souviens, comme ils le traitaient d'« assassin », d'« homme armé et dangereux ». Tout y est passé, et je préfère ne pas savoir ce qu'il y avait sur les réseaux sociaux.

— Que crois-tu que nous veut ce notaire ? demanda Lali, essayant de changer de conversation.

Sixtine se gara devant l'immeuble de l'étude, rue Joseph-Vallot.

— Nous verrons bien. (Puis plus bas :) Je sais que tu as raison pour Jean-Lou, mais je ne voulais pas que cela finisse comme ça.

Lali lui effleura la joue.

Elles entrèrent dans l'immeuble, prirent l'ascenseur jusqu'au dernier étage. Sixtine appuya sur le bouton d'une sonnette aussi dorée et astiquée que la plaque fixée à la porte qui indiquait : « Maître Donadieu, notaire, diplômé Paris II Panthéon Assas ».

La porte s'ouvrit sur une salle d'accueil où était assise une femme d'un certain âge, les cheveux en chignon, vêtue d'un strict tailleur bleu marine et d'un corsage blanc dans le nœud duquel était plantée une minuscule perle fine.

— Bonjour, mesdames, que puis-je pour vous ?

— Sixtine et Lali Dangeli, nous avons reçu un courrier nous demandant de passer à l'étude.

— Merci d'être venues si vite. Me Donadieu m'a donné ordre de vous conduire à lui dès votre arrivée.

Elle décrocha son téléphone.

— Mme Dangeli et sa fille sont là, maître.

Elles n'entendirent pas la réponse du notaire, mais la femme leur fit signe.

— Si vous voulez bien me suivre, mesdames.

L'étude était grande, le personnel affairé, pourtant nul bruit ne filtrait, même les sonneries des téléphones étaient étouffées. Une impression de calme et d'efficacité, ici chacun savait ce qu'il devait faire. Rien à voir avec les quelques études que Sixtine et sa grand-mère avaient fréquentées jusque-là, où les clercs paniquaient, où tout le monde allait trop vite et était débordé. On était dans un autre monde.

Leur guide frappa à une double porte aux vantaux doublés de cuir rouge et ouvrit.

— Entrez, entrez.

Le notaire se leva pour les accueillir. Le visage souriant, il devait avoir la quarantaine. De petite taille, habillé d'un costume gris perle à la coupe impeccable, ses chaussures italiennes brillaient comme des bijoux à la vitrine d'un joaillier.

— Madame Dangeli, mademoiselle, je suis très heureux que vous ayez pu venir. Asseyez-vous, je vous en prie.

Il tira un fauteuil pour Lali qui s'assit en le remerciant.

— Voulez-vous boire quelque chose ? Un thé ? Un café ? De l'eau ?

— Non, merci, maître, c'est bien aimable à vous, fit Lali, mais nous n'avons guère de temps et j'avoue que votre invitation nous a surprises, ma petite-fille et moi. Venons-en au fait, voulez-vous ?

Avec un sourire courtois, Me Donadieu se rassit derrière son bureau.

— Je comprends votre étonnement, madame. Je vais tout vous expliquer et ne serai pas long. Vous ne le savez sans doute pas, mais j'étais le notaire de notre défunt maire, M. Mermet Mugnier.

— Jusqu'à ce jour, nous l'ignorions, effectivement.

— Il se trouve que M. Mugnier a établi un testament dans lequel il y a des directives vous concernant. En d'autres termes, il vous lègue une partie de sa fortune. Permettez que je vous lise ceci ?

Il s'empara d'un document sur lequel il se pencha. La lecture achevée, il attendit la réaction de ses clientes.

— Cinq cent mille euros ! s'exclama Lali, stupéfaite.

Elle se tourna vers sa petite-fille.

— Mais pourquoi ? Et pourquoi moi ? Qu'en penses-tu, ma chérie ?

— Je pense que Mermet Mugnier avait des remords, voilà ce que je pense. Ce que tu feras sera bien, Lali. Comme toujours.

— Alors, ma décision est prise, je ne veux pas de cet argent. Donnez-le à la caisse de secours des Guides.

— Bien, madame, il sera fait selon votre vœu. Mon clerc va vous rédiger une décharge qu'il vous faudra signer. Mais ce n'est pas tout. M. Mugnier avait aussi laissé des instructions concernant Mademoiselle.

Il prit une enveloppe kraft dont il rompit le cachet devant elles.

— Je dois vous remettre ces trois clefs en mains propres.

Il posa devant Sixtine trois petites clefs avec des étiquettes portant un numéro.

— Elles correspondent à des coffres dans trois grandes banques chamoniardes, dont le contenu vous appartient désormais.

— Mais qu'y a-t-il dans ces coffres ? demanda Sixtine, déconcertée.

— Seul mon client le savait, mademoiselle.

— Auriez-vous le temps de m'accompagner jusqu'à ces banques, maître ?

— J'avais envisagé cette éventualité.

D'un placard derrière elle, le notaire, qui s'était levé, sortit un grand sac de cuir muni d'un cadenas.

— Nous aurons besoin de ceci. Si vous le voulez bien, nous pouvons prendre ma voiture, elle est garée dans le parking sous l'étude.

— Je ne me sens pas de vous accompagner, déclara Lali.

— Je vous propose d'attendre ici, madame. Mon clerc va vous faire signer le document vous concernant et après il pourra, si vous le désirez, vous appeler un taxi.

— Cela sera parfait. Mais, plutôt qu'un taxi, un ami viendra me chercher.

Sixtine embrassa sa grand-mère, que le notaire confia aux bons soins de son premier clerc.

La visite aux trois banques s'effectua rapidement. Le notaire connaissait tout le monde. Il déjeunait souvent avec le directeur de la Palatine, avait ouvert le compte de l'étude à la Banque de Savoie et un compte privé chez Laydernier. On les conduisit donc aussitôt vers les salles des coffres. Le notaire vida le contenu du premier coffre dans les compartiments de sa sacoche qu'il referma en disant :

— Je n'imaginais pas… Je demanderai d'autres sacs à la Palatine et à Laydernier.

Enfin, une fois leur chargement dans le coffre de la Mercedes, il voulut savoir :

— Et maintenant, mademoiselle Dangeli ?

— Maintenant, maître, si vous le voulez bien, nous allons au PGHM.

Une fois dans le bureau de la capitaine Sandra Anselme, qui s'étonnait de leur visite, Sixtine demanda en désignant les sacs qu'ils venaient de poser à terre :

— Avez-vous une table, capitaine, où nous pouvons vider le contenu de ces sacs ?

Sans poser de question, Anselme dégagea une longue table sur laquelle elle entreposait ses dossiers.

— Mermet Mugnier possédait des coffres dans trois banques de Chamonix, expliqua la cristallière. Un butin qu'il m'a offert et qui est sans doute tout ce qui reste du trésor du Savoia-Marchetti, après le meurtre des membres de l'expédition.

Pendant qu'elle parlait, le notaire alignait avec délicatesse des piles de lingots d'or avec des poinçons italiens puis, pêle-mêle, des perles, des diamants, des bijoux, des lires et souverains d'or.

La capitaine Anselme ouvrit de grands yeux.

— Voilà pourquoi Bartolomeo a été tué, pourquoi le garde du corps, Riccardo, et le père Colonna ont perdu la vie. Pourquoi Jean-Lou a eu un si triste destin. Une fortune qui, pour moi, n'est synonyme que de mort, conclut Sixtine.

Le notaire ne disait mot, la capitaine restait les yeux fixés sur l'or et les diamants qui scintillaient.

Il y eut un long silence puis la cristallière reprit :

— Que me conseillez-vous, maître ?

— Cela représente beaucoup d'argent. Je vais en dresser l'inventaire, mademoiselle Dangeli, et le signaler avec votre accord et selon l'article L.531-14 du Code du patrimoine aux autorités administratives concernées, qui transmettront au préfet. Il est possible que l'État italien réclame une part des lingots mais il est sûr qu'une forte somme vous reviendra.

— De toute façon, je ne garderai rien. Je sais que le PGHM a une cagnotte, je désire que cet argent soit partagé à parts égales entre celle-ci et la caisse de secours de la Compagnie des guides.

— Je m'en occuperai, mademoiselle Dangeli. Mais je dois prendre mes dispositions. (Il regarda sa montre.) Et me rendre à un rendez-vous.

— Partez tranquille, maître, fit la capitaine. Je vais prévenir Duvallier et faire mettre tout ça au coffre en attendant votre inventaire.

Une fois le notaire sorti, les deux femmes se retrouvèrent seules.

— Il faut que je vous remercie au nom de mes hommes, mademoiselle Dangeli. C'est un geste très généreux de votre part.

— Ne me remerciez pas, capitaine. C'est Bartolomeo l'inventeur de ce trésor. C'est lui qu'il faut remercier.

Le silence retomba. Puis la cristallière songea au papier que lui avait donné Jean-Lou. Elle le sortit de sa poche, le déplia et le déposa devant l'officier.

— Lisez, capitaine, c'était le vœu de Jean-Lou et c'est aussi le mien. Si vous pouviez me le faire remettre par le SR, j'en serais heureuse.

La capitaine parcourut le billet puis releva la tête.

— Je suis désolée. Duvallier m'a dit qu'une OPJ a remis ce matin le bâton de marche au neveu de Jean-Lou, Yode Beuchat. Mais je pense qu'il ne fera pas de difficulté à vous le remettre.

YODE BEUCHAT

78

Encore troublée par la mort de Jean-Lou et la découverte du trésor, Sixtine grimpa dans sa Land Rover et fila vers le bar *Le soleil brille pour tout le monde.*

Le nom était joli, mais le petit bistrot n'était plus que l'ombre de ce qu'il avait été. Il avait eu son heure de gloire à l'époque où François Charlier, son propriétaire, avait encore un fils, Sam.

La plupart des guides de la Compagnie venaient au *Soleil* avec leurs clients. L'ambiance y était chaleureuse, amicale. Sam était le plus jeune guide de Chamonix. Il avait tout pour lui : un évident talent de grimpeur, un caractère joyeux et une endurance à toute épreuve. Le compagnon idéal pour une cordée sauf qu'il mourut à vingt ans, en essayant de sauver des alpinistes américains pris dans une tempête.

Charlier ne s'en était jamais remis. Il avait sombré dans l'alcool, sa femme l'avait quitté et, à présent, le bar végétait, fréquenté par des gens aussi paumés que le bistrotier.

Sixtine poussa la porte et laissa ses yeux s'accoutumer à la pénombre. La lumière du jour avait bien du mal à se frayer un chemin à travers les carreaux crasseux. Dans un coin, des habitués jouaient aux dés. Au comptoir, le patron essuyait des verres aussi gris que ses carreaux.

Les cheveux sales, hirsutes, des cernes gonflés sous les yeux, le teint rouge, Charlier avait l'air atone.

— Bonjour, François, fit Sixtine.

Il la regarda comme s'il ne la reconnaissait pas, puis une lueur s'alluma enfin dans ses yeux. Il grimaça un sourire.

— Salut, Sixtine !

— Je cherche Yode Beuchat. Il m'a dit qu'il logeait chez toi.

— Y était, mais y est plus. Il est parti au chalet de Jean-Lou. Tu veux une grolle ?

— Une autre fois avec plaisir. Il faut que je trouve Yode avant qu'il reparte à Albertville.

Sixtine prit la route et, une fois à l'envers, se dirigea vers le chemin des Alluets. En arrivant près du chalet de Jean-Lou, elle aperçut la porte grande ouverte, les collections du montagnard empilées dehors, le vieux combi VW chargé jusqu'à ras bord, et cela lui serra le cœur.

Yode avait jeté pêle-mêle par terre toutes les reliques des avions disparus, des cristaux, des cannes, des outils, tous ces trésors amassés au fil des ans par son oncle.

Un inconnu, géant roux en tee-shirt et sandales pieds nus, se tenait près d'une camionnette au plateau rempli des morceaux de fuselage et de moteur. L'homme glissa quelques billets dans la main de Yode et monta dans son habitacle. Sixtine s'était approchée, Yode grimaça un sourire, l'homme à la camionnette démarra après un bref signe de la main.

— Qu'est-ce que tu veux ? (Il haussa les épaules, l'air gêné.) L'oncle, il est mort, alors…

Sixtine le foudroya du regard.

— Jean-Lou n'est pas encore enterré que tu fais ici comme chez toi.

— Ben ouais, c'est à moi tout ça !

Il fit un large geste de la main englobant le chalet, le combi VW et ce qui gisait par terre.

— T'as vu le notaire ?
— Foutaises. Et puis, j'ai déjà trouvé un acheteur pour le chalet, quant à Marcel (il désigna la camionnette qui s'éloignait), il me prend des trucs pour sa brocante. Ce qu'y restera, je le mettrai à la benne.
Sixtine se força au calme et tendit le mot qu'elle avait montré à Anselme.
— C'est ton oncle qui a écrit ça. Lis.
Yode obéit puis releva la tête.
— Et alors ?
— Je veux récupérer son bâton de marche.
— Lequel ? Y en avait plein la baraque.
— Celui que les gendarmes t'ont rendu.
— Ah celui-là ! J'en ai fait cadeau à Marcel. Si tu veux, je t'en donnerai un autre, y doit m'en rester.
Il désigna l'amoncellement devant eux.
— C'est celui-là que je veux. Il vient d'où, ton brocanteur ?
Yode sortit un flyer de sa poche. Elle l'empocha sans le regarder.
— Quand est-ce que tu t'occupes des funérailles ?
— Les enterrements, ça me branche pas, et puis le vieux, au stade où il est, il s'en fout. Mais si toi, tu veux gérer.
— Jean-Lou avait raison, jeta Sixtine. T'es qu'un charognard ! Tu vas retirer du fric de tout ça, mais tu dépenseras rien pour que Jean-Lou soit enterré dignement.
— T'as pas le droit de me parler comme ça.
— Je te parle comme je veux.
Sa voix était montée d'un ton. Yode recula.
— Oh là, oh là ! Te fâche pas.
— Je m'occuperai de son enterrement, mais un conseil, repasse jamais à Chamonix ! Nos copains guides, ils aiment pas les gars comme toi, et ils aiment encore moins qu'on parle mal de l'un d'eux.
Comme Yode ne s'écartait pas assez vite de son

chemin, elle le repoussa avec une violence dont elle ne se serait jamais crue capable. Sans un regard en arrière, Sixtine monta dans la Land Rover et démarra.

Quand la cristallière arriva à la brocante d'Albertville, le soir tombait. Le brocanteur fermait la grille d'une cour où s'entassait un incroyable capharnaüm, depuis de vieux skis en bois, des traîneaux en plastique, des cristaux, jusqu'à des machines à laver, des frigos, un lit en fer, une tondeuse…

— Salut, fit Sixtine. On s'est vus chez Yode.

— Ouais.

— Je viens pour le bâton de marche que Yode vous a donné.

L'homme se contenta de hocher la tête.

— Son oncle était mon ami, et je désire le récupérer. Si c'est une histoire d'argent, je peux vous l'acheter.

— Je m'en fous, de ce bâton et je vous l'offrirais volontiers, mais je l'ai vendu y a un quart d'heure à un gars.

— Vous avez son nom ? Son adresse ?

L'autre haussa ses larges épaules :

— Ben non, m'a payé en liquide. J'allais pas lui demander une pièce d'identité pour dix euros. J'sais même pas s'il habite dans le coin… mais des bâtons, j'en ai d'autres.

Il désigna un tonneau dans lequel s'entassaient des cannes, des badines, des clubs de golf, des parapluies, des alpenstocks, des piolets de toutes tailles…

Aucun n'était celui de Jean-Lou.

LA FIN D'UNE HISTOIRE…
… ET LE DÉBUT D'UNE AUTRE

79

La cérémonie au crématorium, en hommage à Bartolomeo et à Jean-Lou, avait été magnifique. La tristesse en avait été chassée par la solide et fraternelle présence des guides de la Compagnie, du capitaine Anselme et du capitaine Duvallier avec leurs hommes.

Martin et le notaire étaient passés. Patricia aussi. Et des centaines de Chamoniards, venus témoigner leur amitié à Lali et à sa petite-fille.

Un hommage simple, un chant savoyard et un piémontais, un discours très bref de Lali et de Sixtine, leurs voix mêlées racontant l'amitié des deux hommes, une centaine de bouquets de fleurs, des bougies de couleurs et, enfin, un déjeuner sur une longue table devant le chalet de Guy Simon, qui avait tout organisé et qui raccompagna ensuite Lali chez elle.

Sixtine revint au funérarium dans l'après-midi, pour récupérer les cendres.

Puis elle repartit vers le cimetière pour l'enterrement de Mermet. Elle regarda, pensive, le carton des urnes posé sur le siège passager de la Land Rover et se gara. Hormis la sienne, il n'y avait que deux voitures sur le parking, celle de Martin et la Mercedes du notaire, dans laquelle celui-ci répondait à un appel.

Elle descendit de voiture, prit le bouquet dans le coffre. Martin, qui l'attendait, la rejoignit.

— Merci d'être venue.

Il l'embrassa sur les joues.

— Je te parie qu'il n'y aura personne.

— Lali souhaitait venir, mais c'est moi qui n'ai pas voulu. Elle est trop fatiguée. Et ta mère ?

— Elle a filé à Cannes ! Mais avant on s'est expliqué et ça m'a fait un bien fou. Du coup, elle a mis en vente le Bellevue et je ne pense pas que je la reverrai.

Il avait dit cela simplement. Il avait maigri mais, surtout, ne cherchait plus à séduire. Il parlait avec gravité en vous regardant droit dans les yeux. Le bruit courait, et Patricia le lui avait confirmé, qu'il travaillait dur, n'allait plus en boîte et avait arrêté de boire.

Le corbillard arrivait.

Le notaire sortit de sa voiture et les salua.

La secrétaire de l'agence immobilière et deux ou trois employés de Martin se hâtaient vers eux. L'ancien adjoint du maire avait envoyé une gerbe, mais s'était désisté. Un empêchement.

Il était mal vu maintenant d'avoir été proche de l'ancien maire.

Après l'enterrement, le notaire les quitta et Sixtine se tourna pour faire ses adieux à Martin. Elle n'avait jamais assisté à une cérémonie aussi triste.

— On s'appelle la semaine prochaine ? demanda-t-elle.

— Tu t'en vas ?

— Du travail à la boutique et après, je file à Baume Longe, libérer les cendres de Bartolomeo et de Jean-Lou. C'est le vœu de Lali. Jean-Lou sera bien là-haut, avec Baté. Il m'a tellement répété que c'était toute sa famille. Et toi ? Que vas-tu faire, maintenant ?

— Faire mentir mon père.

— Pardon ?

— Il était persuadé que je ne saurais pas gérer nos

sociétés. Je vais lui prouver le contraire. Et tu sais la meilleure ? Je vais me marier.

— Non !

— Et l'heureuse élue, c'est Patricia.

— J'aurais dû m'en douter, elle m'a parlé de toi tout à l'heure et elle a rougi.

— Je lui ai demandé de m'épouser et elle a accepté. Elle m'aime depuis le collège.

— Et toi ?

— Pas comme je t'ai aimée, bien sûr. Parce que, quoi que tu en penses, je t'ai aimée, Sixtine. Mal, mais je t'ai aimée. Tu étais si forte, si indépendante, si sensuelle, aussi. Au début, c'était pour faire plaisir à mon père, il s'était entiché de toi, mais après, je me suis rendu compte que j'étais pas à la hauteur, et que je le serais jamais. Je suis devenu jaloux, j'avais peur de te perdre. Bref, j'ai joué au con.

— On n'était pas faits pour être ensemble, Martin.

— Tu voudras bien être notre témoin ?

— Oui, dit-elle, à la fois heureuse pour Patricia et Martin et se sentant soudain très seule.

LA MONTAGNE MAGIQUE

80

Pour Sixtine, une quinzaine de jours passèrent entre démarches administratives et préparation des commandes pour le magasin. Elle partait à la boutique le matin tôt et en revenait le soir tard, s'abrutissant de travail pour oublier Federico et le destin tragique de Jean-Lou.

Enfin, après avoir fait ses adieux à sa grand-mère, la cristallière chargea la Land Rover avec son barda, mit les urnes dans le coffre, et prit la direction de Grenoble. Cinq heures plus tard, elle arrivait au Villard d'Abbas, où elle se gara derrière la Maison technique.

Sans écouter sa fatigue, elle mit son sac à dos, ferma le hayon et leva les yeux. Quelque part là-haut, Baume Longe l'attendait et cela la réconforta. Elle songea au projet qu'elle avait eu de restaurer la maison et se promit de le faire.

Elle grimpa sans presque en avoir conscience. Pourtant, insensiblement, au fur et à mesure qu'elle s'éloignait de la vallée, il lui semblait qu'elle respirait mieux.

Elle arriva en fin de journée à Baume Longe, posa son sac à l'intérieur, rajouta quelques branchages sur la couche utilisée, il y a si peu de temps, il y a une éternité… et alla s'asseoir sur le banc de pierre face à la Séolane.

Une fois là, elle but son café, dévora avec appétit le sandwich et la tarte aux myrtilles préparés par Lali.

La nuit tombait et des milliers d'étoiles s'allumaient dans le ciel.

En se glissant dans son duvet, elle songea une fois de plus à Federico, dont elle n'avait toujours pas lu la lettre. Il avait essayé cent fois de l'appeler, lui avait laissé des messages qu'elle n'avait pas écoutés.

Elle posa la tête sur son anorak roulé en boule, regarda les urnes et s'endormit d'un coup.

Quand elle se réveilla, il faisait jour et la lumière filtrait entre les tavaillons. Elle avait l'impression que Baté lui était apparu en rêve. Rien de précis mais un sentiment d'apaisement.

Elle s'étira et sortit après avoir enfilé son anorak, se frottant les mains l'une contre l'autre pour se réchauffer.

Le soleil était déjà passé au-dessus des crêtes de la Séolane. Elle entendit le sifflement d'une marmotte. Bientôt elles rentreraient en hibernation, l'hiver serait là et la neige recouvrirait le hameau perdu.

Elle eut le sentiment d'une présence avant même qu'une silhouette émerge du côté du ravin et se dirige vers elle. Sixtine sut aussitôt que c'était Federico. Ce fut comme si le temps ralentissait. Le cœur de Sixtine cognait plus fort. Valente traversa la prairie d'herbes folles et s'arrêta à quelques pas d'elle.

— Bonjour, Sixtine.

Elle ne bougea pas, ne répondit pas. Il portait le même lourd sac à dos, les mêmes chaussures de marche que quand ils étaient partis sur le glacier des Bossons.

— Lali m'a expliqué par où passer. J'ai du café chaud, si tu veux. On s'assoit ?

Elle se dirigea vers le banc de pierre. Il l'y rejoignit, posa son sac, s'assit en tailleur en face d'elle et lui tendit bientôt une timbale de café fumant. Ils burent en silence, en s'observant.

— Je peux te parler ? demanda-t-il.

— Je t'écoute.

— Déjà, pour commencer, je voulais te demander pardon, ensuite…

Quand il se tut, le soleil était déjà haut dans le ciel. Sixtine était restée silencieuse, n'avait fait aucun commentaire, mais c'était comme si l'étau qui lui comprimait la poitrine s'était desserré.

— Je sais que je vais… non que je dois te rejoindre. Je sais que ma place est près de toi. Mais j'ai encore besoin de temps. Tu comprends ?

Elle sentait qu'il disait vrai. Qu'il devait rompre ses engagements à son rythme. Et qu'ensuite, ils feraient le chemin ensemble. Elle en était sûre maintenant. Peut-être même – encore une phrase de son père – qu'ils « graviraient les montagnes d'automne » côte à côte.

Elle acquiesça gravement, puis se dressa. Elle allait parler quand il lui prit la main. Tête levée, il la regardait, comme éperdu. Sixtine ne put s'empêcher, une fois encore, de le trouver beau. L'Italien se leva à son tour, ils se firent face et, soudain, avec douceur, l'homme posa ses lèvres sur celles de Sixtine et, sans se dérober cette fois, lui donna son premier baiser, accueillant le sien en retour.

Sixtine sentit le désir l'envahir, délicieux et douloureux en même temps. Leurs souffles restèrent longtemps unis, promesse d'une vie à venir, puis ils se séparèrent. La voix de Sixtine était mal assurée quand elle parvint enfin à prononcer les mots que leur baiser avait interrompus.

— Je dois disperser les cendres de Baté et de Jean-Lou… Tu m'accompagnes ?

Il acquiesça.

Le silence retomba, si dense que Sixtine proposa la première chose qui lui passa par la tête.

— On mange quelque chose avant de grimper ?…

Ils mirent en commun leurs provisions, reste de tarte,

saucisson et pain pour elle, jambon de parme et fromage à la truffe pour lui, auxquels ils touchèrent à peine.

Puis Sixtine, comme pour repousser la langueur qui la gagnait, l'envie de se blottir contre lui, de sentir ses mains sur son corps, se dressa.

— On y va ?

Ce n'était pas vraiment une question. Plutôt une supplique. Une issue.

Alors ils prirent la direction du Pain de Sucre.

— C'est la montagne magique dont tu m'as parlé ?

— Oui, c'est *ma* montagne magique.

Elle marchait devant. Le temps était clair, le soleil brillait. Ils suivirent le sentier qui menait au col de la Cloche, dépassèrent la croix de Saint-Médard puis gravirent les premiers contreforts du Pain de Sucre.

Des lauzes, des éboulis et, par endroits, des plaques restées dans l'ombre encore humides et glissantes.

Sur les derniers cent mètres, la pente était raide. Arrivés sur l'arête sommitale, la cristallière s'arrêta et Federico resta saisi devant la beauté du panorama qui s'ouvrait à 360° autour d'eux.

— C'était l'endroit préféré de mon père et de Bartolomeo. D'ici, Baté voyait les Alpes italiennes.

Elle tendit la main vers le sud-est :

— Le mont Viso là-bas, la plaine du Pô et la vallée de Val Varaita, plus souvent dans le brouillard mais pas aujourd'hui.

— Et là-bas, ce minuscule lac, c'est celui d'Asti ? demanda l'historien.

— Oui.

Sixtine se tourna vers l'ouest :

— De ce côté, c'est l'Oisan et le pic là-bas, c'est celui de Rochebrune. Plus loin, tu as les versants français et suisse du mont Blanc. Au nord, c'est la crête de la Taillante.

Elle se tut. La crête où ils se tenaient était étroite,

mais des abris de pierre permettaient de s'y protéger des grands vents. Federico, qui avait posé son sac devant l'un d'eux, en sortit l'urne de Bartolomeo qu'il tendit à Sixtine.

La jeune femme l'ouvrit, se tourna vers le sud-est et vida les cendres au-dessus du vide. Elles tourbillonnèrent dans l'air froid. Il lui tendit celle de Jean-Lou et elle fit de même, se tournant vers l'ouest.

Ils regardèrent les cendres voleter puis, d'un commun accord, s'assirent devant l'un des abris. Ils n'avaient pas envie de redescendre.

Ils restèrent silencieux un long moment. Sixtine, partagée entre la sensation de la présence de Federico et celle de l'absence de son grand-père et de Jean-Lou. Il lui sembla que tout était à sa place. Elle la première. Enfin, elle demanda :

— Et l'*Orphanus* ? Il n'était pas dans les coffres de Mermet, ni chez Jean-Lou. Qu'a-t-il bien pu devenir ? Et toi, qu'est devenue ta quête ?

— J'aime penser qu'IL a échappé aux hommes et qu'IL est quelque part non loin de nous, au cœur des glaciers. Quant à moi, je ne suis pas Galaad, le chevalier à l'armure vermeille, répondit l'Italien en l'attirant contre lui, mais je t'ai trouvée, toi.

ÉPILOGUE

Elsa venait d'avoir douze ans. Sérieuse et solitaire, elle vivait avec son père, Laurent, opérateur de production dans une usine de graphite non loin d'Albertville.

Sa mère était partie quand elle avait deux ans, envoyant une carte postale en guise d'adieux. La gamine ne conservait d'elle qu'une photo floue et la carte que son père enfermait dans un tiroir.

Laurent ne s'était pas remarié, il consacrait sa vie à sa fille, vivant avec elle à Cevins, un petit village à une quinzaine de kilomètres d'Albertville.

Elsa aimait deux choses, lire et escalader, et leur plaisir, quand elle ne faisait pas la lecture à voix haute à son père, était les randonnées en montagne chaque week-end et pendant les vacances. Ils montaient toujours plus haut. Partaient de plus en plus longtemps. Grimpant jusqu'aux lacs de la Tempête, un des parcours préférés d'Elsa, longeant des cascades avant de rejoindre le col de la Louze d'où ils voyaient le mont Blanc.

Après avoir soufflé la bougie que son père avait plantée sur une religieuse au chocolat – son gâteau préféré –, elle prit le cadeau qu'il lui tendait.

Elle coupa le ruban rouge, défit le papier qu'elle plia soigneusement pour le réutiliser et resta figée.

À la forme elle s'était doutée que c'était un bâton de marche mais celui-là...

Son père ne pouvait pas lui faire plus beau cadeau et les yeux d'Elsa brillaient en l'examinant.

— Il appartenait à un grand guide de Chamonix. Je n'ai pas eu le temps de le nettoyer.

— Je préfère le faire, fit Elsa qui se jeta dans les bras de son père et l'embrassa, avant de filer vers la salle de bains.

Une fois assise sur le rebord de la baignoire, elle détailla la canne. Elle commença par l'embout en métal en forme de pique, puis son regard remonta le long du fût sculpté et, enfin, arriva au pommeau en forme de boule. Tout était obscurci et noirci par la graisse et la saleté. Des liens soulignaient la courbure du pommeau et une dragonne de cuir y pendait.

Elle chercha une éponge, remplit une bassine d'eau tiède et, avec un peu de savon, s'attaqua au bois qui retrouva bientôt sa couleur et son éclat. Des dessins géométriques étaient apparus, ainsi qu'une devise, « Souviens-toi et marche », qui s'enroulait autour du fût.

Elsa répéta la phrase à plusieurs reprises puis s'attaqua au nettoyage du pommeau qu'elle frotta avec délicatesse.

Ce qu'elle avait pris pour un nœud de bois était une pierre si étroitement enchâssée dans le pommeau qu'elle faisait corps avec lui. On eût dit qu'un réseau de racines l'enserrait, la maintenant tout en laissant deviner sa forme et son éclat.

Elle attrapa sa brosse à dents souple et frotta.

La lumière du plafonnier de la salle de bains se refléta soudain dans le caillou, allumant des reflets couleur d'incendie. Quelque chose dansait à l'intérieur du cabochon, comme une flamme. Comme un charbon ardent, comme une âme de pierre.

Elsa se souvint de légendes où les dragons et les vouivres portaient sur le front des pierres comme celle-là. Des pierres qui brillaient dans les ténèbres.

Mais cela ne l'intimida pas.

Elle sécha le bâton puis sa main se referma sur le pommeau et elle se mit debout devant le miroir de la salle de bains.

Elle se voyait, à l'égal des héroïnes dont les portraits tapissaient les murs de sa chambre : Catherine Destivelle, l'Italienne Nives Meroi ou la Basque Edurne Pasaban. Comme elles, elle gravirait tous les huit mille de la planète.

Maintenant, le bâton du guide de Chamonix était à elle, la pierre était à elle. Et elle se jura de les garder toujours.

Ce qu'Elsa ne savait pas, c'est que, bien des années plus tard, alors qu'elle serait devenue une des meilleures alpinistes du monde et qu'elle serait trop âgée pour grimper, elle donnerait son bâton à sa petite-fille Andrea.

Andrea qui, sans avoir le talent de sa grand-mère, passerait sa vie à marcher sur des chemins mythiques comme celui de l'Inca au Pérou, du massif de Torres del Paine au Chili, de l'Overland Track en Australie…

Andrea qui, elle-même, le léguerait à son fils unique Jean.

Jean, un sédentaire n'aimant rien tant que son minuscule appartement parisien. Jean qui garderait longtemps la canne enfermée dans une vitrine et, n'ayant pas d'enfant, la léguerait à Étienne, son neveu. Un neveu journaliste, écrivain et grand voyageur, qui la perdrait dans une faille lors d'un reportage dans les montagnes de Bohême. Dans un endroit étrange surnommé les Roches Brunes. Des rochers comme des tours de garde dressées vers le ciel, des gorges étroites surplombées de forêts ombreuses, des rivières roulant des flots sombres.

L'*Orphanus* échapperait ainsi aux musées ou aux collectionneurs qui l'auraient privé de la lumière du monde et se retrouverait non loin de la grotte où il s'était formé. Pierre unique et singulière, « étoile guide », dont le temps n'était pas celui des hommes.

NOTE DE L'AUTEUR

Vous l'avez compris, dans ce récit se mêlent l'Histoire avec un grand H et la fiction. L'*Orphanus*, pierre unique et singulière, a orné la couronne des empereurs romains germaniques et est bien apparu pour la dernière fois lors de l'inventaire de succession effectué en 1350 à la mort de l'empereur Charles IV de Bohême.

C'est un joyau dont il n'existe aucune représentation visuelle. Une pierre mythique, dont les poètes se sont emparés. Une « pierre ultime » qui n'a cessé de fasciner, mentionnée dans le roman du duc Herzog Ernst, puis dans le *De Mineralibus* d'Albert le Grand et enfin dans les strophes du poète courtois Walther von der Vogelweide.

Une gemme qui parle de nous, humains, car si, dès l'Antiquité, les philosophes grecs ont fait le distinguo entre êtres animés et inanimés, aujourd'hui il devient impossible d'étudier le vivant sans inclure le minéral.

Un minéral qui questionne la définition même de la vie.

Le « Qu'est-ce que vivre ? » se pose car les cristaux bougent, s'adaptent, croissent, se multiplient… sur une durée qui n'est pas la nôtre.

Pointe de la Malouine, 2021

ANNEXES

« Pour prévoir l'avenir, il faut connaître le passé,
car les événements de ce monde ont, en tout temps,
des liens aux temps qui les ont précédés. »

Nicolas Machiavel

LIEUX

*Si l'envie vous prenait de remonter le temps et de partir sur la piste de l'*Orphanus, *voici quelques-uns des châteaux et lieux du Saint Empire romain germanique dans lesquels les* Regalia *ont été conservés :*

Alt Ems : château sur le mont Sonnenberg dont les tours en ruine se dressent au-dessus des noires forêts du Palatinat.

Haguenau : château aujourd'hui disparu construit vers 1115. Longtemps résidence favorite de Frédéric II Hohenstaufen, érigé sur une île dans les boucles de la Molder, la forteresse est devenue celle de Rodolphe Ier de Habsbourg. La chambre du trésor, dite *Dreskammer*, qui abritait les *Regalia*, donnait sur une galerie située sous la tour et était accessible par un escalier à vis depuis la chapelle réservée à la cour.

Harzburg (Basse-Saxe) : château construit, dit-on, sur les ruines d'un temple païen détruit par Charlemagne et qui, après la mort d'Otton IV en 1218 et la difficile succession impériale, servit de repaire à des chevaliers brigands.

Karlstein : forteresse bâtie sur un éperon rocheux, à une cinquantaine de lieues au sud-ouest de Prague. Dans ce château reliquaire étaient entreposés les *Regalia* de l'Empire, les joyaux de la couronne de Bohême et aussi nombre de reliques. Une visite s'impose notamment pour voir l'étonnante chapelle Sainte-Croix, où ils étaient conservés.

Reichenau : abbaye bénédictine édifiée sur une île du lac de Constance. Elle était connue pour son atelier d'orfèvrerie et ses religieux auraient possiblement réalisé la couronne du Saint Empire romain germanique aux alentours de 960. C'est en tout cas l'une des hypothèses historiques et celle que nous avons choisie dans ce livre.

Trifels : ancien monastère salésien transformé en forteresse, le château sera longtemps dépositaire des *Regalia*. Il fut la demeure de l'empereur Henri VI, la prison de Richard Cœur de Lion, le lieu où mourut, à douze ans, Guillaume III, fils de Tancrède de Lecce.

Et du côté des Alpes...

Baume Longe : hameau en ruine sur un plateau, face au sommet de la Séolane, non loin de Barcelonnette, où vécut jadis Bartolomeo, mon grand-père, à qui est dédié ce livre.

Gîte à Balmat et Paccard : accompagné du Dr Michel G. Paccard, Jacques Balmat, cristallier et chasseur de chamois, part le 7 août 1786 pour découvrir la voie du mont Blanc. Le mauvais temps les oblige à un bivouac forcé à 2 400 m, sous trois gros blocs de granit qui, plus tard, porteront leurs noms. Ils furent les premiers à atteindre le sommet du mont Blanc.

GLOSSAIRE

À l'endroit : expression désignant l'adret, le versant d'une montagne le plus longtemps exposé au soleil, ou versant du soleil.

À l'envers : expression désignant l'ubac, le versant le plus ombreux.

Chalet à habits : sorte de grenier à bois où les Savoyards conservaient autrefois les provisions, les vêtements, l'argent. L'équivalent des *mazots* suisses.

Chouette de Tengmalm : ou nyctale de Tengmalm, de la famille des strigidés. Cette chouette décrite par Linné en 1758, de petite taille et difficile à observer, affectionne les zones montagneuses et les forêts d'épineux. Les Suédois la nomment « chouette perlée » à cause de son plumage brun parsemé de petits points blancs.

Émeri : poudre composée de variété impure de corindon, servant à préparer les bijoux pour le polissage.

Escarboucle : chez les Égyptiens, elle était dédiée à la déesse de la guerre, Sekhmet à tête de lion. Les Grecs pensaient qu'elle avait le pouvoir de donner la vision nocturne à celui qui la portait. Chez les Hébreux, on la nomme *Barak* : la foudre. Elle aurait été la lanterne qui éclairait l'arche de Noé. Dans le Coran, comme des étoiles, les escarboucles forment le quatrième ciel.

Fours : nom donné par les cristalliers aux géodes tapissées de cristaux. Souvent dans des filons de quartz, il en existe deux sortes, la première recelant des cristaux de quartz d'une grande pureté, l'autre des octaèdres de fluorite rouge ou rose.

Gwindels : SiO_2, quartz classés en trois catégories, fermés, semi-fermés et ouverts. Les gwindels sont des agrégats de cristaux disposés horizontalement qui, contrairement aux autres formes cristallines, vrillent et s'allongent en spirale à gauche ou à droite.

Kangchenjunga : le 24 janvier 1966, le Boeing 707 baptisé *Kangchenjunga* (du nom d'un sommet de l'Himalaya sur la frontière indo-népalaise) relie Bombay à New York. L'avion, transportant 117 passagers et membres d'équipage, doit faire escale à Genève avant de rejoindre Londres. À sept heures, il contacte l'aéroport suisse. Deux minutes plus tard, il disparaît des écrans radars. Il n'y aura aucun survivant. Dès les années 1990, les restes du Boeing réapparaîtront, mouvement qui ne fera que s'accélérer avec la fonte des glaciers.

Malabar Princess : le 3 novembre 1950, le Lockheed L-749 Constellation d'Air India International, immatriculé VT-CQP et baptisé *Malabar Princess*, assurant la liaison Bombay-Londres *via* Le Caire et Genève, disparaît à 10 h 45 des écrans radars de la tour de contrôle de Genève-Cointrin. Les recherches aériennes, rendues difficiles par les conditions météo, s'organisent. Deux jours après, le 5 novembre, un DC3 de Swissair repère les débris d'un appareil aux alentours des rochers de la Tournette à 4 677 mètres d'altitude, à proximité du refuge Vallot. Aucun survivant parmi les 48 passagers et membres d'équipage. Dès 1975, les débris du *Malabar* commencèrent à réapparaître.

Pierre à feu : poudre de pierre à feu, faite de pyrite brûlée.

Quartz à âmes : quartz formé dans les fissures de la roche hôte, dont les mouvements laissent en celui-ci des cicatrices d'inclusion de gaz et de liquide, sorte de fil blanc, le *faden* ou âme.

Regalia : insignes royaux dont on se servait pour la cérémonie du couronnement. Les *Regalia* du Saint Empire sont aujourd'hui conservés dans la salle du Trésor de Vienne. À l'origine, la couronne, l'orbe, le sceptre, l'épée impériale, la Sainte Lance voyageaient avec l'empereur. Au fil des ans, les *Regalia* se sont enrichis de nouveaux trésors : le crucifix créé sous Conrad II ; l'orbe impérial des Hohenstaufen ; l'épée de cérémonie et le précieux manteau de soie rouge brodé d'or, de milliers de perles et d'émail de Roger II de Sicile ; les gants de samit rouge, ornés de pierreries et d'émail et les bottes de Frédéric II de Sicile…

Sucre : en minéralogie, quartz d'une forme particulière. Voir g*windel.*

Tavaillons : tuiles de bois recouvrant les toits des maisons traditionnelles.

QUELQUES PERSONNAGES AYANT EXISTÉ, CITÉS DANS CE LIVRE

Albert le Grand (1206-1280) : né dans une petite ville du duché de Souabe, sur les bords du Danube. Frère dominicain, il passera sa vie à enseigner et à écrire une œuvre savante touchant aux sciences naturelles – quelque vingt et un volumes *in-folio* –, à la philosophie et à la théologie. Il parle de l'*Orphanus* dans son *Mineralium Liber*.

Albizeschi, Bernardino, dit Bernardin de Sienne (1380-1444) : orphelin très jeune et de santé fragile, il se consacra très tôt aux malades, aux pestiférés et aux pauvres. Il rentra en 1402 dans l'ordre des Frères mineurs (Franciscains) et devint un prédicateur renommé. On le surnomma l'« apôtre de l'Italie ».

Barbiano, Alberigo da (1344-1409) : d'origine aristocratique, chef de guerre italien, *condottiere*. Il fonde à trente ans une milice italienne la « Compagnie de saint Georges ». Il fait ses armes avec le mercenaire anglais John Hawkwood, considéré comme l'un des premiers *condottieri*.

Barisino, Tommaso da, dit Tommaso da Modena (1326-1379) : peintre et miniaturiste italien. Frère dominicain. Il œuvra à Venise et à Prague pour l'empereur Charles IV.

Cenci, Giovanni : issu d'une famille princière romaine. Chancelier de Rome, il s'allie à Catherine de Sienne au moment du grand schisme en 1378 et joue un rôle majeur dans la reddition du *Castel Sant'Angelo*.

Charles IV (1316-1378) : descendant de Charlemagne, fils de Jean l'Aveugle et d'Élisabeth de Bohême, princesse de la dynastie des Prémyslides. Charles IV, roi de Bohême, est couronné à Rome en 1346. Il épouse successivement Blanche de Valois, Anne du Palatinat, Anne de Schweidnitz, mère de son aîné Venceslas, et Élisabeth de Poméranie, mère de Sigismond. Il écrit son autobiographie, la *Vita Karoli Quarti*. Il œuvre à la reconstruction gothique de la cathédrale Saint-Guy de Prague. Fonde en 1348 l'université Charles de Prague et bâtit la nouvelle ville de Prague et le pont Charles reliant *Mala Strana* et son château à la vieille ville. Il meurt à Prague à l'âge de soixante-deux ans.

Donato, Ludovico (1305-1385) : d'origine modeste, il rentre très tôt dans l'ordre des Franciscains et deviendra successivement ministre de la province de Venise, procurateur général, vicaire général. Enfin, le pape Urbain VI le nommera ministre général des Franciscains (après la destitution de son prédécesseur, le clémentiste Leonardo Rossi).

Frédéric Ier Hohenstaufen, dit Barberousse (1155-1190) : couronné roi des Romains par l'archevêque de Cologne à Aix-la-Chapelle le 9 mars 1152, puis empereur par le pape Adrien IV dans la basilique Saint-Pierre de Rome le 18 juin 1155. Il meurt noyé pendant la Troisième Croisade, dans la crue d'une rivière en Anatolie.

Hus, Jan (1369-1415) : prêtre tchèque, confesseur de la reine, doyen de l'université de Prague. Il prêche la réforme de l'Église un siècle avant Luther, écrit un *Tractatus de ecclesia* en 1413. Il meurt sur le bûcher, ses écrits sont brûlés et sa mort déclenchera les Guerres hussites, une révolution religieuse, politique et sociale qui durera dix-huit ans.

Jean XII (937-964) : né à Rome, fils du duc de Spolète, élu pape à dix-huit ans, il est plus familier de la chasse et de la guerre que de la conduite de l'Église. Il couronne Othon Ier empereur le 2 février 962 et fait alliance avec lui, faisant reconnaître les États pontificaux. Très vite, les deux hommes s'affronteront, chacun essayant d'étendre son pouvoir et ses possessions, Jean XII tâchant de faire alliance avec les empereurs byzantins contre son ancien allié. Othon revient alors à Rome pour le combattre, la position du pape devient difficile, d'autant qu'il est jugé par un synode de cinquante évêques le déclarant sacrilège, parjure, coupable de meurtre, d'inceste et d'adultère. On dit qu'il mourut tué par un mari jaloux le 14 mai 964. Il avait vingt-sept ans.

Mercati, Angelo (1870-1955) : historien, traducteur, prêtre, il devient préfet des Archives privées du Vatican en 1925. Il œuvre au recensement et au sauvetage des Archives avec son frère Giovanni.

Mercati, Giovanni (1866-1957) : cardinal, bibliothécaire, auteur et archiviste. Avec son frère Angelo, il prit en main le recensement des Archives en vue d'une guerre qui paraissait de plus en plus inéluctable. Résolument opposé aux idées du national-socialisme, il fit une déclaration contre les totalitarismes menaçant l'Europe en juin 1936.

Népomucène, Jean (1345-1393) : fils de berger, prêtre catholique, il gravit rapidement les échelons et devint archidiacre puis chanoine et vicaire général de l'archevêché de Prague. Tenant tête à l'empereur Venceslas Ier qui voulait placer un de ses favoris à la tête de l'abbaye de Kladruby, il est jeté en prison, torturé par le feu et jeté dans la Vltava. Sa mort entraînera une rébellion de nobles contre l'empereur. On a aussi dit qu'étant confesseur de la reine Sophie de Bavière, soupçonnée d'adultère par l'empereur, il avait refusé de trahir le secret de la confession. Mais sa mort est surtout liée à l'inimitié de l'empereur et de l'archevêque de Prague.

Othon Ier (912-973) : fondateur du Saint Empire romain germanique, entité politique (dénommée *Reich* en allemand qui perdurera jusqu'en 1806). Couronné roi de Germanie à Aix-la-Chapelle puis, le 2 février 962, à Rome par le pape Jean XII, il reçoit le titre d'*Imperator Romanorum Francorum*, empereur du Saint Empire romain germanique. Il est enterré à Magdebourg, la capitale qu'il avait choisie.

Pardubice, Ernest de (1297-1364) : il naît en Pologne, fait ses études de droit et de théologie à Bologne et à Padoue. Il est évêque de Prague en 1343, puis premier archevêque, et nommé chancelier de l'université de Prague et seigneur de Pardubice par l'empereur Charles IV.

Philippe Ier de Souabe (1177-1208) : né Hohenstaufen à Pavie, il est couronné empereur en 1205, à Aix-la-Chapelle, par l'archevêque de Cologne. Il meurt poignardé en juin 1208 par le comte palatin de Bavière, Otton de Wittelsbach, à l'âge de trente-deux ans.

Pie VII (1742-1823) : ancien Bénédictin, Grégoire Barnabé Chiaramonti avait été élu pape sous le nom de Pie VII, le 14 mars 1800. À peine élu, en pleines guerres napoléoniennes, il s'attelle à la restauration et à la modernisation des États pontificaux. Il accepte de venir sacrer Napoléon empereur des Français à Notre-Dame de Paris, le 2 décembre 1804. Essayant de préserver la neutralité du Vatican, il refuse d'adhérer au blocus continental contre l'Angleterre et se heurte très vite à l'empereur, menaçant celui-ci d'excommunication. Sur ordre de Napoléon, le général Radet l'enlève et le garde prisonnier à Florence, puis à Savone. En 1812, au moment du départ de Napoléon pour la campagne de Russie, le pape est transféré en secret à Fontainebleau, il y restera en captivité jusqu'en mai 1814, date de son retour triomphal à Rome. Il meurt à l'âge de quatre-vingt-un ans, et l'on dit que les derniers noms qu'il prononça furent ceux des villes où il avait été retenu prisonnier cinq ans, loin de Rome.

Pie XI (1857-1939) : originaire de Milan, franciscain, ordonné prêtre à vingt-deux ans, il est diplômé en philosophie, en théologie et droit canon. Il sera successivement préfet de la Bibliothèque ambrosienne de Milan avant d'être nommé par le pape Pie X vice-préfet de la Bibliothèque vaticane. Il voyage en Pologne et en Lituanie dévastées par la guerre, est nommé archevêque de Milan en 1920. Élu pape en janvier 1922, il place son pontificat sous le signe de la paix. Il signe les accords de Latran avec Mussolini en février 1929, reconnaissant l'indépendance du Saint-Siège. Il crée Radio Vatican en 1931. Il meurt à l'âge de quatre-vingt-deux ans, le 10 février 1939, sans avoir pu prononcer le discours antifasciste qu'il se préparait à lire devant Mussolini à l'occasion de l'anniversaire du concordat entre l'Italie et le Vatican.

Pie XII (1876-1958) : 260e pape. Né Eugenio Maria Giuseppe Giovanni Pacelli, d'une famille de la noblesse pontificale, diplomate et juriste, il devient cardinal secrétaire d'État de Pie XI. Il est élu pape à la mort de celui-ci, le 2 mars 1939. Lors de l'occupation de Rome par les nazis, il agit pour éviter le bombardement de Rome. On lui reprochera sa politique de neutralité pendant la Seconde Guerre mondiale. Il meurt d'une attaque cérébrale à Castel Gandolfo, à quatre-vingt-deux ans.

Rossi di Giffone, Leonardo : théologien franciscain. Élu ministre de l'Ordre en 1373. Partisan de l'antipape Clément VII, qui le fera cardinal, il meurt à Avignon en 1407.

Sienne, Catherine de (1347-1380) : religieuse dominicaine et grande mystique, elle commence en 1373 ses prédications publiques. Autour d'elle se regroupent des hommes et des femmes qu'on surnomma les *Caterinati*. Catherine de Sienne œuvre toute sa vie pour l'unité de l'Église, n'hésitant pas à ramener le pape à Rome au moment du schisme. Elle meurt à Rome à trente-trois ans.

Théodoric, ou maître Théodoric de Prague : il est l'un des maîtres de la peinture gothique de Bohême. Son nom apparaît pour la première fois en 1359 dans les registres de la corporation des peintres. Il est désigné comme peintre de l'empereur Charles IV, pour qui il décora la chapelle Sainte-Croix et la chapelle impériale de Karlstein. Il vivait encore en 1381.

Vogelweide, Walther von der (1170-1230) : *minnesanger*, poète courtois allemand le plus célèbre du Moyen Âge. Il fait ses débuts en 1190 à la cour d'Autriche puis regagne la Bohême au moment où trois souverains se disputent la couronne : Philippe de Souabe, Othon IV et Frédéric II. Il mène une vie errante, médite sur la condition humaine, observe les mœurs et la politique de son temps, chante l'amour. On pense qu'il est mort à Wurtzbourg en 1230.

Wurmser, Nicolas (1298-1367) : peintre né à Strasbourg, il officie à la cour de Charles IV et on lui attribue certaines fresques de Karlstein. Il meurt à Prague en 1367.

MIXTE
Papier issu de
sources responsables
FSC® C003309

L'éditeur de cet ouvrage s'engage dans une démarche de certification FSC® qui contribue à la préservation des forêts pour les générations futures.

Pour en savoir plus :
www.editis.com/engagement-rse/

10/18 – 92 avenue de France, 75013 PARIS

Imprimé en France par CPI

N° d'impression : 167801
X07632/01